데인 가의 저주

대실 해밋 전집 2

데인 가의 저주
The Dain Curse

대실 해밋 지음
구세희 옮김

황금가지

차례

제1부 데인 가 9
- 1장 **여덟 개의 다이아몬드** 11
- 2장 **긴 코** 23
- 3장 **시커먼 무언가** 34
- 4장 **정체 모를 하퍼 부부** 54
- 5장 **가브리엘** 63
- 6장 **악마의 섬에서 온 사나이** 85
- 7장 **저주** 95
- 8장 **'그러나'와 '만약에'** 112

제2부 사원 119
- 9장 **태드의 눈먼 사나이** 121
- 10장 **죽은 꽃** 137
- 11장 **신** 157
- 12장 **성스럽지 않은 성배** 176

제3부 케사다 197
- 13장 **절벽 길** 199
- 14장 **찌그러진 크라이슬러** 215
- 15장 **내가 그를 죽였다** 231
- 16장 **한밤의 추적** 247
- 17장 **뭉툭 곶 아래** 266
- 18장 **폭탄** 280
- 19장 **타락** 294
- 20장 **해안의 집** 314
- 21장 **애러니아 할던** 336
- 22장 **고백** 356
- 23장 **쇼** 377

이 책을 앨버트 S. 새뮤얼스에게 바친다.

제1부
데인 가

1장
여덟 개의 다이아몬드

다이아몬드였다. 푸른색 벽돌 보도로부터 2미터 가량 떨어진 잔디 위에서 반짝이는, 0.25캐럿도 안될 듯 작은 낱알이었다. 나는 그것을 주워 주머니에 넣고 네 발로 기지 않는 한도 내에서 최대한 몸을 굽혀 잔디 속을 뒤지기 시작했다.

2제곱미터 남짓 찾았을까, 레게트 씨 댁 앞문이 열렸다.

한 여자가 널따란 돌계단 위로 나와 서더니 상냥하면서도 호기심이 가득 담긴 눈초리로 나를 내려다보았다.

나와 비슷하게 마흔 정도로 보이는 그녀는 짙은 금발 머리 아래로 분홍빛 뺨에 보조개가 박힌, 동글동글하고 착해 보이는 인상이었다. 그녀는 라벤더 꽃이 자잘하게 그려진 흰색 원피스를 입고 있었다.

나는 잔디를 뒤지는 것을 멈추고 그녀에게 다가가 물었다.

"레게트 씨 계십니까?"

"네. 그이를 만나러 오셨나요?"

그녀의 목소리는 얼굴만큼이나 차분했다.

나는 그렇다고 대답했다.

그녀가 내게 미소 지으며 잔디를 향해 고갯짓했다.

"탐정이시죠?"

역시 그렇다고 대답했다.

그녀는 나를 이끌고 녹색, 주황색, 초콜릿색으로 꾸며진 2층의 어느 방으로 데려가 두툼한 문직으로 덮은 의자에 앉히고는 실험실에 있는 남편을 데리러 갔다. 기다리는 동안 나는 방 안을 둘러보았다. 그리고 발밑에 깔린 우중충한 주황색 융단은 아마도 진짜 동양에서 온 진짜 골동품일 것이고, 다갈색 호두나무로 만든 가구는 기계로 뚝딱 만들어낸 것이 아니며, 벽에 걸린 일본 그림은 점잖빼는 사람이 고른 것이 아니리라고 결론을 내렸다.

"기다리게 해서 미안합니다. 하지만 좀처럼 일을 멈추고 나올 수가 없어서요. 알아내신 게 있습니까?"

에드거 레게트가 들어오면서 말했다.

그의 행동거지는 비교적 친절했으나 놀랍게도 목소리는 거칠고 어딘가 신경을 거스르는 구석이 있었다. 그는 40대 중반에 피부가 거뭇거뭇하고 꼬장꼬장한 사내로 근육질에 호리호리하면서 중간 키 정도였다. 이마에 난 깊은 주름과 콧방울부터 입가까지 이어지는 진한 팔자주름이 아니었다면 그의 갈색 얼굴은 꽤 잘생겨 보였을 것이었다. 제법 긴 진한 색 머리칼이 넓은 이마를 둘러싸고 구불거렸다. 뿔테 안경 너머로 보이는 붉은 기가 도는 갈색 눈은 기이하리만치 밝게 빛났다. 코는 길고 가늘었으며 콧대가 높았다. 작고 여윈 턱 위로 보이는 입술은 얄팍하고 날카롭게 올라가 민첩한 인상을 주었다. 차려 입은 검정색과 흰색 옷은 몸에 잘 맞고 고급스러워 보였다.

"아직은요. 저는 경찰이 아니라 보험 회사의 의뢰를 받은 콘티넨털 탐정 사무소의 탐정입니다. 이제 막 수사를 시작했지요."

"보험 회사요?"

그의 목소리는 놀란 듯했다. 짙은 색 눈썹이 역시 어두운 색 뿔테 위로 치켜져 올라갔다.

"예, 모르셨습······?"

"그렇죠. 그렇겠죠."

그는 미소를 지으며 한 손을 휘휘 저어 나의 말을 멈췄다. 정교한 작업을 하는 손이 대개 그렇듯 손끝이 지나치게 발달된, 길고 가는 못생긴 손이었다.

"당연히 보험을 들었겠지요. 그 생각은 못 했습니다. 아시겠지만 제 다이아몬드가 아니었으니까요. 그건 할스테드의 소유였죠."

"보석상 할스테드 앤드 보샹 말씀입니까? 보험 회사로부터 자세한 내용은 듣지 못했습니다. 조건부 구매를 하려고 가지고 계시던 건가요?"

"아니요. 실험에 쓰기 위해 받았던 겁니다. 할스테드 씨가 제조 후 유리에 색을 칠하거나 입히는 제 작업에 대해 알고 그것을 다이아몬드에도 적용할 수 있을지 관심을 보이셨지요. 특히 노란빛이나 갈색빛을 없애고 푸른빛을 더욱 강조하는 식으로 색이 좋지 못한 원석을 개선시킬 수 있을지 말입니다. 그런 실험을 해 보라면서 5주 전쯤 그 다이아몬드들을 주었지요. 총 여덟 개를 받았는데 특별히 값이 나가는 건 없었습니다. 가장 큰 것이라야 반 캐럿 조금 넘을 정도였고 다른 것들은 0.25캐럿 정도였습니다. 그리고 두 개만 빼고는 모두 색깔이 형편없었죠. 도둑맞은 건 모두 그런 보석이었습니다."

"그럼 실험은 성공하지 못했군요?"

"솔직히 말씀드려 진전이 하나도 없었어요. 이건 유리보다도 다루기가 훨씬 힘들면서도 말은 잘 안 듣는 재료니까요."

"어디에 보관하셨습니까?"

"보통은 그냥 보이는 곳에 놔두었어요. 물론 항상 실험실 안에 두긴 했지요. 하지만 마지막 실험이 실패한 이후 지난 며칠 째 서랍장에 넣어 잠가 두었어요."

"또 누가 이 실험에 대해 알고 있었습니까?"

"알 사람은 다 알았습니다. 비밀로 할 까닭이 없었거든요."

"도둑은 서랍장에서 꺼내간 거고요?"

"예. 오늘 아침에 앞문이 열려 있고, 서랍이 뜯어져 다이아몬드가 사라진 걸 발견했습니다. 경찰이 부엌문에 난 자국도 발견했어요. 그들 말로는 도둑이 그리로 들어와서 앞문으로 나갔다 했습니다. 하지만 지난밤에 아무 소리도 듣지 못했고 다이아몬드 말고는 없어진 것도 없습니다."

"오늘 아침에 내려와 보니 앞문이 조금 열려 있었어요. 위로 올라가 에드거를 깨웠지요. 둘이 같이 집 안을 뒤져보고 다이아몬드가 없어진 걸 알았어요. 경찰에서는 제가 본 남자가 도둑이라고 생각하고 있어요."

문간에 서 있던 레게트 부인이 말했다.

나는 그녀가 보았다는 남자에 대해 질문했다.

"어젯밤이었어요. 자정쯤 잠자리에 들기 전에 침실 창문을 열었더니 한 남자가 길모퉁이에 서 있었어요. 그때도 그랬지만 지금 생각해도 딱히 수상한 점이 있었던 건 아니에요. 그저 누군가를 기다리는 것처럼 서 있었죠. 이쪽을 내려다보고 있긴 했지만 이 집을 보고 있는 것 같진 않았어요. 마흔은 넘어 보였고, 키가 작고 덩치가 좋았어요. 당신과 비슷하다고 해야 할까요. 뻣뻣한 갈색 콧수염에 피부색은 창백했어요. 부드러운 모자에 코트를 입었는데 둘 다 어두운 색, 아마 갈색이었던 것 같아요. 경찰에서는 그 남자와 가브리엘이 보았다는 남자가 동일인물이라고 하더군요."

"누구요?"

"제 딸 가브리엘이요. 그 애가 얼마 전 집에 늦게 들어왔는데, 아마 토요일 밤일 거예요. 그때 어떤 남자를 봤는데 우리 집 앞에서 나오는 것 같더래요. 하지만 확실치는 않았고 그래서 도둑이 들기 전까지 그에 대해선 별 생각을 하지 않았다고 하더라고요."

"이야기를 좀 나누고 싶은데, 집에 있습니까?"

이 말을 들은 레게트 부인이 딸을 데리러 나갔다.

"다이아몬드는 낱알이었습니까?"

내가 레게트 씨에게 물었다.

"세팅이 안 된 상태로 할스테드 앤드 보샹의 작은 마닐라 봉투에 들어 있었어요. 각각 연필로 숫자와 보석 크기를 적어 놓은 봉투에 따로 들어 있었고 봉투도 함께 없어졌습니다."

레게트 부인이 딸과 함께 돌아왔다. 흰색 민소매 실크 원피스를 입은 스무 살, 혹은 그보다 어려 보이는 아가씨였다. 중간 키 정도의 그녀는 실제보다 날씬해 보이는 스타일이었다. 머리는 아버지만큼이나 곱슬거리고 길이도 비슷했지만 색은 더욱 옅은 갈색이었다. 뾰족한 턱에 피부는 지나칠 정도로 희고 부드러웠으며, 큰 것이라고는 녹색과 갈색이 섞인 눈뿐이었고, 이

마와 입, 그리고 치아 모두 대단히 작았다. 부부가 내 소개를 하는 동안 나는 자리에서 일어서 곧장 그녀가 보았다던 남자에 대해 묻기 시작했다.

"그가 우리 집에서 나온 건지, 우리 집 마당에 들어오긴 한 건지조차 확실치 않아요. 그랬을지도 모르죠. 하지만 내가 본 건 그가 걸어가는 것뿐이었어요."

그녀는 부루퉁했다. 질문을 받는 것이 영 못마땅한 것 같았다.

"어떻게 생겼습니까?"

"몰라요. 어두웠어요. 나는 차 안에 있었고 그는 걸어가고 있었죠. 자세히 들여다보지 않았거든요. 대략 당신 정도 몸집이었어요. 당신이었을지도 모르죠, 내가 어떻게 알겠어요?"

"저는 아니었습니다. 토요일 밤이었다고요?"

"네. 정확히 말하면 일요일 새벽이죠."

"몇 시였습니까?"

"음, 3시? 아님 그보다 늦었나?"

그녀가 성가시다는 기색으로 대답했다.

"아가씨 혼자였습니까?"

"당연히 아니죠."

나는 누구와 함께 있었는지 물었고 마침내 이름을 하나 건졌다. 에릭 콜린슨이 차로 집까지 태워다 주었다고 하였다. 이 에릭 콜린슨이라는 남자를 어디 가면 만날 수 있는지 물었다.

그녀가 눈살을 찌푸리고 잠시 머뭇거리더니 주식 중개회사인 스피어, 캠프 앤드 더피에서 일하고 있다고 하였다. 그러고는 지독한 두통이 있다면서 자리에서 일어나고 싶다고 말했다. 마치 더 이상 질문이 없을 거라 확신하는 것처럼 말이다. 그녀는 내 대답을 기다리지도 않고 방에서 나가 버렸다. 몸을 돌리는 그녀를 본 나는 귀에 귓불이 거의 없고 윗부분이 희한하게 뾰족 솟아 있는 것을 발견했다.

"하인들은 어떻습니까?"

내가 레게트 부인에게 물었다.

"딱 한 명 있어요. 미니 허시라는 흑인이죠. 여기에서 살지는 않아요. 이 일과 아무 관계가 없다고 확신합니다. 우리 집에서 일한 지 거의 2년이나 되었고, 정직하다는 건 제가 보장하니까요."

미니와 이야기를 하고 싶다고 하자 레게트 부인이 그녀를 불러들였다. 그녀는 검은 생머리에 인디언의 갈색 피부와 생김새를 간직한 작고 깐깐해 보이는 흑백 혼혈이었다. 매우 정중한 말씨를 쓰는 그녀는 자기가 다이아몬드 도둑과 아무 상관이 없으며, 그날 아침 출근을 하기 전까지 사건에 대해 전혀 몰랐다고 매우 고집스럽게 말했다. 그리고 샌프란시스코의 흑인들이 모여 사는 동네의 자기 집 주소를 알려 주었다.

레게트와 그의 아내는 나를 데리고 실험실로 올라갔다. 3층에서 약 5분의 4정도를 차지하는 커다란 방이었다. 흰색으로 회칠이 된 벽에는 창문 사이사이에 다양한 도표가 걸렸고 나무로 된 바닥에는 아무것도 덮여 있지 않았다. 엑스레이 촬영기, 아니면 그와 비슷해 보이는 기계와 네다섯 개의 조금 더 작은 기계들, 연마기, 넓은 개수대, 커다란 아연 탁자, 자기로 된 조금 더 작은 탁자 몇 개, 스탠드, 유리 드구 선반, 사이펀 병 모양의 금속 탱크, 이런 것들이 방의 대부분을 차지하고 있었다.

다이아몬드가 들어 있었다던 서랍장은 여섯 개의 서랍이 한데 걸려 잠기도록 만들어진 녹색으로 칠한 강철 제품이었다. 다이아몬드가 들어 있던 위에서 두 번째 서랍은 열려 있었다. 서랍과 틀 사이로 쇠 지렛대나 정 같은 것을 쑤셔 넣은 듯 움푹 팬 자국이 있었다. 다른 서랍들은 아직 잠겨 있었다. 레게트 씨는 도둑이 다이아몬드가 있던 서랍을 억지로 열다가 서랍장의 잠금 장치가 완전히 망가져 다른 서랍을 열려면 기술자를 불러야 한다고 했다.

우리는 아래층으로 내려가 혼혈 가정부가 진공청소기를 밀고 다니는 방을 지나 부엌으로 들어갔다. 뒷문 문틀과 문에 서랍장처럼 흠집이 나 있었다. 같은 도구를 사용한 것이 틀림없었다.

나는 문을 살펴보고 난 뒤 주머니에 있던 다이아몬드를 꺼내 레게트 씨 부부에게 보여 주었다.

"이게 그중 하납니까?"

레게트 씨가 내 손바닥에 놓인 다이아몬드를 엄지와 검지로 집어 올려 불빛에 비춰 이리저리 돌려보더니 마침내 대답했다.

"예. 아래 평면에 흐릿한 자국이 있는 것이 맞습니다. 어디서 찾으셨어요?"

"바깥에, 잔디밭에서요."

"아, 도둑놈이 서둘러 도망치다가 몇 개 떨어뜨렸나 보군요."

나는 그렇게 생각지 않는다고 대답했다.

레게트 씨가 안경 뒤 숨겨진 눈썹을 잔뜩 찌푸리더니 작은 눈으로 나를 보며 날카롭게 물었다.

"그럼 어떻게 생각하시는데요?"

"저는 그것이 일부러 그곳에 놓여 있었다고 생각합니다. 이 도둑은 너무 많은 걸 알고 있었어요. 다이아몬드가 어느 서랍에 들어 있는지 알고 있었고, 다른 것을 훔치는 데 시간 낭비를 하지도 않았죠. 수사관들은 언제나 '내부 소행'이라는 말을 합니다. 현장에서 범인을 찾으면 일이 많이 줄어들기 때문입니다. 하지만 일단은 다이아몬드 말고 아무것도 보이지 않는군요."

그때 미니가 진공청소기를 든 채 문으로 다가오더니 울기 시작했다. 정직한 사람인 자기에게 누구도 죄를 뒤집어씌울 권리가 없으며, 원한다면 몸이든 집이든 마음대로 찾아보라고 하면서 단지 유색 인종이라는 이유로 의심을 해서는 안 된다는 식의 말을 끝도 없이 늘어놓았다. 하지만 말을 똑똑히 알아들을 수도 없었다. 아직 진공청소기가 켜져 있는 데다가 계속 흐느껴 울었기 때문이었다. 눈물이 그녀의 볼을 타고 줄줄 흘러내렸다.

레게트 부인이 다가가 어깨를 두드리며 말했다.

"자, 자. 울지 마, 미니. 네가 이 일과 아무 관련이 없다는 걸 알고 있단다. 모두 다 알아. 자, 자."

그녀는 미니의 눈물을 금세 멈추게 하더니 위로 올려 보냈다.

레게트 씨가 식탁 구석에 앉아 있다 물었다.

"이 집안의 누군가를 의심하시는 겁니까?"

"여기 들어온 적이 있는 사람이긴 하지요, 네."

"누구를?"

"아직은 아무도 없습니다."

"그렇다면 누가 됐든 우리 모두 용의자란 말씀이군요?"

그가 딸처럼 작고 흰 치아를 드러내며 씩 미소를 지었다.

"마당을 함께 살펴보시지요. 다이아몬드가 더 나온다면 내부 소행이라는 제 생각이 틀렸다고 말씀드려야 할 것 같습니다."

내가 말했다.

앞문을 향해 반쯤 갔을 때 황갈색 코트와 보라색 모자 차림의 미니 허시가 나타났다. 여주인에게 작별 인사를 하러 온 것이었다. 그녀는 자신이 무언가를 훔쳤다고 생각하는 사람들 사이에서는 절대로 일할 수 없다고 눈물을 글썽였다. 그녀는 여느 사람들만큼 정직하고, 어쩌면 어떤 이들보다는 훨씬 더 깨끗하기 때문에 그만한 존중을 받을 자격이 있다고 하였다. 그래서 한 곳에서 그런 대접을 받을 수 없다면 그렇게 해줄 다른 곳을 찾아 가겠다는 것이었다. 2년 동안 빵 한 쪽 함부로 손대지 않고 일을 해 줬으면 그런 모욕 따위는 하지 않을 다른 집을 이미 알고 있다고도 덧붙였다.

레게트 부인이 그녀에게 가지 말라고 애원하고, 타이르고, 혼내고, 명령했지만 아무 소용이 없었다. 갈색 피부 소녀의 마음은 이미 정해졌는지 그녀는 그렇게 가 버렸다.

"무슨 일을 저지르셨는지 이제 알겠죠?"

레게트 부인이 상냥한 얼굴을 최대한으로 엄하게 만든 뒤 나를 쳐다보며 못마땅하다는 듯 말했다.

나는 미안하다고 말한 뒤 레게트 씨와 함께 마당을 살펴보러 나갔다. 하지만 다이아몬드는 더 이상 나오지 않았다.

2장
긴 코

나는 두 시간 정도를 들여 주변을 탐문하며 레게트 부인과 가브리엘이 보았다던 사내를 찾았다. 그를 찾는 데는 운이 따르지 않았지만 다른 흥미로운 이야기를 들을 수 있었다. 레게트 씨 댁으로부터 세 집 아래에 사는 창백하고 병약한 프리슬리 부인이 첫 번째 제보를 해 주었다.

프리슬리 부인은 잠이 안 오는 밤이면 종종 집 앞 창문가에 앉아 있다고 하였다. 그리고 이런 밤 중 두 번, 그 남자를 보았다. 그녀의 말에 따르면 그는 키가 크고 젊으며, 고개를 앞으로 쭈욱 빼고 걷는다 하였다. 거리가 어두워 피부와 머리색이나 옷에 대해 자세히 알아볼 수는 없었다고 했다.

그녀가 그를 처음 본 것은 한 주 전이었다. 그는 무언가를 지켜보거나 찾는 것처럼 프리슬리 부인과 레게트 씨 댁이 있는 쪽을 보면서 약 15분에서 20분 간격으로 대여섯 번 정도를 거리를 오르락내리락 했다. 그를 처음 보았을 때는 밤 11시에서 12시 사이였고 마지막으로 보았을 때는 새벽 1시쯤이었다고 하였다. 며칠 후, 토요일에 한 번 더 보았는데 이번에는 걸어 다니는 것이 아니라 자정쯤 아래쪽 길모퉁이에 서서 거리를 올려다보고 있었노라고 했다. 약 30분 후 사라졌으며 그 후로는 다시 보지 못했다고도 하였다.

프리슬리 부인은 레게트 부부의 얼굴은 알고 있었으나 딸이 조금 방종하다는 소문 말고는 그들에 대해 아는 바가 거의 없었다. 착한 사람들 같으나 남들과 잘 어울리지 않는 것 같다고 하였다. 그는 1921년에 처음 그 집으로 이사 왔는데 가정부인 베그 부인을 빼고는 혼자였다고 했다. 프리슬리 부인이 알기로 그 가정부는 지금 버클리에 있는 프리맨더라는 집안에서 일하고 있었다. 레게트 부인과 가브리엘은 1923년이 되어서야 그 집으로 들어왔다.

프리슬리 부인은 전날 밤에는 창가에 나와 있지 않아서 사건 당일 레게트 부인이 모퉁이에서 보았다던 그 남자를 보지 못했다고 하였다.

거리 반대편, 프리슬리 부인이 그 남자를 보았다던 모퉁이 근처에 사는 워런 데일리라는 남자는 일요일 밤 문단속을 하다가 현관에 서 있던 한 남자를 마주친 적이 있다고 하였다.

같은 남자가 틀림없었다. 그 집을 방문했을 때 데일리 씨는 집에 없었고, 내게 여기까지 이야기를 들려준 데일리 부인이 남편에게 전화를 걸어 나를 바꿔 주었다.

데일리 씨는 남자가 자기 집 현관에 서서 거리의 누군가로부터 숨어 있거나 누군가를 지켜보고 있었다고 하였다. 데일리 씨가 문을 열자마자 남자는 냉큼 달아났으며 "거기 뭐 하는 거요?"라고 묻는 데일리 씨의 질문에는 대꾸도 하지 않았다고 하였다. 데일리 씨는 그가 서른둘, 혹은 셋쯤 되어 보였으며 어두운 색의 옷을 잘 차려입었고, 길고 가늘면서 날카로운 코를 가지고 있었다고 했다.

이것이 내가 그 동네를 샅샅이 뒤지고 다녀 얻은 정보의 전부였다. 나는 다음으로 스피어, 캠프 앤드 더피 사무실이 있는 몽고메리 가로 가서 에릭 콜린슨을 불러 달라고 하였다.

젊고, 금발 머리에 키가 크고, 등이 떡 벌어졌으며, 햇볕에 잘 그을린 얼굴에 옷을 잘 차려입은 그는 폴로나 사격, 비행, 그런 것들에 대해서라면 정통하지만 그 외의 다른 모든 일에 대해서는 잘 모를 것 같은, 그리 똑똑치 않지만 잘생긴 청년이었다. 우리는 고객 대기실의 푹신한 가죽 의자에 자리를 잡았다. 거래 시간이 끝나 게시판에 숫자를 끼적이고 있는 홀쭉한 소년 한 명을 빼고는 텅 비어 있었다. 나는 사건에 대해 설명하고는 그와 가브리엘 레게트 양이 토요일 밤 보았다던 남자에 대해 물었다.

"제가 보기엔 평범해 보이는 놈이었어요. 어두워서 모르긴 몰라도 키가 작고 덩치가 좋았죠. 그놈 소행이라고 보십니까?"

"그가 레게트 씨 댁에서 나왔나요?"

내가 물었다.

"최소한 그 집 마당에서 나온 건 맞아요. 좀 불안해 보였어요. 그래서 있어선 안 될 곳을 기웃거리던 게 아닌가 하고 생각했었죠. 그런데 그자를 따라가서 뭐 하는 거냐고 물어보겠다고 하니 가브리엘이 펄쩍 뛰어서……. 그녀의 아버지 친구일 수도 있었고요. 레게트 씨한테 물어봤습니까? 원래 희한한 사람들하고 잘 어울리시더라고요."

"손님이 왔다 가기엔 늦은 시간 아니었습니까?"

그가 시선을 피했다. 그래서 다시 물었다.

"그때가 몇 시였습니까?"

"자정이요. 아마 그럴 겁니다."

"자정?"

"그래요, 자정. 무덤이 죽은 자들을 내놓고 유령들이 돌아다닌다는 시각 말이에요."

"레게트 양은 새벽 3시가 넘었었다고 했는데요."

"내 그럴 줄 알았지!"

그가 의기양양해서 소리쳤다. 마치 자신이 지금까지 주장하던 것이 증명되기라도 한 것처럼 당당한 목소리였다.

"가브리엘은 반은 장님이에요. 그런데 못나 보일까 봐 안경을 안 쓴다니까요. 그래서 만날 그런 실수를 해요. 듀스를 에이슨 줄 착각하니 브리지 게임을 할 때마다 엉망이지요. 아마 12시 15분 쯤 되었겠죠. 시계를 보고 초침이랑 분침을 헷갈린 게 틀림없어요."

"그거 안됐군요. 감사합니다."

내가 말했다. 그런 다음 나는 기어리가에 있는 할스테드 앤드 보상 매장으로 갔다.

와트 할스테드는 피부가 창백하고 머리가 벗어진 뚱뚱한 사내였다. 성격은 유쾌해 보였으나 어딘가 피곤해 보이고 옷깃이 너무 조이는 듯했다. 나는 그에게 용건을 말한 뒤 레게트 씨를 얼마나 잘 아느냐 물었다.

"탐나는 고객이라 알고 있고, 듣자 하니 과학자라 하더군요. 왜 물으십니까?"

"이번 사건은 뭔가 수상합니다. 어딘가 그런 느낌이 있어요."

"오, 뭔가 잘못 아신 걸 겁니다. 그 정도 사람이 이런 일에 관여되어 있다 생각하신다면 잘못 생각하신 거라고요. 하인이라면 물론 가능하지요. 꽤 종종 그런 일이 발생하지 않습니까? 하지만 레게트 씨는 아니에요. 그는 꽤 명망 있는 과학잡니다. 색을 이용해 꽤 놀라운 일을 해내기도 했지요. 그리고 우리 신용 관리 부서가 잘못 알고 있는 게 아니라면 재산도 남부럽지 않은 분입니다. 시쳇말로 빵빵한 집안은 아니어도 그런 짓을 하기에는 재산이 많다는 거죠. 살짝 귀띔해 드리는 건데 시먼스 국립 은행에 현재 그의 잔고가 만 달러가 넘는다는 것도 알고 있습니다. 그 다이아몬드는 여덟 개를 합쳐도 1000달러, 기껏해야 1200, 1300달러를 넘지 않아요."

"소매가로요? 그럼 원가는 500~600달러 정도 됩니까?"

"음, 750달러에 조금 더 가깝겠군요."

"그 다이아몬드는 어떻게 내주시게 된 겁니까?"

"말씀드린 대로 우리 고객이에요. 그가 유리에 어떤 작업을 했는지 듣고 다이아몬드에도 적용할 수 있다면 얼마나 좋을까 생각하게 됐습니다. 피츠스테판 씨는(그러니까 레게트 씨의 유리 작업에 대해 알게 된 건 그를 통해서였어요.) 다이아몬드에는 힘들 거라고 했지만 저는 한번 시도해 볼 가치는 있다고 생각했고 레게트 씨에게 한번 해 보라고 했지요. 물론 지금도 가능성은 있다고 봅니다."

피츠스테판이라, 어디서 많이 들어본 이름이었다.

"어느 피츠스테판 씨를 말씀하시는 겁니까?" 내가 물었다.

"오웬 피츠스테판이요. 작가. 아십니까?"

"예. 하지만 그가 여기 사는지는 몰랐네요. 술 한 병을 나눠 마시던 사이였는데 말이죠. 그의 주소 아십니까?"

할스테드 씨가 전화번호부에서 주소를 찾아 내게 주었다. 노브 힐의 아파트였다.

보석상을 나온 나는 미니 허시가 사는 동네로 향했다. 그곳은 흑인들이 모여 사는 곳이었고, 이는 곧 비교적 정확한 정보를 얻기가 평상시보다 두 배는 더 어려우리라는 뜻이었다.

내가 얻은 정보는 이 정도였다. 미니는 사오 년 전쯤 버지니아 주 윈체스터에서 샌프란시스코로 왔고, 지난 반 년 동안 코뿔소 팅글리라는 흑인과 함께 살고 있다는 것이었다. 코뿔소 팅글리의 본명이 에드라는 사람도 있고 빌이라는 사람도 있었지만 그들이 공통적으로 이야기한 것은 그가 젊고, 몸집이 산만 한 흑인이며, 턱에 난 흉터로 쉽게 알아볼 수 있다는 것이었다. 그리고 미니가 벌어오는 돈과 그가 노름에서 딴 돈으로 먹고 살고 있으며, 평상시에는 꽤 괜찮은 놈이지만 화가 났을 때는 아주 무시무시한 놈이라고 하였다. 마지막으로 초저녁에 버니 맥 이발소나 큰 발 거버의 담배 가게 중 한 군데에 가면 틀림없이 그를 만날 수 있다는 이야기도 들었다.

나는 이 가게들이 어디에 있는지 알아낸 다음 다시 시내로 돌아가 경찰 본부 내 수사국으로 갔다. 전당포를 담당하는 부서에는 아무도 없었다. 복도를 가로지른 나는 더프 부서장을 만나 레게트 사건에 투입된 사람이 있느냐 물었다.

"오가르를 찾아보지." 그가 대답했다.

오가르를 찾아 회의실로 들어간 나는 강력계 경사인 그가 내 사건과 무슨 관련이 있는지 궁금해졌다. 오가르나 그의 파트너인 팻 레디 둘 다 안에 없었다. 나는 담배를 한 대 꺼내 물고 도대체 누가 죽은 건지 생각하다가 레게트 씨에게 전화를 걸기로 했다.

귀에 거슬리는 그의 목소리가 전화를 받았다.

"제가 다녀간 뒤 들른 경찰이 있었습니까?"

"아니요. 하지만 조금 전에 전화가 와서 아내와 딸아이더러 골든게이트 대로(大路) 어딘가로 오라고 했습니다. 거기서 누군가를 확인해 줄 수 있겠느냐면서요. 바로 몇 분 전에 나갔어요. 전 용의자를 본 적이 없어서 함께 가지 않았습니다."

"골든게이트 대로 어디쯤이요?"

그는 번지는 기억하지 못했지만 반 네스 대로 위 그 블록을 알고 있었다. 나는 고맙다는 인사를 한 뒤 그리로 향했다.

거기 도착하자 정복을 입은 경찰관이 작은 아파트 건물 현관에 서 있었다. 나는 오가르 형사가 그곳에 있느냐 물었다.

"310호에 있습니다." 그가 대답했다.

나는 낡아빠진 승강기를 타고 위로 올라갔다. 3층에서 내리자 마침 그곳을 나서던 레게트 부인과 그녀의 딸을 만날 수 있었다.

"이제 미니가 이 일과 아무 상관이 없다는 걸 아셨으면 좋겠네요."

레게트 부인이 나무라듯 말했다.

"경찰에서 그놈을 찾은 겁니까?"

"네."

이 말을 들은 나는 가브리엘 레게트 양을 향해 물었다.

"에릭 콜린슨 씨 말로는 토요일 밤 집에 도착했을 때 자정 쯤이었다던데요?"

"에릭은 얼간이예요."

그녀가 나를 지나쳐 승강기로 들어가며 귀찮다는 듯 내뱉었다.

"저런, 얘!"

딸을 따라 승강기 안으로 들어가며 레게트 부인이 가볍게 꾸짖었다.

나는 복도를 따라 팻 레디가 기자 두어 명과 이야기를 나누고 선 문간으로 다가간 뒤 인사를 하고 좁은 통로를 비집고 들어갔다. 허름한 방 안에는 벽에 붙은 침대 위에 한 남자의 시신이 누워 있었다.

경찰의 신원 확인국에서 나온 펠스가 돋보기에서 눈을 떼더니 내게 고개를 끄덕이고는 계속해서 탁자 가장자리를 살폈다.

"그래, 또 이 친구랑 부대껴야 한다 이거지?"

오가르가 열린 창밖으로 내밀고 있던 머리와 어깨를 들여놓더니 나를 보고 으르렁거리듯 말했다.

그는 쉰 정도 된 덩치가 좋고 무뚝뚝한 사내로 영화 속 보안관이 쓰는 것 같은 챙이 넓은 검은 모자를 쓰고 있었다. 길쭉하게 생긴 그의 머릿속은 지각과 상식이 가득 차 있어 함께 일하기 편했다.

나는 시신을 내려다보았다. 마흔 정도 된 남자로 통통하고 창백한 얼굴에 희끗희끗하게 세기 시작한 짧은 머리와 숱 없는 짙은 색 콧수염을 길렀고, 팔다리는 짧고 통통했다. 배꼽 바로 위와 가슴 왼쪽 높은 곳에 총알 구멍이 나 있었다.

"남자고, 죽었지."

내가 시신 위로 담요를 다시 덮자 오가르가 말했다.

"달리 아는 거 없고요?"

"이자랑 다른 놈 하나가 보석을 훔치고는 다른 놈이 혼자 꿀꺽 하기로 한 모양이야. 봉투도 여기 있지."

그 말과 함께 오가르가 주머니에서 봉투를 꺼내더니 엄지로 넘겨 보았다. 그러고는 다시 입을 열었다.

"하지만 다이아몬드는 없다 이 말씀이야. 바로 조금 전에 화재 비상구로 도망친 다른 놈과 함께 자취를 감추었지. 몰래 빠져나가는 걸 다른 사람들이 보긴 했는데 골목을 가로질러 가는 바람에 놓쳤다는군. 코가 길고 키가 큰 놈이래."

그가 봉투로 침대 위를 가리켰다.

"이놈은 여기 일주일 정도 있었고, 뉴욕 출신 루이스 업튼이라는 자야. 그것 말고는 알아낸 게 없네. 이 동네 사람 누구도 그가 다른 이랑 있는 걸 보지 못했다고 하는군. 그 코가 긴 놈을 아는 사람도 없고."

팻 레디가 들어왔다. 그는 몸집이 좋고 우쾌한 젊은이로 경험은 부족해도 영리한 머리로 부족한 면을 메우고 있었다. 나는 그와 오가르에게 지금까지 알아낸 것을 알려주었다.

"긴 코랑 여기 이놈이 돌아가며 레게트 씨 네를 감시한 거 아닐까요?"

레디가 말했다.

"그럴지도 모르지요. 하지만 내부인이 관련되어 있어요. 거기 봉투가 몇 장입니까, 오가르 형사님?"

"일곱."

"그럼 놔두고 간 다이아몬드가 들어 있던 봉투 하나가 빠졌군요."

"그 흑인 여자는요?" 레디가 물었다.

"오늘 밤에 같이 산다는 남자를 만나러 갈 겁니다. 두 분은 뉴욕을 좀 뒤져 이 업튼에 대해 알아보시죠?"

"좋지." 오가르가 대답했다.

3장
시커먼 무언가

 할스테드 씨가 준 노브 힐 주소로 찾아간 나는 전화 교환원 소년에게 내 이름을 대고 피츠스테판에게 전해 달라고 하였다. 내가 기억하는 피츠스테판은 밤색 머리에 길쭉하고 마른 체형의 서른두 살 사내였다. 회색 눈은 늘 졸린 듯했고, 유머가 담긴 커다란 입으로 끊임없이 이야기를 쏟아냈으며, 아무렇게나 옷을 입었다. 실제보다 게으른 척하기 좋아했던 그는 무슨 일이든 실제로 하는 것보다 말하기를 더 좋아했고, 주제가 무엇이든 정확한 정보와 독창적인 아이디어를 내놓곤 했다. 단, 그 주제는 평범한 것이 아니라야 했다.
 내가 그를 만난 것은 5년 전, 뉴욕에서였다. 당시 나는 석탄과 얼음 판매업자의 미망인으로부터 10만 달러를 사기 치려던 가짜 중개상에 관한 정보를 모으던 중이었다. 피츠스테판 역시 글의 소재를 찾아 같은 분야를 조사하고 있었다. 우리는 곧 친해져 힘을 합쳤다. 그 협력 관계를 통해 얻은 것은 내가 더 많았을 것이다. 그는 그 사기꾼들에 대해 속속들이 알고 있었고 그의 도움으로 나는 단 두 주 만에 일을 끝낼 수 있었다. 그러고 나서 내가 뉴욕을 떠나기 전까지 한 달 동안 우리는 꽤 친하게 지냈었다.

"피츠스테판 씨께서 올라오시랍니다."

교환대의 소년이 말했다.

그의 아파트는 6층에 있었다. 내가 승강기에서 내리자 그가 문 앞에 서 있었다.

"세상에, 당신이군요!"

그가 마른 손 하나를 내밀었다.

"그럼 누구겠나!"

그는 달라진 것이 없었다. 우리는 방 안으로 들어갔다. 그 방에는 책장 여섯 개와 탁자 네 개가 꽉 들어차 여유 공간이라고는 거의 없었다. 다양한 언어로 된 잡지와 책, 신문, 기사 오린 것, 교정지 등이 사방에 흩어져 있었다. 그의 뉴욕 방 모습 그대로였다.

우리는 자리에 앉아 탁자 다리 사이로 우리의 발 네 개를 집어넣을 곳을 찾은 다음 마지막으로 만났을 때 이후 서로에게 생긴 일에 대해 간략히 이야기하기 시작했다. 그는 시골에

은둔해 지낸 두 달을 빼고 1년 조금 넘게 샌프란시스코에 머무르며 소설을 마무리하는 중이라고 하였다. 내가 샌프란시스코에 있은 지는 거의 5년이 다 되었다. 그는 샌프란시스코가 마음에 든다고 하면서도 서부 개척 시대에 인디언들로부터 빼앗은 그 땅을 그들에게 되돌려 주자는 운동에는 반대하지 않을 것이라고 덧붙였다.

"문학 나부랭이는 잘 되어가나?"

이 말을 들은 그가 나를 노려보며 물었다.

"내 책 안 읽고 있었단 말인가요?"

"당연히 아니지. 어째서 그런 말도 안 되는 기대를 했지?"

"당신 어조에 어딘가 소유욕 같은 게 있었단 말입니다. 단돈 2달러에 한 작가의 작품을 모조리 사들인 사람의 목소리가. 그런 어조는 자주 들질 못해 익숙지 않아요. 참! 내가 선물로 내 책 한 세트 주겠다고 한 거 기억나요?"

그는 언제나 그런 식으로 이야기하는 걸 좋아했다.

"그럼. 하지만 그것 때문에 자네를 탓한 적은 없었어. 술에 취하지 않았었나."

"셰리, 엘사 돈의 셰리를 마시고 말이죠. 엘사 기억나요? 방금 마친 그림을 우리한테 보여 줬는데 당신이 그걸 보고 예쁘다고 했잖아요. 세상에나, 그 말 듣고 어찌나 길길이 날뛰던지! 당신은 그녀가 그 말을 듣고 좋아할 거라고 확신하는 것처럼 진지하게, 하지만 성의 없이 말했었잖아요. 기억나요? 당장 쫓겨났지만 이미 그 셰리 덕분에 술이 떡이 되었었죠. 그래도 덜 취했는지 끝내 가져가진 않더군요."

"그걸 읽었다가 다 이해해 버리면 어쩌나. 그럼 자네가 모욕감을 느낄 것 아냐."

내가 말했다.

그때 중국인 소년이 차게 한 화이트 와인을 가져다주었다.

"아직도 불쌍한 나쁜 놈들을 잡으러 다니나요?"

피츠스테판이 물었다.

"그래. 자네를 찾아낸 것도 그 덕분이지. 자네가 에드거 레게트를 알고 있다고 할스테드 씨가 알려줬거든."

"레게트 씨가 무슨 짓이라도 하고 있는 거예요?"

회색 눈에 담긴 졸린 기운이 사라지고 빛이 번득이더니 그가 자세를 고쳐 앉으며 내게 물었다.

"왜 그런 말을 하지?"

"말을 한 게 아니라 질문을 한 거죠."

그가 다시 의자 위에 몸을 축 늘어뜨렸지단 반짝이는 눈빛만은 꺼지지 않았다.

"그러지 말고 한번 털어놔 봐요. 친구. 괜히 수 쓰지 말고. 그런 거 원래 잘 못하잖아요. 하려고 해도 잘 안 될 걸요? 얘기해 봐요. 레게트가 무슨 짓을 하고 있는 거예요?"

"그렇게는 안 되지. 자네는 이야기꾼이잖아. 내가 해 주는 이야기를 듣고 괜스레 거기에 살을 붙일지 어떻게 알아. 자네가 알고 있는 것부터 들려줘 봐. 그런 다음 내 이야기를 해 주지. 그래야 내 이야기에 맞추려고 자네 이야기가 왜곡되지 않을 거 아닌가. 그를 안 지는 얼마나 되었지?"

"여기 온 지 얼마 안 되어서부터요. 그는 언제나 내게 흥미를 보였어요. 그에게는 어딘가 모호한 면이 있어요. 무언가 어두우면서도 사람을 끌어당기는. 예를 들어 그는 육체적으로 금욕주의자예요. 담배 안 피우고, 술도 안 마시고, 음식은 조금만 먹고, 듣기로는 잠도 하루 서너 시간 정도만 잔다더라고요. 하지만 정신적, 아니면 영적으로는 퇴폐라고 부를 수 있을 정도로 세속적이에요. 내가 터무니없는 일에 대해 비정상적으로 관심이 많다고 했죠? 그럼 그에 대해 아셔야 해요. 그의 친구들, 아니지, 친구는 하나도 없지. 그가 알고 지내는 사람들은 그야말로 기이한 생각을 가지고 있는 자들이에요. 마커드랑 그가 가지고 있는 말도 안 되는 그림들, 그런데 그 그림은 사실 그림이 아니라 그림으로 그려진 공간의 경계에 불과하죠. 그리고 덴바 커트와 그의 대수학자 이론, 할던 부부와 그들이 이끄는 성배교, 정신 나간 로라 조인스, 판햄……"

"그리고 자네도 있지. 아무것도 설명하지도, 묘사하지도 못하는 설명과 묘사나 늘어놓는 자네 말이야. 방금 자네가 이야기한 걸 내가 조금이라도 이해하기를 바랐다면 오산이야."

내가 끼어들었다.

"이제 당신을 제대로 기억하겠어요. 당신은 언제나 그랬죠. 그럼 당신이 이해할 수 있는 한 글자짜리 단어들을 골라 볼 테니 그 동안 당신이 알고 있는 걸 좀 들려주시죠."

그가 밤색 머리를 연신 쓰다듬으며 나를 향해 씩 웃어 보였다.

나는 그에게 에릭 콜린슨을 아느냐 물었다. 그는 안다고 대답했다. 가브리엘 레게트의 약혼자고, 그의 아버지가 바로 그 유명한 벌목 사업가 콜린슨이며, 프린스턴 대학을 나왔고, 주식과 채권 관련 일을 하며, 핸드볼을 좋아하고, 착한 청년이라는 것 외에는 별로 알아야 할 것이 없다고도 하였다.

"그럴 수도 있지. 하지만 그는 내게 거짓말을 했어."

내가 말했다.

피츠스테판이 웃으며 고개를 흔들었다.

"탐정 맞아요? 엉뚱한 사람을 잡은 게 틀림없어요. 에릭 콜린슨이라고 사칭하고 다니는 사람을요. 그 정의의 기사님은 거짓말 같은 거 안 해요. 게다가 거짓말을 하려면 상상력이라는 게 필요하잖아요. 당신은, 아니 잠깐! 혹시 여자와 관련된 질문이었나요?"

내가 고개를 끄덕였다.

"그럼 당신 말이 맞아요. 사과하지요. 그 정의의 기사님은 여자가 끼어 있는 일에는 언제나 거짓말을 하니까. 그게 불필요한 동시에 여자를 곤란하게 만든다고 해도 말이에요. 그건 기사님들의 전통이잖아요. 그녀의 명예를 지키네 어쩌네 하는 것 말이에요. 여자가 누구였는데요?"

"가브리엘 레게트."

내가 대답했다. 그러고는 레게트 집안과 다이아몬드, 그리고 골든게이트 대로의 죽은 남자에 대해 아는 것을 모조리 이야기해 주었다. 이야기가 이어지는 동안 그의 얼굴에는 실망감이 깊어졌다.

"진부하고 지루한 이야기군요. 나는 항상 레게트 씨가 알렉상드르 뒤마의 책처럼 극적인 데가 있는 사람이라 생각했었는데 당신은 오 헨리의 이야기처럼 뻔한 소리만 하잖아요. 실망이에요. 당신과 그 허접한 다이아몬드 모두."

이야기가 끝나자 그가 투덜거렸다. 하지만 그때 다시 그의 눈이 빛났다.

"하지만 이게 무언가 근사한 사건으로 이어질 수도 있겠는데요. 레게트가 범죄자인지 아닌지는 몰라도 그에게는 싸구려 보험 사기 이상의 것이 있다니까요."

"그래서 그가 대단한 음모의 주동자라도 된다는 말인가? 신문 좀 읽었구먼? 그의 정체가 뭐라고 생각하나? 주류 밀매의 왕? 국제 범죄단 두목? 백인 노예 거물? 마약 밀매단 보스? 아니면 남자로 변장한 위조의 여왕?"

"바보 같은 소리 말아요. 하지만 그가 머리가 좋은 건 사실이에요. 그리고 그의 내면에 시커먼 무언가가 있다는 것도. 생각하고 싶지 않지만 절대 잊어서는 안 되는 무언가를 숨기고 있는 것 같아요. 생각에 관한 한 머리가 핑핑 도는 것들에 목말라하면서도 언제나 무서우리만치 차갑고 냉정하다는 거 말씀드렸잖아요. 그는 광기로 생각을 잔뜩 취하게 만들면서도 몸은 언제나 건강하고 민감하게 만들어 놓는 노이로제 환자예요. 도대체 뭘 대비하기 위해설까요? 정신이 그렇게 취해 있으면서도 언제나 차갑고 멀쩡하기도 하죠. 잊고 싶은 과거가 있다면 몸으로, 그러니까 감각적 자극을 이용하면 가장 쉽게 그 기억을 지워 버릴 수 있어요. 물론 마약도 좋고요. 하지만 과거가 죽어 사라지지 않았고, 그것이 현재에 나타날 것을 대비해 언제나 건강을 유지해야 한다고 상상해 봐요. 그렇다면 몸은 튼튼하게 유지하면서 직접적으로 정신을 마취시키는 것이 가장 현명한 길이겠지요."

"그래서 이 과거라는 게 뭔가?"

피츠스테판이 고개를 흔들었다.

"난 몰라요. 그래도 내 잘못은 아니에요. 이 일이 끝나기 전에 알게 되실 거예요. 이 가족한테서 뭔가를 알아내는 게 얼마나 힘든지."

"시도는 해 봤고?"

"당연하죠. 난 소설가라고요. 나는 영혼을 다뤄요. 그 속에서 무슨 일이 벌어지는지 알아내는 게 내가 할 일이라고요. 호기심을 자극하는 영혼을 지니고도 자신을 속속들이 보여 주지 않는 게 너무나도 부당하다고 생각했어요. 그거 알아요? 난 레게트가 본명인지도 의심스러워요. 그리고 그는 프랑스 사람이 분명해요. 나한테 애틀랜타 출신이라고 한 적이 있지만 인생관이나 정신 상태, 모든 게 프랑스 사람이에요. 물론 본인은 인정하지 않지만."

"나머지 가족은 어떤가? 가브리엘은 맛이 좀 갔지?"

"글쎄요. 그냥 떠오르는 대로 묻는 건가요, 아니면 그녀가 정말 정상이 아니라고 생각하는 거예요?"

피츠스테판이 호기심 가득한 눈으로 나를 바라보았다.

"잘 모르겠어. 조금 이상하고, 사람을 불편하게 하는 사람인 것은 확실하네. 게다가 귀가 꼭 동물 같이 생겼고, 이마라고는 거의 없고, 눈동자가 녹색이었다가 갈색이었다가 마구 바뀐단 말일세. 여기저기 캐묻고 다니는 동안 그녀에 대해서는 얼마나 알아냈나?"

"캐묻고 다니는 게 직업인 당신이 사람에 대한 나의 호기심과 그것을 만족시키려는 나의 노력을 비웃는 건가요?"

"우리는 서로 달라. 나야 사람들을 감옥에 처넣는 것이 목적이고 그에 대해 대가를 받지 않나. 물론 마땅히 받아야 할 금액에 비하면 턱도 없이 적지만."

"다르지 않아요. 나도 사람들을 책 속에 집어넣는 것이 목적이고 그에 대해 대가를 받잖아요. 물론 마땅히 받아야 할 금액에 비하면 턱도 없이 적지만."

"좋아, 하지만 그게 무슨 소용이람?"

"신은 알겠죠. 그럼 사람들을 감옥에 처넣는 건 또 무슨 소용인데요?"

"교통 체증을 막아 주잖나. 많은 사람들을 감옥에 넣는다고 생각해 보게. 도시에 교통 문제가 사라질걸? 그건 그렇고 이 가브리엘에 대해 뭘 알고 있어?"

"그녀는 아버지를 증오해요. 하지만 아버지는 그녀를 떠받들죠."

"증오는 왜?"

"저도 몰라요. 어쩌면 그가 떠받들기 때문 아닐까요."

"그건 말이 안 돼. 소설가나 할 수 있는 말을 하는군. 레게트 부인은?"

내가 투덜거렸다.

"식사 대접받은 적 없죠? 그런 적이 있다면 아무 의심을 품지 않을 거예요. 평온하고 온전한 영혼만이 그런 요리를 할 수 있을 겁니다. 그녀가 남편과 딸이라는 이 기이한 생명체들에 대해 도대체 어떻게 생각하고 있는지 궁금해진 적이 몇 번 있어요. 아마 그들의 기이한 점을 전혀 의식하지 못한 채 그들을 있는 그대로 받아들이고 있는 거겠죠."

"다 좋은데 말이야, 자네 확실한 건 아무것도 이야기해 주지 않았다고."

"그래, 안 했죠. 그런데 그게 다란 말이죠, 친구. 내가 아는 거, 내가 생각한 건 다 알려 드렸는데 그중 확실한 건 하나도 없어요. 그게 중요한 거죠. 1년을 노력했는데 레게트 집안에 대해 확실한 건 하나도 알아내지 못했다는 거. 나의 호기심과 그것을 충족시키기 위한 나의 놀라운 기술을 생각할 때 그자가 무언가를 숨기고 있으며 어떻게 숨겨야 하는지 아주 잘 알고 있는 것이 분명하다고 납득되지 않나요?"

"그런가? 난 잘 모르겠네. 하지만 누군가를 감옥에 보낼 만한 정보도 아닌 걸 듣고 있느라 시간 낭비한 것만은 확실히 알겠군. 저녁은 내일 먹을까, 아니면 모레?"

"모레요. 7시 어때요?"

나는 그 시간에 들르겠노라 말하고 집을 나섰다. 5시를 조금 넘긴 시각이었다. 점심을 먹지 않은 나는 블랑코 식당에 들렀다가 코뿔소 팅글리를 찾으러 시내로 나갔다.

그를 찾은 것은 큰 발 거버의 담배 가게였다. 그는 두툼한 시가를 입안 이리저리 굴리며 다른 흑인 네 명과 이야기하고 있었다.

"……그래서 그놈한테 그랬지. '이봐 검둥이, 말도 안 되는 소리를 지껄이고 있잖아.' 그런 다음에 한 손을 내밀고는 '하느님 앞에 맹세하는데 시멘트 바닥에 난 발자국만 빼고 거기 그 사람은 그림자도 없었다니까. 그것도 2미터 간격으로 집을 향해 있었다고……'"

나는 담배 한 갑을 사면서 그를 위아래로 재어 보았다. 서른이 안 되는 초콜릿색 피부의 사내로 키는 180센티미터 정도에 몸무게가 90킬로그램 이상 나가 보였고, 툭 불거진 노리끼리한 눈과 넓적한 코, 푸르딩딩한 큰 입과 푸르딩딩한 잇몸이 보였으며, 마지막으로 울퉁불퉁한 검은색 흉터가 아랫입술에서 시작되어 푸른색과 흰색 줄무늬 옷깃 속으로 이어져 있었다. 옷은 새것처럼 보였고 차려입는 것을 좋아하는 것 같았다. 목소리는 매우 낮은 저음으로, 다른 이들과 함께 웃음을 터뜨릴 때마다 진열장 유리가 부르르 떨렸다.

그들이 여전히 웃고 있는 동안 나는 가게 밖으로 나갔다. 내가 나가자마자 웃음소리가 뚝 끊기는 것을 듣고 뒤를 돌아보고 싶은 강한 충동이 느껴졌지만 꾹 참고 그와 미니가 함께 살고 있다는 건물로 향했다. 그 집까지 반 블록 정도 남았을 때 그가 나를 따라잡았다.

나란히 일곱 걸음을 걷는 동안 나는 아무 말도 하지 않았다. 그러다 그가 입을 열었다.

"나에 대해 묻고 다니는 사람이슈?"

그의 입에서 풍기는 시큼한 이탈리아 와인 냄새는 눈에 보일 듯 진했다.

나는 잠시 생각을 하다가 대답했다.

"맞소."

"나한테는 무슨 볼일인데?"

그가 물었다. 불쾌하지는 않고 다만 궁금한 것 같았다.

그때 거리 맞은편에서 갈색 코트를 입고 갈색과 노란색이 섞인 모자를 쓴 가브리엘 레게트가 미니가 사는 건물에서 나와 남쪽으로 걸어가는 것이 보였다. 우리로부터 얼굴을 돌린 채였다. 그녀는 아랫입술을 깨문 채 서둘러 걸어갔다.

나는 흑인을 쳐다보았다. 그도 나를 보고 있었다. 그의 얼굴에는 가브리엘 레게트를 보았다든가, 아니면 그녀의 모습을 본 것이 그에게 어떤 의미가 있다든가 하는 기색이 전혀 드러나지 않았다.

"숨길 게 없지 않소? 그렇다면 누가 당신에 대해 묻고 다니든 거리낄 것이 없지 않소?"

내가 물었다.

"그래도 그렇지, 나에 대해 알고 싶은 게 있으면 나를 찾아와야 할 거 아냐. 당신이 미니를 잘리게 만든 사람이슈?"

"잘린 게 아니요. 그만둔 거지."

"미니는 다른 사람한테 이러쿵저러쿵 소리를 들을 이유가 하나도 없어. 그녀는……."

"그럼 가서 이야기를 해 봅시다."

내가 말하고는 먼저 길을 건넜다. 건물 앞에 다다르자 그가 앞장섰다. 우리는 함께 계단을 한 층 올라가 어두운 복도를 따라 한 문 앞에 닿았다. 그는 열쇠가 스무 개쯤 달린 꾸러미를 꺼내 그중 하나로 문을 열었다.

미니 허시가 침실에서 나오더니 거실에서 우리를 맞았다. 그녀는 분홍색 싸구려 실내복을 입고 있었는데 가장자리에는 노란색 타조털이 달려 있어 마치 죽은 양치류 식물 같아 보였다. 나를 본 순간 그녀의 눈이 크게 벌어졌다.

"이 사람 알지, 미니?"

코뿔소가 말했다.

"으…… 응."

미니가 대답했다.

"레게트 씨 댁에서 그렇게 나가 버리면 어쩌자는 거요. 당신이 그 사건과 관련되어 있다고 생각하는 사람은 아무도 없소. 그건 그렇고 레게트 양은 여기서 뭐 하던 거요?"

내가 물었다.

"레게트 양이라뇨. 무슨 말씀인지 모르겠군요."

그녀가 대답했다.

"이리로 올 때 막 나가는 걸 보았는데."

"오! 레게트 양이요! 레게트 부인 말씀하시는 줄 알았죠. 죄송합니다. 예. 가브리엘 양이 여기 왔었어요. 다시 돌아와 일할 건지 묻더라고요. 나를 좋게 생각해 주거든요. 아주 많이."

"그렇게 해야 하오. 그렇게 나가 버리는 건 어리석은 일이지."

내가 말했다.

코뿔소가 입에 물고 있던 시가를 꺼내더니 붉은 빛을 뿜으며 타고 있는 끝 부분으로 그녀를 가리켰다.

"돌아갈 생각 말아! 근처에도 가지 말라고! 아무한테도 그런 대접 받을 이유가 없단 말이야!"

그가 한 손을 바지 주머니에 쑤셔 넣더니 둘둘 말린 두툼한 지폐 뭉치를 꺼내 탁자 위에 탕 하고 내려놓았다. 그러고는 낮은 소리로 말했다.

"뭣 때문에 다른 사람들 밑에서 일을 하겠냐고?"

그는 그녀를 향해 이야기하고 있었지만 씨익 웃는 눈은 나를 보고 있었다. 푸르딩딩한 입술 사이로 금니가 반짝반짝 빛났다. 미니가 경멸이 담긴 눈으로 그를 쳐다보며 말했다.

"쓸데없이 오해나 사게, 왜 그래?"

그러고는 그녀가 나를 보았다. 그녀의 갈색 얼굴은 경직되어 있었다. 자신을 믿어 달라는 간절한 표정으로 그녀가 진심을 담아 말했다.

"저이가 크랩 게임에서 딴 돈이에요. 아니면 제 손에 장을 지져요."

"내가 돈이 어디서 났는지 누가 무슨 상관이야! 돈이 있단 말씀이야. 돈이……."

코뿔소가 소리쳤다. 그는 시가를 탁자 가장자리에 내려놓더니 돈을 들었다. 그러고는 발꿈치만큼 큰 엄지손가락을 욕실 깔개처럼 까슬까슬해 보이는 혓바닥에 문지르더니 돈을 한 장, 한 장 세어가며 탁자 위에 내려놓기 시작했다.

"20, 30, 80, 100, 110, 210, 310, 330, 335, 435, 535, 585, 605, 610, 620, 720, 770, 820, 830, 840, 940, 960, 970, 975, 995, 1015, 1020, 1120, 1170! 나한테 돈이 얼마 있나 궁금해? 이게 내가 가진 돈이다 이거야! 1170달러. 그럼 이게 어디서 났는지 궁금하다고? 그건 말해 줄 수도 있고 안 해 줄 수도 있지. 그건 내 기분이 어떤지에 달려있다 이 말씀이야!"

"이 돈은 크랩 게임에서 딴 거예요. 해피 데이 사교 클럽에서요. 제가 손에 장을 지진다니까요."

미니가 말했다.

"그런지도 모르지. 안 그랬다면 어쩔 건데?"

코뿔소가 여전히 싱글싱글 웃으며 내게 말했다.

"난 수수께끼에는 재주가 없소."

내가 말했다. 그리고 미니에게 레게트 씨 댁으로 돌아가라고 한 번 더 말한 뒤 그 집을 나왔다. 미니가 내 뒤에서 문을 닫았다. 복도를 걸어가는데 그녀가 그에게 핀잔을 주는 소리와 함께 코뿔소의 낮은 웃음소리가 들려왔다.

시내에 있는 올빼미 약국에 들러 전화번호부에서 버클리 지역을 뒤져보니 프리맨더라는 이름을 하나 찾을 수 있었다. 나는 그리로 전화를 걸었다. 베그 부인이 거기에서 일하고 있었고 다음 연락선을 타고 오면 만나 주겠다고 하였다.

프리맨더 씨 댁은 캘리포니아 대학교 방향으로 구불거리며 올라가는 길가에 있었다.

베그 부인은 뼈대가 굵지만 앙상하게 말랐고, 역시 뼈밖에 없는 머리 주변으로 묶어 놓은 숱 없는 회색 머리, 차가워 보이는 회색 눈, 그리고 단단하고 솜씨 좋아 보이는 손을 가지고 있었다. 그녀는 까다롭고 모질어 보였지만 동시에 말을 이리저리 돌려 하는 스타일이 아니어서 우리는 쉽게 본론에 들어갈 수 있었다.

나는 그녀에게 도난 사건에 대해 들려준 뒤 도둑이 적어도 단순한 정보 이상의 내부 도움을 받았고 레게트 집안을 잘 아는 사람일 것이라고 덧붙였다.

"프리슬리 부인이 당신이 레게트 씨 댁에서 가정부로 일했었다고 알려 주셨습니다. 도와주실 수 있을 거라 하셨죠."

베그 부인은 내가 시내에서 여기까지 나오느라 들인 돈의 값어치를 할 만한 정보는 없을 거라고 하면서도 정직한 사람으로서 누구에게도 숨길 것이 없으니 최대한 도와주겠다고 하였다. 일단 말을 시작하자 그녀는 엄청난 양의 이야기를 들려주었다. 관심이 가지 않는 것들을 제치니 다음과 같은 정보를 추릴 수 있었다.

베그 부인은 1921년 봄, 직업소개소를 통해 레게트 씨의 가정부로 고용되었다. 처음에는 옆에서 일을 돕는 소녀도 한 명 있었으나 둘이 필요할 정도로 일이 많지 않아 베그 부인의 제안에 따라 그들은 소녀를 내보냈다. 레게트 씨는 시키는 것이 많지 않았고, 실험실과 비좁은 침실이 있는 꼭대기 층에서 대부분을 시간을 보냈다. 가끔 저녁 때 친구들을 초대하는 경우를 제외하고는 집의 나머지 부분은 거의 사용하지 않았다. 베그 부인은 그의 친구들이 마음에 들지 않았다. 그들에 대해 나쁜 말을 할 수는 없었지만 한 가지 밝힐 것이 있다면 그들의 말씨가 매우 형편없고 망신거리였다는 것이었다. 에드거 레게트는 매우 좋은 사람이긴 하나 지나치게 말이 없고 비밀이 많아 사람을 불안하게 만들었다. 그녀는 3층이 절대로 올라가선 안 되었고, 실험실 문은 언제나 잠겨 있었다. 한 달에 한 번 일본 남자가 찾아와 레게트 씨가 지켜보는 가운데 실험실을 청소했었다. 그녀는 그에게 과학과 관련된 비밀이 많고 어쩌면 위험한 약품이 있을 수도 있으며, 다른 이들이 들여다보는 것을 싫어해서 그럴 거라 생각했지만 어쨌든 그것은 사람을 불편하게 만들기에 충분했다. 그녀는 레게트 씨의 개인이나 가족사에 대해서는 아무것도 몰랐으며, 주제넘게 그런 질문을 하지도 않았다.

1923년 8월, 그녀는 그날을 비 오는 아침이라고 기억하고 있었다. 한 여자와 열다섯 살 먹은 소녀가 여행 가방을 잔뜩 들고 집으로 찾아왔다. 그들을 집 안으로 들이자 여자가 레게트 씨를 찾았다. 베그 부인이 실험실 문으로 가 이것을 전하자 그가 아래로 내려왔다. 그들을 본 그는 너무나도 놀랐고, 베그 부인은 태어나서 그렇게 깜짝 놀란 사람은 처음 보았다고 했다. 레게트 씨의 얼굴이 백짓장처럼 하얗게 변해서 그녀는 그가 기절할 것 같다고 생각했다. 심하게 몸을 떨기도 하였다. 그녀는 세 명이 그날 아침 무슨 말을 주고받았는지 몰랐다. 외국어를 썼기 때문이었다. 희한하게도 그들 모두 영어를 여느 사람만큼, 어쩌면 그 누구보다도 잘했는데 말이다. 특히 가브리엘이라는 소녀가 영어로 욕을 하기 시작했을 때는 대단했다. 베그 부인은 그들을 남겨두고 집안일을 다시 시작했다. 곧 레게트 씨가 부엌으로 들어오더니 찾아온 이가 처형인 데인 부인과 그녀의 딸이고, 그들을 10년 넘게 못 보았지만 이제 그와 함께 살게 될 것이라고 알려 주었다. 후에 데인 부인은 자신들이 영국인이긴 하지만 뉴욕에서 몇 년 동안 살았다고 하였다. 베그 부인은 지각 있고 살림 솜씨가 최고인 데인 부인이 마음에 들었지만 가브리엘은 영 못마땅했다고 하였다. 베그 부인은 소녀에 대해 이야기할 때 언제나 '그 가브리엘이라는 애'라 불렀다.

데인 부인과 딸이 그곳에서 살기 시작한 후 데인 부인의 뛰어난 살림 솜씨 덕분에 베그 부인은 더 이상 할 일이 없었다. 그들은 그녀가 일할 새 가정을 찾아 주었고 떠날 때 후한 보너스를 건네기도 하였다. 그 이후 그들을 본 적은 없지만 신문에 실린 결혼, 부고, 탄생 소식 등을 꼼꼼히 챙겨 보는 덕분에 집을 나온 뒤 정확히 일주일 만에 그녀는 에드거 레게트와 앨리스 데인 앞으로 결혼 허가증이 발급되었다는 사실을 알게 되었다.

4장
정체 모를 하퍼 부부

다음 날 아침 9시에 사무실에 도착하자 에릭 콜린슨이 나를 기다리고 있었다. 그의 가무잡잡한 얼굴은 혈색 없이 거무죽죽했고 머리에는 포마드를 바르는 것을 잊은 듯했다.

그가 나를 보더니 벌떡 일어나 문까지 달려와 물었다.

"혹시 레게트 양에 대해 아는 게 있습니까? 어젯밤에 집에 없었고 지금도 없어요. 레게트 씨가 어디에 있는지 모른다는 말은 안 하는데 제가 볼 때는 모르는 것 같아요. 나더러 걱정하지 말라고 했지만 어떻게 걱정을 안 할 수 있겠습니까? 뭐 아는 거 없어요?"

나는 아는 게 없다고 대답한 뒤 전날 저녁 미니 허시의 집을 나서는 그녀를 보았다고 말했다. 나는 미니의 집 주소를 알려 주고 직접 물어보는 게 어떻겠느냐 말했다. 그는 모자를 푹

눌러쓰고 서둘러 나갔다.

나는 오가르에게 전화를 걸어 뉴욕으로부터 아직 소식이 없느냐고 물었다.

"있지. 업튼, 그 이름은 본명이 맞고, 한때 당신처럼 사립 탐정이었더군. 23년까지 자기 사무실도 하나 가지고 있었는데 배심원을 매수한 죄로 해리 루퍼트라는 사내 한 명과 함께 감방에 갔다더군. 보석 일은 어떻게 되어가나?"

"잘 모르겠어요. 이 코뿔소 팅글리라는 자가 1100달러를 가지고 다니긴 해요. 미니 말로는 주사위를 굴려 딴 거라는데……. 그랬을 수도 있지요. 실제로 그 돈은 레게트의 다이아몬드를 팔아서 받을 수 있는 돈의 두 배나 되거든요. 이거 확인해 볼 수 있나요? 해피 데이 사교 클럽에서 땄다고 했습니다."

오가르는 최대한 알아보겠다 약속하고 전화를 끊었다.

나는 뉴욕 사무소에 전보를 보내 업튼과 루퍼트에 관한 정보를 요청한 뒤 군 서기 사무실로 찾아가 1923년 8월부터 9월까지의 결혼 허가증을 뒤졌다. 찾아낸 8월 26일자 신청서에는 에드거 레게트가 1883년 3월 6일 조지아 주 애틀랜타에서 태어났고, 이것이 그의 두 번째 결혼이며, 앨리스 데인은 1888년 10월 22일 영국 런던에서 태어났고, 이전에 결혼한 적이 없다고 쓰여 있었다.

사무실로 돌아왔을 때는 아까보다도 더 머리가 헝클어진

에릭 콜린슨이 나를 기다리고 있었다.

"미니를 만났어요. 아는 게 없더라고요. 가브리엘이 지난밤에 찾아와 다시 돌아와 달라고 했다고…… 그게 전부였어요. 근데 에메랄드 반지를 하나 끼고 있었는데 가브리엘 것이 분명해요."

그가 흥분하여 말했다.

"그래서 반지에 대해 따졌습니까?"

"누구한테요? 미니한테? 어떻게 그래요? 그러면…… 알잖아요……."

"그렇죠. 언제나 정중하게 행동해야죠."

피츠스테판이 정의의 기사 운운하던 것이 떠올랐다.

"그런데 요 전날 밤 레게트 양과 함께 집에 돌아간 시각에 대해서는 왜 내게 거짓말을 했습니까?"

부끄러워하는 모습 때문에 그의 얼굴은 더욱 매력적인 동시에 조금 덜떨어져 보였다.

"실없는 짓이었죠. 하지만 그런 건…… 알잖아요…… 혹시라도…… 이상한……."

그의 말은 전혀 문장이 되지 않았다.

"너무 늦은 시각이라 내가 그녀에 대해 엉뚱한 생각을 할까 봐 걱정했던 거죠?"

내가 대신 말했다.

"맞아요."

나는 그를 돌려보내고 다른 요원들이 있는 방으로 들어갔다. 덩치가 크고 얼굴이 붉은 미키 리니헌과 날씬하고 어두운 피부에 맵시 있는 앨 메이슨이 각자 총알 세례를 받은 일에 대해 허풍을 떨고 있었다. 서로 자신이 처한 상황이 더 긴박하고 무서웠다고 꾸며 대느라 안간힘을 썼다. 나는 레게트 사건에 대해 누가 누구인지, 그리고 무슨 일이 벌어지고 있는지 아는 대로 설명을 해 주었다. 말로 풀어내니 생각보다도 아는 것이 훨씬 더 적었다. 레게트 씨 댁을 감시하라고 앨을 보내고 미키에게는 미니와 코뿔소가 어쩌는지 지켜보도록 했다.

한 시간 뒤 레게트 씨 댁 초인종을 누르자 상냥한 얼굴에 그늘이 진 레게트 부인이 문을 열었다. 녹색, 주황색, 초콜릿색 방으로 들어가자 잠시 후 레게트 씨가 들어왔다. 나는 오가르가 뉴욕으로부터 입수한 업튼에 대한 정보를 전한 뒤 루퍼트에 대해 정보를 요청하는 전보를 쳤다고 이야기했다.

"이웃 분들이 본 건 업튼이 아닌 다른 남자였습니다. 그리고 그 인상착의의 남자 하나가 업튼이 살해된 방으로부터 화재 비상구를 통해 도망치는 것을 본 사람도 있고요. 곧 루퍼트라는 작자가 어떻게 생겼는지 알게 될 겁니다."

나는 레게트 씨의 얼굴을 지켜보고 있었다. 달라지는 것은 없었다. 지나치게 밝은 그의 적갈색 눈동자에 관심 말고 다른 기색은 없었다.

"레게트 양 있습니까?" 내가 물었다.

"아니요." 그가 대답했다.

"언제 오나요?"

"앞으로 며칠은 안 올 겁니다. 멀리 여행을 갔거든요."

"어디에 가면 찾을 수 있습니까? 물어볼 것이 좀 있어서요." 내가 레게트 부인에게 물었다.

레게트 부인은 나의 시선을 피하더니 남편을 쳐다보았다.

그의 쇳소리 섞인 목소리가 대신 나의 질문에 대답했다.

"우리도 정확히 모릅니다. 그 애의 친구인 하퍼 부부가 로스앤젤레스에서부터 차를 타고 와서 산으로 여행을 가자며 그 애를 데려갔거든요. 어느 길로 가는지 잘 모르겠고, 사실 정해 둔 목적지도 없는 것 같았습니다."

나는 하퍼 부부에 대해 더 물었다. 레게트 씨는 그들에 대해 거의 아는 것이 없다는 것을 인정했다. 하퍼 부인의 이름은 카멜이고, 모든 이가 남편을 버드라 부르긴 하지만 진짜 이름이 프랭크인지, 월터인지 잘 모르겠다는 것이었다. 게다가 하퍼 부부의 로스앤젤레스 주소도 모른다 했다. 패서디나 어딘가에 집이 있는 것 같긴 한데 그러고 보니 그들이 집을 팔았다고 들은 것 같다고 했다. 아니, 어쩌면 팔려고 내놓은 것일 수도 있었다. 그가 이렇게 말도 안 되는 소리를 줄줄이 늘어놓는 동안 그의 아내는 바닥만 내려다보고 있다가 딱 두 번 푸른 눈을 들어 그를 살짝 쳐다보았다. 그 눈에는 애원의 빛이 담겨 있는 것 같았다.

"남편 분이 말씀하신 것 외에 더 아시는 건 없습니까?"

이번에는 부인에게 물었다.

"없어요."

그녀가 조용히 대답하며 한 번 더 남편의 얼굴을 흘깃 쳐다보았다. 하지만 레게트 씨는 그녀에게 신경을 쓰지 않고 차분하게 나만 바라볼 뿐이었다.

"언제 떠났습니까?" 내가 물었다.

"오늘 아침 일찍이요. 어딘지는 모르겠고 그 부부는 호텔에 묵고 있었습니다. 아침 일찍 출발하기 위해 가브리엘도 어제 거기에서 잤고요."

레게트 씨가 대답했다.

이제 하퍼 부부 이야기는 그만하면 된 것 같았다.

"두 분 중에 혹시 업튼이란 사람에 대해 아는 분 있습니까? 이번 일 전에 그와 만났거나 관여한 일이 있나요?"

"아니요."

레게트 씨가 대답했다.

질문할 것이 더 있었지만 지금 나오는 답변에는 거의 아무런 의미가 없었다. 그래서 자리에서 일어섰다. 내가 지금 그를 어떻게 생각하고 있는지 말해 주고 싶은 마음이 굴뚝같았지만 그렇게 해서 좋을 것이라고는 없어 보였다.

그 역시 예의바르게 미소 지으며 자리에서 일어섰다.

"보험 회사에서 이 모든 수고를 하게 되어 여간 미안한 게 아닙니다. 결국 제가 관리를 소홀히 한 탓일 텐데요. 한 가지 여쭤 볼 게 있는데요, 다이아몬드 도난에 대해 제가 책임을 지고 보상을 하는 게 낫겠다고 생각하십니까?"

"지금 상황으로 보면 그러시는 게 좋을 것 같습니다. 하지만 그렇다고 수사가 중단되지는 않을 겁니다."

내가 대답했다.

"감사합니다. 한번 생각해 보겠습니다."

그의 목소리는 편안하고도 예의발랐다.

사무실로 돌아가는 길에 나는 피츠스테판의 집에 삼십 분 정도 들렀다. 그는 《정신병리학 평론》이라는 잡지에 기고할 글을 쓰고 있었다. 잡지 제목은 확실하진 않지만 그와 비슷한 이름이었다. 글의 주제는 무의식, 아니면 잠재의식의 가설이란 올가미요, 망상이며, 방심한 자들이 빠지기 쉬운 함정이자 돌팔이 의사들을 위한 가짜 수염이며, 건전한 학자들이 정신 분석학자나 행동주의자처럼 유행이나 쫓는 자들을 몰아내기 불가능하게 만드는 심리학의 지붕 속 구멍과 같다고 비난하는 내용이라 하였다. 아마도 그와 비슷한 말이었던 것 같다. 그는 이와 같이 알아들을 수도 없는 소리를 십여 분간 늘어놓더니 마침내 미국 땅으로 돌아온 듯 이해할 수 있는 말을 꺼냈다.

"그래서 사라진 다이아몬드 문제는 어떻게 되고 있나요?"

"이렇게 저렇게 흘러가고 있지."

그러면서 나는 지금까지 내가 알아낸 것과 한 일에 대해 들려주었다.

"일을 죄다 최대한 얽히고설켜 복잡하게 만드는 데만 성공했군요."

나의 말을 들은 그가 축하한답시고 말했다.

"풀리기 전까지 더 심해질걸. 레제트 부인과 단둘이 십 분만 같이 있으면 좋겠네. 남편 없는 곳에서 말이야. 그러면 무슨 수가 생길 텐데. 그녀한테 뭘 좀 알아낼 수 있겠나? 왜 가브리엘이 사라졌는지 알고 싶은데. 어디로 갔는지는 모른다고 해도."

"한번 해 보죠. 내일 오후에 음…… 책을 한 권 빌리러 가볼까요? 웨이트의 『장미 십자가』 정도면 될 거예요. 내가 그런 데 관심이 많다는 걸 아니까. 그는 실험실에 처박혀 일이나 하고 있을 테고, 그를 방해할 생각이 없다고 하면 되지요. 무심코 지나가는 투로 물어보면 무언가 알아낼 수 있을지도 몰라요."

"고맙네. 그러면 내일 밤에 만나지."

나는 지금까지 알아낸 것과 추리한 것들을 종이에 적고 그것들을 논리적으로 나열하는 데 그날 오후를 보냈다. 에릭 콜린슨이 가브리엘에 대해 다른 소식이 있느냐며 두 번 전화를 걸어왔다. 미키 리니헌이나 앨 메이슨은 아무것도 보고하지 않았다. 6시가 되어서 이만 일을 마치기로 했다.

5장

가브리엘

다음 날에는 몇 가지 일이 일어났다.

아침 일찍 뉴욕 사무소에서 전보가 와 있었다. 내용은 다음과 같았다.

> 루이스 업튼. 여기 탐정 사무소 전 소유주. 1923년 섹스턴 살인 사건 배심원 둘 매수 혐의로 체포. 피고용인 해리 루퍼트 연루시켜 모면 시도. 둘 다 유죄 판결. 둘 다 올해 2월 6일 싱싱 교도소 출옥. 루퍼트가 업튼 살해 위협함. 루퍼트 32세 180센티미터 68킬로그램 갈색 머리 갈색 눈동자 혈색 나쁨 마른 얼굴 길고 가는 코 구부정하고 턱 빼고 걸음. 사진 보냄.

이 정도면 프리슬리 부인과 데일리 씨가 보았다던 남자가 업튼을 죽인 루퍼트라 보기에 충분했다.

오가르가 전화를 해 왔다.

"자네가 이야기한 그 흑인 코뿔소 팅글리가 어젯밤 보석을 팔려다 전당포에서 붙잡혔네. 하지만 그중에 세팅되지 않은 다이아몬드는 없었어. 아직 입을 열진 못했고 누군지만 알아냈네. 보석이 레게트 것일 거라 생각하고 그쪽으로 일부를 보냈는데 그는 아니라더군."

그건 말이 되지 않았다.

"할스테드 앤드 보샹으로 한번 가 보세요. 그게 레게트 씨 것 같다고 이야기하되 그가 아니라고 했다는 말은 하지 마세요."

내가 말했다.

삼십 분 뒤 오가르가 보석상으로부터 다시 전화를 걸어 왔다. 할스테드가 그중 진주목걸이와 토파즈 브로치가 레게트 씨가 딸을 위해 사 간 것이라고 확인해 주었다는 내용이었다.

"그거 잘됐군요. 그럼 이제 이렇게 해 주시겠습니까? 코뿔소의 집으로 가서 미니를 겁주세요. 집 안을 뒤지고 좀 거칠게 다루는 겁니다. 겁을 많이 줄수록 좋아요. 에메랄드 반지를 끼고 있을지도 모릅니다. 레게트 씨 것처럼 보이는 다른 보석이랑 그 반지가 거기 있다면 압수해 오세요. 하지만 너무 오래 머무르거나 나중에 또 귀찮게 해선 안 됩니다. 그녀 쪽은 내가 알아서 할 테니까요. 그냥 한번 겁을 준 다음 빠져나오세요."

"이참에 아주 하얗게 질려 백인이 되게 만들어 주지."

오가르가 약속했다.

마침 딕 폴리가 밤새 창고 강도 사건을 조사하고 들어와 보고서를 쓰고 있었다. 나는 미키와 함께 미니 허시를 지켜보라며 그를 내보냈다.

"경찰이 나가고 그녀가 집을 나서면 따라가란 말이야. 그리고 어디로 가는지 알아내면 즉시 내게 전화해 주게."

나는 사무실로 돌아가 담배에 불을 붙였다. 세 번째 것을 태우고 있을 때 에릭 콜린슨이 전화를 해 아직 가브리엘을 못 찾았느냐 물었다.

"아직은요. 하지만 짚이는 구석이 있소. 바쁘지 않다면 여기로 와 같이 가죠. 혹시 갈 곳이 생길지 모르니까."

그는 매우 적극적으로 그렇게 하겠다고 대답했다.

몇 분 뒤 미키 리니헌이 전화를 했다.

"흑인 소녀가 움직였습니다."

그러고는 내게 퍼시픽 대로에 있는 주소를 알려 주었다.

수화기를 내려놓기도 전에 또 한 번 벨이 울렸다.

"저는 와트 할스테드입니다. 잠시 이쪽으로 오실 수 있나요?"

그가 물었다.

"지금은 안 되겠는데요. 무슨 일입니까?"

"에드거 레게트 씨에 관한 일입니다. 이상한 일이 생겼어요. 경찰에서 오늘 아침 보석 몇 점을 가져와 제게 누구 것인지 알아보겠느냐 물었습니다. 그중에 진주목걸이와 브로치를 알아보았죠. 지난 해 에드거 레게트 씨가 딸을 위해 사 간 것이었습니다. 브로치는 봄에, 진주는 크리스마스였죠. 경찰이 간 뒤 레게트 씨에게 전화를 걸었는데 그가 너무나도 이상한 반응을 보이더라고요. 제 말이 다 끝나기를 기다리더니, '남의 일에 끼어들어 주시니 정말 감사합니다.' 하고는 덜컥 전화를 끊는 것 아닙니까. 무슨 일인지 혹시 아십니까?"

"누가 알겠어요? 일단 고맙습니다. 제가 지금 급히 나가 봐야 하는데 나중에 짬이 나면 꼭 들르겠습니다."

나는 오웬 피츠스테판의 번호를 뒤져 그에게 전화를 걸었다.

"여보세요."

그의 느린 목소리가 들려왔다.

"뭔가 효과를 보려면 당장 책 빌리는 일에 착수하는 게 좋겠네."

"왜요? 무슨 일이라도 벌어지고 있는 겁니까?"

"그렇다네."

"예를 들면요?" 그가 물었다.

"이런 저런 일들이. 레게트 미스터리에 끼고 싶은 사람이라면 무의식 같은 것만 붙잡고 있을 때가 아니란 말일세."

"알겠습니다. 지금 나가요."

피츠스테판과 통화를 하는 도중에 에릭 콜린슨이 들어왔다.

내가 승강기 방향으로 그를 데리고 가며 말했다.

"갑시다. 뭔가 있을지도 모릅니다."

"어디 가는 겁니까? 그녀를 찾은 거예요? 괜찮나요?"

그가 조바심을 내며 물었다.

나는 미키가 알려 준 퍼시픽 대로의 주소를 대며 첫 번째 질문에만 답변했다. 에릭은 그 주소를 알고 있었다.

"거긴 조셉의 집인데요."

"그래요?"

승강기 안에는 우리 말고도 대여섯 명의 다른 사람들이 있어서 나는 짧게 알겠다는 뜻의 대답만 하였다.

길모퉁이에 그의 크라이슬러 2인승 컨버터블 자동차가 세워져 있었다. 차에 오른 우리는 늘어선 차와 교통 신호를 무시하고 퍼시픽 대로를 향해 달리기 시작했다.

"조셉이 누굽니까?" 내가 물었다.

"또 다른 신흥 종교가 있는데, 조셉은 그 우두머리죠. 성배의 사원이라는 곳을 운영하고 있어요. 지금 가장 인기가 있는 곳 중 하나죠. 캘리포니아에서 그런 것들이 얼마나 금방 인기를 모았다가 사라지는지 잘 알잖아요. 전 가브리엘이 거기 있는 게 마음에 들지 않아요. 그녀가 거기 있는 게 맞다면······ 글쎄요. 마음에 들진 않지만 그리 나쁜 사람들 같진 않더라고요. 그는 레게트 씨의 희한한 친구들 중 하나예요. 그녀가 거기 있답니까?"

"그럴지도 모르죠. 가브리엘이 그 종교의 일원입니까?"

"거기 다닙니다. 맞아요. 저도 그녀와 같이 간 적이 있어요."

"어떤 일당들입니까?"

"오, 그럭저럭 괜찮은 사람들이에요."

그가 어딘지 인정하기 싫다는 듯 말했다.

"잘 골라다 놓은 사람들 같죠. 페이슨 로렌스 부인, 랄프 콜먼 부부, 리빙스턴 로드먼 부인, 그런 사람들이요. 조셉과 그의 아내 애러니아 할던 부부도 괜찮아 보이긴 해요. 그래도 가브리엘이 그런 데 다닌다는 게 영 마음에 들지 않습니다."

크라이슬러의 오른쪽 바퀴가 지나가던 케이블카 끝 부분을 아슬아슬하게 빗겨갔다.

"그런 사람들의 영향을 너무 많이 받는 게 그녀에게 좋을 거라 생각지 않거든요."

"거기 가 보셨다고 했죠? 어떤 속임수를 씁디까?"

내가 물었다.

"속임수는 아니에요. 교리 같은 걸 잘 모르긴 해도 가브리엘과 함께 예배에 참석한 적이 있거든요. 성공회 예배나 가톨릭 미사처럼 위엄 있고 심지어 아름답기까지 했어요. 방언을 지껄이며 교회 바닥을 데굴데굴 굴러다니는 홀리 롤러나 하우스 오브 데이비드 같은 걸 생각하시면 안 됩니다. 이건 그거랑 전혀 달라요. 이곳의 정체가 무엇이든 사이비 종교라면 그중에서도 최고급이 분명해요. 할턴 부부는 음…… 저보다도 교양 있는 사람들이니까요."

콜린슨이 이마에 주름을 잡으며 대답했다.

"그럼 뭐가 문젠데요?"

그가 침울하게 고개를 흔들었다.

"솔직히 말해서 문제가 있는지도 모르겠어요. 그냥 마음에 안 들어요. 이런 식으로 어디 가는지 아무한테 이야기도 안 하고 가브리엘이 훌쩍 사라지는 것도 싫어요. 부모님은 그녀가 어디 갔는지 아는 것 같아요?"

"아니요."

"그럴 줄 알았어요."

바깥에서 볼 때 성배의 사원은 그저 평범한 건물 같았다. 노란색 벽돌로 지어진 6층짜리 아파트 속에 다른 것이 있다는 표시는 어디에도 없었다. 나는 콜린슨에게 그 건물을 지나쳐 다음 길모퉁이에 서라고 했다. 거기에는 미키 리니헌이 그의 기우뚱한 덩치를 벽에 기대고 서 있었다. 모퉁이에 멈추자 그가 차로 다가왔다.

"검둥이 여자는 십 분 전에 떠났습니다. 딕이 따라갔어요. 설명해 주신 인상착의에 맞는 사람은 아무도 나타나지 않았고요."

그가 보고했다.

"차 안에서 기다리면서 문을 주시하게." 그에게 말했다.

"우리는 들어갑니다. 말은 내가 할 테니 조용히 있으세요."

이번에는 콜린슨을 보며 말했다.

사원 문 앞에 섰을 때 나는 그에게 다시 한 번 주의를 주어야 했다.

"그렇게 숨 거칠게 쉬지 마세요. 아무 일 없을 겁니다."

초인종을 눌렀다. 문이 거의 바로 열리더니 어깨가 넓고 살집이 좋으며 50대에 가까워 보이는 한 여자가 모습을 드러냈다. 그녀는 키가 168센티미터인 나보다도 7~8센티미터는 커 보였다. 얼굴에는 울룩불룩 살집이 늘어져 있고 눈과 입에는 부드러움도, 여유로운 기운도 없었다. 기다란 윗입술 위는 면도가 되어 있었다. 온몸은 턱과 귓불 바로 아래부터 거의 바닥까지 온통 시커먼 옷으로 덮여 있었다.

"레게트 양을 만나러 왔습니다."

그녀는 내 말을 못 알아들은 척 했다.

"레게트 양을 만나러 왔다고요. 가브리엘 레게트."

내가 다시 말했다.

"잘 모르겠습니다. 일단 들어오세요."

그녀의 목소리는 남자처럼 저음이었다.

무뚝뚝하게 우리를 데리고 들어간 그녀는 현관 한쪽 옆에 있는 작고 어두침침한 응접실로 가더니 거기에서 기다리라고 하고 사라졌다.

"저 동네 대장장이 같이 생긴 여잔 누굽니까?"

내가 콜린슨에게 물었다.

그는 모른다고 말했다. 그가 안절부절 못하며 방 안을 서성거렸다. 나는 자리에 앉았다. 블라인드가 내려진 탓에 방 안을 제대로 알아보기 힘들었다. 하지만 융단은 부드럽고 두꺼웠으며, 가구는 소박하다기보다 고급스러운 쪽 같았다.

콜린슨이 내는 소리 말고 다른 곳에서 들려오는 소리는 없었다. 열린 문 쪽을 본 나는 누군가 우리를 관찰하고 있음을 알아챘다. 열둘, 혹은 열세 살쯤 되어 보이는 작은 소년이 우리를 뚫어져라 쳐다보고 있었다. 어두운 색 커다란 눈에서 빛이 뿜어져 나와 이 어두침침한 방을 밝힐 것만 같았다.

"안녕?"

내 목소리에 깜짝 놀란 콜린슨이 펄쩍 뛰었다.

소년은 아무 말도 하지 않았다. 대신 오직 아이들만 할 수 있는 식으로 눈 하나 깜빡이지 않고 쑥스러워하지도 않으며 1분가량 나를 노려보더니 이내 몸을 돌려 가 버렸다. 나타날 때 그랬던 것처럼 역시 아무런 소리도 내지 않았다.

"누굽니까?" 콜린슨에게 물었다.

"할던 부부의 아들 마뉴엘일 거예요. 본 건 처음이에요."

콜린슨은 계속해서 방 안을 왔다 갔다 했다. 나는 앉아서 문을 쳐다보았다. 곧 두꺼운 카페트 위로 한 여자가 조용히 걸어오더니 응접실로 들어왔다. 그녀는 키가 크고 우아해 보였다. 아들과 마찬가지로 그녀의 어두운 색 눈은 스스로 빛을 내는 것 같았다. 그것이 똑똑히 볼 수 있는 전부였다.

내가 일어섰다.

그녀가 콜린슨을 향해 먼저 입을 열었다.

"안녕하세요? 콜린슨 씨 맞지요?"

그녀의 목소리는 지금까지 들어본 것 중에서 가장 아름다웠다.

콜린슨이 들리지 않는 소리로 뭐라고 중얼거리더니 나를 소개시켜 주었다. 할던 부인이라고 하였다. 그녀가 따뜻하고 단단한 손을 내밀어 나와 악수하고는 방 건너편으로 가 블라인드를 올렸다. 오후의 따뜻한 햇살이 커다란 직사각형 모양으로 방 안을 채웠다. 갑자기 밝아진 탓에 그녀를 향해 눈을 껌뻑이고 있는 동안 그녀는 자리에 앉더니 우리에게도 앉으라고 손짓했다.

그때 처음으로 그녀의 눈을 보았다. 어마어마하게 큰 그녀의 눈은 거의 검정색에 가까웠고, 따뜻해 보였으며, 역시 검정에 가까운 숱 많은 속눈썹에 둘러싸여 있었다. 얼굴 중에서 눈만이 살아 있고, 인간 같으며, 유일하게 진짜처럼 보였다. 올리브 빛 타원형 얼굴에는 온기와 아름다움이 어려 있었지만 그건 비현실적인 온기와 아름다움이었다. 진짜 얼굴이 아니라 마치 너무 오랫동안 벗지 않아 거의 얼굴처럼 변해 버린 가면이라고 해야 할까. 너무나도 아름다워 사람들의 입에 오르내릴 것처럼 생긴 그녀의 입마저도 실제 살점이 아니라 살점을 완벽히 흉내 낸 것처럼 보였다. 진짜 살점보다도 부드럽고, 붉고, 따뜻할지는 몰라도 진짜가 아닌. 그녀의 얼굴, 아니 가면 위로는 가운데 가르마를 탄 긴 검은 머리가 관자놀이와 귀 윗부분을 따라 내려와 뒷목에서 묶여 있었다. 목은 단단해 보이면서도 길고 가늘었으며, 몸은 키가 크고 살집이 제대로 잡혀 미끈했다. 그리고 마치 신체의 일부 같은 그녀의 옷은 어둡고 부드러워 보였다.

"레게트 양을 만나고 싶습니다, 할던 부인.' 내가 말했다.

"그 아가씨가 여기에 있다고 생각하는 이유가 뭐죠?"

"그런 건 상관이 없지 않습니까? 여기에 있잖아요. 만나고 싶습니다."

콜린슨이 엉뚱한 소리를 하기 전에 재빨리 내가 대답했다.

"만나실 수 있을 것 같지 않은데요. 몸이 좋지 못해 여기에 쉬러 온 것입니다. 특히 한동안 사람들을 피하기 위해서죠."

그녀가 느릿느릿 말했다.

"죄송하지만 만나야만 하는 이유가 있습니다. 중요한 일이 아니었다면 이렇게 찾아오지 않았겠지요."

내가 말했다.

"중요한 일이라고요?"

"예."

"음, 그럼 한번 물어볼게요."

그녀가 망설이며 대답하고는 실례한다는 말과 함께 방을 나갔다.

"나도 여기 들어와 살고 싶은 생각이 드는데요."

내가 콜린슨에게 말했다.

그는 내가 무슨 말을 하는지도 모르는 것 같았다. 그의 얼굴은 흥분한 것처럼 붉게 상기되어 있었다. 그가 말했다.

"가브리엘은 우리가 여기 오는 걸 좋아하지 않을 거예요."

나는 그것 참 안된 일이지만 다른 수가 없다고 했다.

그때 애러니아 할던이 돌아왔다.

"정말 죄송합니다. 하지만 레게트 양은 만나고 싶지 않다고 하네요."

그녀가 문간에 서서 예의바르게 미소 지으며 말했다.

"그렇다니 유감이군요. 하지만 꼭 만나야 합니다."

그녀가 몸을 똑바로 세웠다. 미소는 사라지고 없었다.

"뭐라고요?"

"봐야 한다고요. 말씀드린 것처럼 중요한 일이라니까요."

내가 여전히 상냥한 말투로 반복했다.

"죄송합니다. 만나실 수 없어요."

이제 차가워지긴 했어도 그녀의 목소리는 여전히 아름다웠다.

"아마 아시겠지만 레게트 양은 도난과 살인 사건에서 중요한 증인입니다. 반드시 만나 봐야 합니다. 원하신다면 영장이든 뭐든 요청해서 경찰관이 가지고 올 때까지 30분 정도 기다릴 용의도 있습니다. 어쨌든 그녀를 만나게 될 겁니다."

콜린슨이 알아들을 수 없는 말을 중얼거렸다. 사과조의 말인 것 같았다.

애러니아 할던이 보일 듯 말 듯 아주 가볍게 머리를 숙였다.

"필요하시다면 그리 해야겠지요. 하지만 레게트 양의 바람과 달리 그녀를 귀찮게 하시는 것에 대해서는 찬성할 수가 없군요. 허락할 수도 없고요. 물론 고집하신다면 막을 수야 없겠지만."

"감사합니다. 어디죠?"

"그녀의 방은 5층에, 계단 바로 뒤 왼쪽입니다."

그녀가 다시 한 번 고개를 살짝 숙이더니 사라졌다.

콜린슨이 내 팔을 붙들었다.

"내가…… 우리가 이래도 되는 건지 모르겠어요. 가브리엘이 분명 싫어할 텐데. 그녀는 절대……."

콜린슨이 웅얼거렸다.

"마음대로 하세요. 하지만 난 올라갑니다. 싫어하겠지요. 하지만 나 역시 도난당한 다이아몬드에 대해 물어볼 것들이 있을 때 사람들이 도망쳐 숨는 게 싫단 말입니다."

내가 으르렁거렸다.

그는 눈살을 찌푸리고 입술을 잘근잘근 씹으며 불편하다는 표정을 지었지만 어쨌든 나와 함께 위로 올라가기 시작했다. 승강기를 찾은 우리는 5층으로 올라간 뒤 보라색 카펫이 깔린 복도를 지나 계단 바로 뒤 왼편에 난 문 앞에 섰다.

손등으로 문을 두드렸다. 아무 대답도 들려오지 않았다. 이번에는 조금 더 큰 소리로 두드렸다.

방 안에서 목소리가 들렸다. 누구인지는 몰라도 여자의 것은 맞았다. 너무 가냘파서 무슨 말인지, 너무 웅얼거려서 누구의 목소리인지 알 수 없었다.

나는 팔꿈치로 콜린슨을 쿡 찔렀다.

"불러 봐요."

그가 불안한 듯 옷깃을 만지작거리더니 쉰 목소리로 그녀를 불렀다.

"가브리엘, 에릭이에요."

그래도 대답이 없었다.

나는 문을 다시 한 번 두드리며 소리쳤다.

"문 열어요."

안에서 목소리가 뭐라고 말했지만 알아들을 수 없었다. 나는 다시 문을 두들기며 그녀를 불렀다. 복도 아래에서 문 하나가 열리더니 머리숱이 적은 남자 하나가 머리를 내밀었다.

"무슨 일이오?"

"신경 끄십시오."

무뚝뚝하게 내뱉고 나는 다시 문을 두들겼다.

안에서 들려오는 목소리는 조금 더 커져 이제 우리에게 투덜거리고 있음을 알 수 있었다. 하지만 여전히 무슨 말인지는 알아들을 수 없었다. 손잡이를 쥐고 흔드니 문은 잠겨 있지 않았다. 한 번 더 손잡이를 돌려 문을 조금만 열었다. 목소리가 더 분명히 들렸다. 부드럽게 발소리도 들을 수 있었다. 그때 헐떡이는 듯한 울음소리가 들렸다. 나는 문을 벌컥 열어젖혔다.

에릭 콜린슨이 목구멍에서 쥐어짜는 듯한 소리를 냈다. 마치 아주 멀리서 누군가가 어마어마한 고함을 지르는 소리 같았다.

가브리엘 레게트가 침대 옆에 서 있었다. 한 손으로 발치의 흰색 침대 프레임을 붙들고 선 그녀의 몸이 조금 휘청거렸다. 얼굴이 석회처럼 희었다. 갈색 눈은 풀려서 초점이 없었고 좁은 이마는 잔뜩 주름이 져 있었다. 그녀는 마치 앞에 무언가 있다는 것을 알아보고 그것이 무엇인지 궁금해하는 것 같았다. 한쪽 다리에는 노란색 스타킹이 신겨져 있고, 마치 입고 잔 것처럼 구겨진 갈색 벨벳 치마를 입었지만 위에는 노란색 속옷뿐이었다. 방 안에는 갈색 슬리퍼 한 켤레와 나머지 스타킹 한 짝, 갈색과 금색이 섞인 블라우스, 갈색 코트, 그리고 갈색과 노란색으로 된 모자가 여기저기 널려 있었다.

방 안의 다른 모든 것은 흰색이었다. 흰색 벽지가 발린 벽, 흰색으로 칠해진 천장, 흰색 에나멜이 칠해진 의자, 침대, 탁자, 심지어는 전화기도 흰색에 바닥에는 흰색 펠트가 깔려 있었다. 병원 가구처럼 보이는 것은 없었지만 아무 무늬 없는 흰색 탓에 모두 그런 분위기를 풍겼다. 방 안에는 두 개의 창문과 함께 내가 방금 열고 들어온 것 외에도 다른 문 두 개가 더 있었다. 왼쪽에 있는 문은 화장실로 이어졌으며 오른쪽으로 난 문은 작은 드레싱 룸으로 들어가는 것이었다.

나는 콜린슨을 먼저 방 안으로 밀어 넣고 뒤따라 들어가 문을 닫았다. 문에 열쇠는 꽂혀 있지 않았고, 열쇠 구멍도 없었다. 잠금 장치라고는 아무것도 없어 보였다. 콜린슨은 입을 헤 벌리고 서서 망연자실 그녀를 쳐다보았다. 그의 눈은 그녀만큼이나 초점이 없었지만 얼굴에는 더 큰 놀라움과 충격이 담겨 있었다. 그녀는 금방이라도 넘어질 듯 침대 발치에 기대고 서서 파랗게 질린 혼란스러운 얼굴과 멍한 어두운 색 눈으로 보이지 않는 무언가를 노려보고 있었다.

나는 한 팔로 그녀를 감싸고 침대 가장자리에 앉힌 다음 콜린슨에게 말했다.

"옷을 챙겨요."

멍한 상태로 내 말을 알아듣지 못하는 탓에 나는 두 번이나 말해야 했다.

콜린슨이 옷을 가져오자 나는 그녀에게 옷을 입히기 시작했다. 갑자기 그가 내 어깨를 움켜쥐더니 내가 마치 교회의 자선 헌금함에서 돈을 훔치기라도 하는 것처럼 굴기 시작했다.

"안 돼요! 그러면……"

"무슨 짓입니까! 그럼 당신이 하든가!"

내가 그의 손을 쳐내며 말했다.

그는 땀을 뻘뻘 흘리고 있었다. 그가 침을 꿀꺽 삼키더니 말을 더듬기 시작했다.

"안 돼, 안 돼! 그럴 수는…… 그러면……."

그가 말을 멈추더니 창가로 걸어갔다.

"그녀가 당신더러 얼간이라고 했습니다."

내가 그의 등에 대고 말했다. 그러다가 갈색과 금색이 섞인 블라우스를 그녀에게 거꾸로 입히고 있음을 알아챘다. 남이 옷을 입히는데도 그녀는 밀랍인형처럼 전혀 움직이지 않았다. 몸을 이리저리 움직이고 밀어 대는데도 몸부림을 치지 않고 그대로 있어 주니 오히려 다행이라고 해야 할 것이었다.

마지막으로 코트를 입히고 모자를 씌울 때쯤 콜린슨이 창가로부터 멀어져 내게 다가오더니 질문을 퍼부어 댔다. 그녀가 어떻게 된 거냐? 의사를 불러야 하지 않느냐? 데리고 나가도 안전하겠느냐? 자리에서 일어서자 그가 그녀를 냉큼 빼앗아 가더니 자신의 길고 두꺼운 팔로 부축했다.

"나예요, 에릭. 나 몰라요? 말해 봐요. 무슨 일이에요?"

"약물에 잔뜩 취했다는 거 말고는 잘못된 게 없군요. 정신 차리게 하려고 애쓰지 마요. 집에 도착할 때까지 기다립시다. 이쪽 팔을 잡아요. 내가 저쪽을 잡을 테니. 제대로 걸을 수는 있어요. 누군가 마주치면 아무 말 말고 그냥 걸어가요. 내가 처리할 테니까. 갑시다."

내가 말했다.

밖에는 아무도 없었다. 승강기로 1층까지 내려간 다음 현관을 지나 거리로 나설 때까지 단 한 사람도 마주치지 않았다.

우리는 콜린슨의 차와 미키가 서 있는 길모퉁이로 갔다.

"이거면 됐네." 내가 미키에게 말했다.

"알겠습니다. 그럼 이만." 미키가 대답하더니 가 버렸다.

콜린슨과 나는 자동차에 타고 그녀를 우리 사이에 끼워 넣었다. 그가 차를 출발시켰다.

세 블록쯤 갔을 때 그가 물었다.

"집으로 가는 게 최선이라고 확신하는 겁니까?"

나는 그렇다고 대답했다. 그는 다섯 블록을 더 가는 동안 아무 말도 하지 않더니 똑같은 질문을 했다. 이번에는 병원 어쩌고 하는 소리를 덧붙였다.

"왜, 신문사로 가지 않고?" 내가 비꼬았다.

다시 묵묵히 세 블록을 가던 그가 다시 입을 열었다.

"조용히 처리해 줄 의사를 한 명 알아……"

"할 일이 있습니다. 그리고 레게트 양이 지금 이 상태로 집에 가면 그 일을 마칠 수 있게 도와줄 겁니다. 그러니까 집으로 가는 겁니다."

내가 말했다.

그가 험상궂게 얼굴을 찌푸리더니 화가 난 듯 입을 열었다.

"고작 사건 하나 해결하자고 그녀에게 창피를 주고, 명예를 떨어뜨리고, 목숨을 위험하게 만들 겁니……"

"그녀의 목숨은 나나 당신 목숨만큼이나 안전해요. 다만 멀쩡히 설 수 있는 양보다 조금 더 많은 약물에 취한 것뿐입니다. 게다가 자기 스스로 이런 거 아닙니까. 내가 준 게 아닙니다."

우리가 말하는 그 여자는 우리 사이에서 살아 숨 쉬고 있었다. 심지어 눈을 뜨고 똑바로 앉아 있기도 했다. 하지만 자신이 어디에 있는지, 무슨 일이 벌어지고 있는지 아무 생각이 없었다.

다음 모퉁이에서 우회전을 했어야 했다. 클린슨은 곧장 직진을 하면서 속도를 시속 72킬로미터로 높였다. 앞만 쳐다보는 그의 얼굴은 딱딱하게 굳어 있었다.

"다음 모퉁이에서는 꼭 돌아요." 내가 명령했다.

"안 돼요."

그는 이렇게 말하고 역시 돌지 않았다. 이제 속도계는 80킬로미터를 나타내고 있었다. 보도에 선 사람들이 쌩하고 지나가는 우리를 돌아보기 시작했다.

"어쩌자는 겁니까?"

그녀와 내 몸 사이에 끼어있던 팔 한 쪽을 어렵사리 빼며 내가 물었다.

"페닌슐라 호텔로 갑니다. 이 상태로는 집에 못 데려가요."

그가 단호하게 말했다.

"그래요?"

내가 중얼거리며 조금 전에 빼낸 팔을 핸들을 향해 뻗었다. 그가 한 손으로 핸들을 잡고 다른 한 손으로 내 팔을 쳐냈다. 그리고 내가 또 핸들을 잡으려 할까 봐 내 쪽으로 한 손을 뻗은 채 거둬들이지 않았다.

그가 속력을 한층 더 높이며 내게 말했다.

"그러지 마요. 자칫하다간 어떻게 될지 알잖아······."

나는 욕을 내뱉었다. 진심을 담은 지독한 욕설. 그가 깜짝 놀라 나를 쳐다보았다. 숙녀가 함께 있는데 어떻게 그리 심한 말을 할 수 있냐는, 신사로서 분노가 가득 담긴 표정이었다.

바로 그 순간이었다.

교차로에 닿기 직전 푸른색 세단 한 대가 튀어나왔다. 아슬아슬한 순간 콜린슨의 시선이 다시 정면을 향하며 핸들을 트는 데 성공했으나 깔끔하게 빠져나가지는 못했다. 단 몇 센티미터 차이로 세단을 피했지만 그 차 뒤로 비껴가는 순간 우리의 뒷바퀴가 미끄러지기 시작했다. 콜린슨은 최선을 다했다. 그는 미끄러지는 차를 단번에 바로 세우려 하지 않고 그 방향으로 움직이며 천천히 속도를 줄였지만 길모퉁이는 협조해 주지 않았다. 모퉁이는 본래 자리에 굳건히 서 있을 뿐이었다. 우리는 곧장 그리로 미끄러져 옆면으로 모퉁이를 치고는 그 뒤에 서 있던 가로등을 그대로 들이받았다. 가로등이 반으로 부러지더니 보도 위로 쓰러졌다. 이내 자동차가 모로 서자 우리는 가로등 옆으로 굴러 떨어졌다. 부러진 기둥에서 솟구친 가스가 발치에서 성난 듯 쉬식 소리를 내었다.

얼굴 한쪽이 온통 긁힌 콜린슨이 네 발로 기어 나와 자동차 엔진을 껐다. 나는 가슴에 얹혀 있던 가브리엘을 들어 올리며 그 자리에서 일어나 앉았다. 오른쪽 어깨와 팔이 망가졌는지 움직여지지 않았다. 그녀는 가슴에서 가르릉 소리를 내며 흐느꼈지만 한쪽 뺨에 가벼운 상처를 입은 것 말고는 멀쩡해 보였다. 내가 그녀의 쿠션이 되어 충돌의 충격을 거의 흡수한 덕분이었다. 가슴과 배, 등이 쑤시고 어깨와 팔을 쓸 수 없는 것으로 보아 그녀를 구하는 데 내가 얼마나 큰 공을 세웠는지 알 수 있었다.

사람들이 몰려와 우리를 일으켜 세웠다. 콜린슨은 양팔로 그녀를 안고는 제발 죽은 게 아니라고 말해 달라는 둥 낯간지러운 소리를 지껄여 댔다. 그녀는 충격으로 의식이 반쯤 돌아오긴 했으나 방금 교통사고를 겪은 것인지 아닌지조차 잘 모르고 있었다. 둘 다 그다지 도움이 필요하진 않았지만 나는 그들에게 다가가 그녀를 똑바로 세우는 것을 도왔다. 그리고 모인 구경꾼들을 향해 외쳤다.

"그녀를 집으로 데리고 가야 합니다. 혹시 도와주실……."

통 넓은 반바지 차림의 땅딸막한 사내가 도와주겠다고 나섰다. 콜린슨과 나는 가브리엘을 데리고 그의 차 뒤에 탔다. 나는 그에게 가브리엘의 집 주소를 알려 주었다. 그가 병원에 가야 하는 것 아니냐고 물었지만 나는 그녀를 위한다면 집으로 가야 한다고 고집했다. 콜린슨은 충격이 너무나 컸는지 아무 말도 하지 못했다. 이십 분 뒤 우리는 그녀의 집 앞에 멈춰 그녀를 차 밖으로 끌어냈다. 나는 거듭 고맙다는 말을 하며 그 땅딸막한 남자가 집으로 따라 들어오는 것을 막았다.

6장

악마의 섬에서 온 사나이

 문이 열리기까지는 시간이 걸렸다. 초인종도 두 번이나 눌러야 했다. 레게트 씨 댁의 문을 연 것은 다름 아닌 오웬 피츠스테판이었다. 그의 눈에 졸린 기색 따위는 없었다. 무언가 흥미로운 것을 찾았을 때처럼 그의 눈은 뜨겁고 밝았다. 보통 무엇이 그를 흥분시키는지 잘 아는 나는 무슨 일이 벌어졌는지 궁금해졌다.

 "무슨 짓을 하고 있었던 거예요?"

 그가 엉망이 된 우리의 옷과 콜린슨의 피투성이 얼굴, 그리고 상처가 난 가브리엘의 뺨을 훑어보며 물었다.

 "자동차 사고. 심각한 건 아니라네. 다들 어디 있나?"

 내가 물었다.

 "모두들 실험실에 있습니다."

그가 '모두들'이라는 말을 희한하게 강조했다. 그런 다음 내게 속삭였다.

"이리 와 봐요."

나는 콜린슨과 소녀를 문간에 세워두고 그를 따라 계단 발치로 갔다. 그가 내 귀에 입을 갖다 대더니 속삭였다.

"레게트가 자살했어요."

나는 놀랐다기보다 짜증이 났다.

"어디 있나?"

"실험실에요. 레게트 부인과 경찰도 거기 있어요. 겨우 30분 전에 그랬답니다."

"모두 다 올라가 보지."

내가 말했다.

"꼭 그럴 필요가 있나요? 가브리엘까지?"

그가 물었다.

"힘든 일일 수도 있겠지. 하지만 반드시 필요하기도 하다네. 어쨌든 지금 약에 잔뜩 취해 있어서 아마 약 기운이 떨어진 나중보다 충격을 더 잘 견뎌 낼 거야."

내가 콜린슨에게 고개를 돌렸다.

"자, 실험실로 올라갑시다."

나는 피츠스테판에게 콜린슨을 돕게 하고는 앞장섰다. 실험실에는 여섯 명이 있었다. 문 옆에는 덩치가 큰 정복 차림의 붉은 콧수염 경찰관, 방 한쪽 구석에 있는 나무 의자에 앉아 손수건을 쥔 손으로 얼굴을 감싼 채 조용히 흐느끼고 있는 레게트 부인, 창가에 나란히 서서 들고 있는 종이 위로 머리를 맞대고 있는 오가르와 레디, 검정 리본이 달린 안경을 만지작거리며 아연 탁자 옆에 서 있는 회색빛 얼굴의 멋쟁이 사내, 그리고 머리와 상체를 탁자 위에 기대고 양팔은 아무렇게나 늘어뜨린 채 앉아 있는 에드거 레게트, 이렇게 여섯이었다.

내가 들어가자 오가르와 레디가 고개를 들었다. 나는 창가에 선 그들을 향해 가다 탁자에서 핏자국과 함께 레게트의 한 손 근처에 놓인 작은 검정색 자동 권총 한 자루, 그리고 그의 머리 옆에 있는 일곱 개의 다이아몬드를 보았다.

"한번 보지."

오가르가 말하며 들고 있는 종이 일부를 내주었다. 깨알 같은 검정색 글씨로 덮인 빳빳한 흰색 종이 네 장이었다. 거기 쓰인 내용에 빠져들고 있을 때쯤 피츠스테판과 콜린슨이 가브리엘 레게트를 데리고 들어왔다.

콜린슨이 탁자에 앉은 시신을 쳐다보았다. 그의 안색이 백짓장처럼 변했다. 그가 소녀와 아버지 사이를 가로막고 섰다.

"들어와요." 내가 말했다.

"레게트 양이 있을 곳이 못 됩니다."

그가 발끈하더니 그녀를 데려가려고 몸을 돌렸다.

"모두 여기 있어야 합니다."

내가 오가르에게 말했다. 그가 경찰관을 향해 총알 같이 생긴 자신의 머리를 끄덕였다. 그러자 경찰관이 한 손으로 콜린슨의 어깨를 잡더니 말했다.

"들어오셔야 합니다. 두 분 다."

피츠스테판이 가브리엘을 위해 끝 쪽 창문가에 의자를 하나 놓았다. 그녀는 거기에 앉아 주변을 둘러보았다. 그녀의 눈이 죽은 남자, 레게트 부인, 그리고 우리 모두를 차례대로 훑었다. 눈은 여전히 흐릿했지만 초점이 완전히 없진 않았다. 콜린슨이 그녀 옆에 서서 나를 노려보았다. 레게트 부인은 아직도 손수건에 얼굴을 파묻은 채 고개를 들지 않았다.

"편지를 읽어 봅시다."

내가 다른 사람들이 들을 수 있을 정도로 큰 소리로 오가르에게 말했다.

그가 눈살을 찌푸리고 잠시 망설이더니 나머지 편지를 나에게 넘겼다.

"좋아. 자네가 읽어 보지."

나는 소리 내어 편지를 읽기 시작했다.

경찰에 드리는 글.

내 이름은 모리스 피에르 드 메이엔입니다. 나는 1883년 3월

6일 프랑스의 세느 앵페리외르 현 페캉에서 태어났지만 영국에서 공부를 했습니다. 1903년 그림 공부를 하러 파리로 건너가 4년 뒤 영국 해군 장교의 딸로 당시 고아였던 앨리스와 릴리 데인 자매를 알게 되었습니다. 이듬해 릴리와 결혼했고 1909년 가브리엘이 태어났습니다.

결혼한 지 얼마 지나지 않아 저는 끔찍한 실수를 저질렀다는 사실을 알게 되었습니다. 제가 진정으로 사랑한 것이 아내 릴리가 아니라 앨리스였다는 사실이지요. 저는 아이를 키우는 데 가장 힘든 고비를 넘길 때까지 이 사실을 혼자만 간직하고 있었습니다. 그러다가 아이가 다섯 살이 거의 다 되었을 때 아내에게 사실을 털어놓고 앨리스와 결혼할 수 있게 이혼해 달라고 하였습니다. 하지만 그녀는 그러기를 거부했습니다.

1913년 6월 6일, 나는 릴리를 살해하고 앨리스와 가브리엘을 데리고 런던으로 도망쳤지만 얼마 지나지 않아 체포되어 파리로 돌려보내졌습니다. 그곳에서 재판을 받은 전 종신형을 언도받고 일 뒤 살뤼(프랑스령 기아나 해안의 악마의 섬 근처에 있는 제도. — 옮긴이)로 보내졌습니다. 릴리 사건과 아무 관련이 없는 앨리스는 그 일이 터지기 전까지 아무것도 몰랐고, 오직 가브리엘을 향한 사랑 때문에 우리와 함께 런던으로 간 것이었습니다. 그녀 역시 재판을 받았으나 무죄로 방면되었습니다. 이 모든 것은 파리에 기록으로 남아 있습니다.

1918년 저는 동료 죄수인 자크 라보와 함께 보잘 것 없는 뗏목 한 대를 타고 그 섬을 탈출했습니다. 바다에서 얼마나 오래 표류했는지, 막바지에 이르러 얼마나 오래 식량도, 물도 없이 버텼는지는 당시도, 지금도 모릅니다. 약해진 라보는 더 이상 견디지 못하고 숨을 거두었습니다. 그는 고생하다 굶어죽은 것이지 절대로 제가 죽인 것이 아닙니다. 저도 너무나 약해져서 당시 제 힘으로는 절대 그를 죽일 수 없었을 것입니다. 아무리 원했다 하더라도 말입니다. 그러나 라보가 죽은 다음에는 혼자 연명할 수 있는 식량이 남아 저는 살아서 골포 트리스테의 해변으로 휩쓸려갈 수 있었습니다.

저는 월터 마틴이라는 이름으로 아로아(베네수엘라 야라쿠이 주 골포 트리스테의 내륙 지방 — 옮긴이)에 있는 영국 구리 광산회사에 일자리를 얻었고, 몇 달 만에 그곳 관리 책임자인 필립 호바트의 개인 비서가 되었습니다. 승진한 지 얼마 되지 않아 존 에지라는 런던 토박이가 접근해 오더니 회사로부터 매달 100여 파운드씩 횡령할 수 있는 계획을 내놓았습니다. 제가 가담을 거부하자 에지는 나의 정체를 알고 있다고 하면서 협조하지 않으면 사실을 밝히겠다고 협박했습니다. 그자는 베네수엘라와 프랑스 사이에 범인 인도 조약이 없어 감옥으로 되돌아가지는 않겠지만 정작 중요한 문제는 그것이 아니라고 하였습니다. 라보의 시신이 해변으로 휩쓸려 올라왔는데

사인을 밝힐 수 있을 정도로 상태가 양호하고, 붙잡히면 베네수엘라령 바다에서 라보를 죽인 것이 아님을 베네수엘라 법정에서 증명해 보일 필요가 있다는 것이었습니다. 하지만 탈옥한 살인범인 저를 누가 믿겠습니까.

저는 그의 사기 행각에 가담하기를 계속 거부하면서 도망칠 준비를 하였습니다. 하지만 그 와중에 그가 호바트를 죽이고 회사 금고를 털었습니다. 그는 정체가 발각되지 않더라도 경찰 조사를 감당할 수 없을 것이라며 함께 도망가자고 하였습니다. 그 말이 사실이었기에 저는 그와 함께 도망쳤습니다. 두 달 후 멕시코시티에서 저는 왜 그리도 에지가 저를 데리고 가고 싶어 했는지 알게 되었습니다. 제 정체를 빌미로 절 쥐락펴락하며 자기 능력으로 감당할 수 없는 범죄를 저지르는 데 이용하려고 했던 것입니다. 저는 무슨 일이 있든, 무슨 짓을 하든 그 섬으로 다시는 돌아가지 않겠다고 다짐했지만 그렇다고 범죄자가 되고 싶지도 않았습니다. 그래서 멕시코시티에서 몰래 도망치려 했지만 그가 저를 찾아냈고 싸움이 벌어져 그를 죽이고 말았습니다. 그것은 정당방위였습니다. 그가 저를 먼저 공격했으니까요.

1920년, 저는 미국 샌프란시스코로 와 다시 한 번 에드거 레게트라 이름을 바꾸고 자리를 잡았습니다. 파리에서 젊은 화가로서 시도했던 것처럼 색상을 가지고 다양한 실험을 했지요.

1923년, 더 이상 에드거 레게트와 모리스 드 메이엔을 연관 지을 사람이 없으리라 여긴 저는 당시 뉴욕에 있던 앨리스와 가브리엘을 이리로 불러와 앨리스와 결혼했습니다. 하지만 과거는 죽지 않았고, 레게트와 메이엔 사이에 건널 수 없는 깊은 수렁이 있었던 것도 아니었습니다. 탈출 후 제 소식을 듣지 못한 앨리스가 저를 찾기 위해 사립 탐정인 루이스 업튼을 고용한 것이었습니다. 업튼은 루퍼트라는 자를 남미로 보냈고, 루퍼트는 제가 탈옥해 골포 트리스테로 간 것부터 시작해 차근차근 제 발자취를 따라 에지가 죽은 뒤 멕시코시티를 떠난 것까지 밝혀냈습니다. 그러는 도중 자연히 루퍼트는 라보와 호바트, 에지, 이 세 사람의 죽음에 대해 알게 되었고, 이것은 제가 아무리 결백하다 해도 그 동안의 범죄 기록으로 보아 법정에 넘겨지면 유죄 판결을 받게 될 일이었죠.

업튼이 샌프란시스코에서 어떻게 절 찾아냈는지는 모릅니다. 어쩌면 앨리스와 가브리엘을 쫓아 저까지 이어지게 된 것이겠지요. 지난 토요일 밤 늦게 그가 저를 찾아와 입을 다무는 대가로 돈을 요구했습니다. 당시 가진 돈이 없던 저는 화요일까지 미루다가 선금으로 다이아몬드를 내주었습니다. 저는 절박했습니다. 업튼의 협박에 조종되는 것이 어떤 일인지 에지를 통해 이미 알고 있었으니까요. 그래서 그를 죽이기로 결심했습니다. 저는 다이아몬드를 도둑맞은 것으로 꾸미기로 하고 당신과 경찰에 그렇게 알렸습니다. 그렇게 하면 업튼이 당장 연락을 해 오리라 자신했습니다. 그리고 그와 만나기로 약속을 잡아 쏘아 죽이기로 했습니다. 이 도둑놈을 죽여도 정당화시킬 수 있는 이야기를 꾸며 내는 데 아무 문제가 없을 것이라고 생각했습니다. 놈의 품에서 도난당한 다이아몬드가 나온다면 말입니다.

실행만 되었다면 계획은 아마 성공적이었을 겁니다. 그러나 업튼에게 원한을 가지고 있던 루퍼트라는 자가 선수를 쳤습니다. 악마의 섬에서 멕시코시티까지 제 자취를 따라왔던 루퍼트 역시 업튼에게 들었든 스스로 캐냈든 메기엔이 사실은 레게트라는 것을 알고 있었습니다. 업튼의 살해 혐의로 경찰이 자신을 쫓고 있다는 것을 아는 그는 여기 찾아와 제게 다이아몬드를 돌려주고 대신 돈을 요구하며 자신을 숨겨 달라고 했습니다.

그래서 제가 그를 죽였습니다. 그의 시신은 지하 저장고에 있습니다. 바깥에서는 경찰이 저의 집을 감시하고 있습니다. 저의 속사정을 낱낱이 캐고 다니는 다른 수사관들도 있습니다. 지금까지 저는 제 행동에 대해 속 시원히 설명할 수도, 부인할 수도 없었습니다. 제가 진짜 용의자가 된 이제 과거를 비밀로 지킬 수 있는 가능성도 거의 없습니다. 스스로 인정한 적은 없지만 언젠가 이런 날이 올 줄 알고 있었습니다. 저는 절대로 악마의 섬으로 돌아가지 않을 겁니다. 나의 아내와 딸은 루퍼트의 죽음에 대해 모를 뿐 아니라 가담하지도 않았습니다.

모리스 드 메이엔

7장
저주

 편지 낭독이 끝난 뒤 방 안은 한참동안 조용했다. 나의 목소리를 듣느라 얼굴을 감싼 손수건을 떼어낸 레게트 부인만 이따금씩 흐느끼는 소리를 냈다. 가브리엘은 이리저리 고개를 돌리며 방 안을 둘러보고 있었다. 눈에는 빛이 돌아와 아직 남아 있는 흐린 기운과 싸우고 있었고, 마치 무슨 말인가를 하려 하지만 나오지 않는 것처럼 입술이 움찔거렸다.

 나는 탁자로 다가가 시신 위로 몸을 굽힌 뒤 그의 주머니를 차례대로 만져 보았다. 안주머니가 툭 튀어나와 있었다. 그의 팔 아래로 손을 넣어 겉옷 단추를 푼 다음 옷깃을 열고 주머니에서 갈색 지갑을 꺼냈다. 지갑은 지폐로 가득 차 제법 두툼했다. 나중에 세어 보니 그 안에 든 돈은 1만 5000달러나 되었다.

나는 다른 이들에게 지갑 속에 든 것을 보여 주며 입을 열었다.

"방금 제가 읽은 것 말고 다른 메시지가 있습니까?"

"찾은 건 없어. 왜?"

오가르가 대답했다.

"그럼 부인이 아시는 건요, 레게트 부인?"

그녀가 고개를 저었다.

"아, 왜?"

오가르가 다시 물었다.

"그는 자살한 게 아닙니다. 살해당한 거예요."

내가 말했다.

그 순간 가브리엘 레게트가 날카로운 소리를 지르며 의자에서 벌떡 일어나 뾰족한 손톱이 달린 흰 손가락으로 레게트 부인을 가리키며 소리쳤다.

"저 여자가 죽인 거예요! '이리 와요.' 하면서 한 손으로 부엌문을 열더니 다른 한 손으로 칼을 집었어요. 그리고 그가 옆을 지나쳐 가니까 칼을 등에 꽂았다고요. 내가 봤어요. 저 여자가 죽였어요. 나는 옷을 차려 입지 않아서 그들이 오는 소리를 듣고 벽장에 숨어 있었다고요. 내가 봤어요."

레게트 부인도 자리에서 일어섰다. 그녀의 몸이 휘청거렸다. 피츠스테판이 붙들지 않았다면 넘어졌을 것이었다. 퉁퉁 부은 그녀의 얼굴에서 슬픔이 사라지고 놀라움이 그 자리를 채웠다.

탁자 옆에 있던 회색 낯빛의 멋쟁이 남자가 차갑고 또렷한 말투로 입을 열었다. 나중에 알았지만 그는 의사 리스 선생이었다.

"시신에는 칼에 맞은 자국이 없습니다. 그는 가까이, 위로 기운 각도로 이 총에서 발사된 총알에 관자놀이를 맞았습니다. 제 생각에는 자살이 분명합니다."

콜린슨이 가브리엘을 의자에 앉히고 달래려 했다. 그녀는 불안한 듯 손을 마주 비비며 신음했다.

나는 의사의 마지막 말에 동의하지 않았다.

"살인입니다. 주머니 속에 이만큼 돈을 가지고 있었어요. 어디로 도망치려던 겁니다. 그는 아내와 딸이 의심받지 않게 이 편지를 썼어요. 그래야 범죄에 연루된 것으로 오인되지 않을 것 아닙니까."

여기까지 말한 다음 나는 오가르에게 고개를 돌렸다.

"이것이 과연 사랑하는 아내와 딸을 남겨 두고 죽은 사람의 글처럼 들립니까? 그들에게는 어떤 메시지도 없이 모두 경찰에게 하는 말이잖아요."

"자네 말이 맞을지도 모르지. 하지만 도망친다고 해도 여전히 아무 글을 남기지 않은 건 마찬가지 아닌……."

"가기 전에 편지든 말로든 무언가 이야기를 했을 겁니다. 죽기 전에 그럴 틈이 있었다면 말이죠. 그는 주변을 정리하고 떠날 준비를 하고 있었습니다. 그리고……. 어쩌면 정말 자살을 하려고 했을지도 모르죠. 하지만 상당한 금액의 돈과 편지의 어조를 보면 어딘가 의심스럽습니다. 설사 자살을 하려고 했다 하더라도 저는 그가 살해당한 것이라 생각합니다. 준비를 마치기 전에 죽임을 당한 거라고요. 어쩌면 지나치게 뜸을 들이고 있었을지도 모르지요. 시신은 어떻게 발견된 겁니까?"

"소리를…… 총 소리를 들었어요. 그래서 달려와 보니 그가…… 그가 저렇게 되어 있었어요. 전화를 하러 내려갔는데 종이, 초인종이 울렸고 피츠스테판 씨가 와 있었어요. 그래서 그분에게 이야기했죠. 살해당할 리가…… 집 안에 아무도 없었다고요."

레게트 부인이 흐느꼈다.

"당신이 죽였습니다. 그는 도망치려고 했어요. 그는 당신의 죄까지 뒤집어쓰는 이 편지를 썼습니다. 당신이 부엌에서 루퍼트를 죽였어요. 그게 가브리엘이 이야기한 겁니다. 당신은 남편의 편지가 유서로 보이기에 충분하다고 생각하고 그를 죽인 겁니다. 그가 이렇게 고백하고 죽어 버리면 사건이 그대로 마무리되어 우리가 더 이상 과거를 들추고 다닐 이유가 없으니까요."

내가 그녀에게 말했다.

그녀의 얼굴에는 아무 표정이 없었다. 얼굴이 잔뜩 일그러져 있었지만 그 원인은 무엇이든 될 수 있었다. 나는 숨을 한 번 들이쉬고는 다시 말을 시작했다. 고함까지는 아니었지만 목소리는 꽤 크다고 할 수 있었다.

"당신 남편이 쓴 편지에는 최소한 거짓이 대여섯 가지는 있습니다. 지금 당장 제가 짚어 낼 수 있는 것만 해도 대여섯 가지예요. 그는 당신과 딸을 데려온 게 아닙니다. 당신이 여기까지 그를 따라온 거지요. 베그 부인 말로는 당신이 나타났을 때 그가 엄청나게 놀랐다고 했어요. 그는 업튼에게 다이아몬드를 준 게 아닙니다. 그걸 그에게 준 이유나 그 후 계획은 모두 말이 안 돼요. 단순히 당신을 보호하기 위해 급조해 낸 이야기일 뿐이죠. 레게트 씨라면 돈을 내주든가 아무것도 주지 않든가 둘 중 하나를 택했을 겁니다. 남의 다이아몬드를 주었다가 괜스레 이 모든 소동을 만들 정도로 바보가 아니라는 말입니다.

업튼은 당신을 찾아 이리로 왔고 남편이 아닌 당신에게 협박을 했습니다. 레게트 씨를 찾기 위해 업튼을 고용한 건 당신이었고, 바로 당신이 그가 아는 사람이었습니다. 그와 루퍼트는 당신의 의뢰로 레게트를 추적한 것이었죠. 그런데 멕시코시티에서 그치지 않고 여기까지 온 것이 문제였지요. 싱싱 교도소에 갇히지만 않았다면 훨씬 전에 당신을 협박했을 겁니다. 출소한 업튼이 찾아와 협박을 하자 당신은 도둑이 든 것처럼 꾸미고 다이아몬드를 주었습니다. 남편에게는 아무 말도 하지 않았고요. 그는 아마 도난 사건이 사실이라고 생각했을 겁니다. 그렇지 않았다면 그런 과거가 있는 그가 경찰에 신고를 했을 리 없지요.

업튼에 대해서는 왜 그에게 털어놓지 않았습니까? 악마의 섬부터 샌프란시스코까지 그의 뒤를 쫓았다는 걸 모르게 하고 싶었던 겁니까? 왜요? 그를 붙잡고 싶었다면 남미에서의 기록만 가지고도 충분했을 텐데요? 당신이 라보와 호바트, 에지에 대해 알고 있다는 걸 알리고 싶지 않았던 건가요?"

나는 그녀에게 대답할 기회를 주지 않은 채 말을 이었다. 어조가 조금 부드러워졌다.

"어쩌면 업튼을 따라 여기까지 온 루퍼트와 연락이 닿아 그에게 업튼을 죽이라고 시켰는지도 모르지요. 안 그래도 그가 원하던 일이니까. 그가 업튼을 죽인 뒤 찾아오자 당신은 그의 등에 칼을 꽂을 수밖에 없었을 겁니다. 다만 벽장 속에 있던 가브리엘이 그걸 보았다는 건 몰랐지요. 하지만 스스로 감당할 수 있는 일 이상의 위기에 처했다는 건 알았을 겁니다. 루퍼트의 살인을 들키지 않을 가능성이 희박하다는 걸 알았을 거라고요. 당신의 집은 이미 지나친 관심을 받고 있었으니까요. 그래서 당신은 유일한 탈출구를 이용했습니다. 남편에게 이야기 전체, 아니면 그를 설득하기에 충분할 정도를 털어놓고 그가 모조리 뒤집어쓰게 만든 거죠. 그런 다음 여기 탁자에서 그에게 이 총을 건네준 겁니다.

그는 당신을 보호했어요. 언제나 그랬죠. 그의 첫 번째 아내이자 당신 동생 릴리를 죽인 건 바로 당신이에요. 당신은 그가 그 죄를 뒤집어쓰게 했어요. 당신은 그 일 이후 그를 쫓아 런던으로 갔습니다. 정말 사건과 무관하다면 동생을 죽인 사람과 함께 살 수 있겠습니까? 바로 당신이 그를 여기에서 찾아냈고, 당신이 그를 따라 여기에 왔고, 당신이 그와 결혼한 거죠. 당신이 그와 릴리의 결혼이 잘못된 거라 생각했고, 당신이 그녀를 죽인 겁니다."

'당신'을 강조하며 호통을 치는 나의 목소리는 절정에 달해 있었다.

"저 여자가 그랬어요! 저 여자가!"

가브리엘이 소리치며 콜린슨을 뿌리치고 자리에서 일어서려 했다.

"저 여자가……."

그때였다. 레게트 부인이 똑바로 몸을 일으키더니 미소를 지었다. 약간 노란 빛을 띤 그녀의 치아가 한쪽 끝부터 다른 한쪽까지 고스란히 드러나 보였다. 그녀가 방 중앙으로 두 걸음을 걸었다. 한 손은 엉덩이에 걸치고 다른 하나는 옆에 늘어뜨린 채였다. 상냥한 가정주부, 피츠스테판이 평온하고 온전한 영혼이라 불렸던 사람은 사라지고 없었다. 안락한 생활 속 잘 관리된 중년의 부드럽고 둥글둥글한 몸매가 아니라 호시탐탐 먹잇감을 노리는 암사자의 강한 근육을 감춘 금발 여자만 있을 뿐이었다.

나는 탁자에서 권총을 집어 주머니 안에 넣었다.

"누가 내 동생을 죽였는지 알고 싶어요?"

레게트 부인이 부드러운 목소리로 내게 물었다. 단어 사이마다 이가 부딪치며 딱딱 소리를 냈고 입은 웃고 있었지만 눈은 활활 타오르고 있었다.

"저 아이, 저 마약 귀신이 자기 엄마를 죽인 거예요. 그가 감싼 건 딸이었어요."

가브리엘이 무언가 알아들을 수 없는 소리를 질렀다.

"말도 안 됩니다. 그녀는 아기였어요."

"오, 말이 안 되는 게 아니죠. 다섯 살이 다 되었었어요. 엄마가 자는 동안 서랍에서 권총을 꺼내 가지고 놀던 다섯 살 먹은 아이 말이에요. 총이 발사되고 릴리가 죽었죠. 물론 사고였지만 모리스는 너무도 여린 사람이라 딸이 자기 엄마를 죽였다는 사실을 알게 할 수가 없었어요. 안 그래도 모리스가 죄를 뒤집어쓰게 될 가능성이 높았죠. 나와 그렇고 그런 사이였고 릴리에게서 벗어나려 했다는 건 이미 알려진 사실이었으니까. 총이 발사되는 순간 그는 릴리의 침실 문 앞에 서 있었죠.

하지만 그건 중요한 게 아니었어요. 그가 원하는 것이라고는 아이가 자신이 저지른 일에 대해 기억하지 못하게 만드는 것뿐이었어요. 아무리 사고라고 해도 자기 손으로 엄마를 죽였다는 걸 알면 완전히 망가질 테니까."

그녀가 말했다. 더욱 끔찍한 것은 말하는 내내 상냥한 미소를 띠고, 까다로울 정도로 세심하게 단어를 선택해 여성스럽게 말을 이어갔다는 것이었다.

"가브리엘은 항상…… 약물에 중독되기 전부터 뭐랄까, 지능에 한계가 있는 애였죠. 그래서 런던 경찰이 우릴 찾아냈을 때쯤에는 이 특정한 기억을 모조리 지워 버릴 수 있었어요. 맹세컨대 이게 진실이에요. 이 아이가 엄마를 죽였고, 당신의 표현을 빌리자면 아버지가 대신 죄를 뒤집어쓴 거죠."

"꽤 그럴 듯한 이야깁니다. 하지만 맞아 들어가지가 않아요. 레게트를 속였을 가능성이야 있지만 아마 그게 아닐 겁니다. 나는 당신이 지금 가브리엘에게 상처를 입히려고 이런 말을 한다고 생각합니다. 당신이 루퍼트를 죽이는 것을 보았다고 떠든 대가로 말입니다."

내가 말했다.

이 말을 들은 그녀가 갑작스레 이를 드러내더니 나를 향해 한 걸음 다가왔다. 크게 벌어진 그녀의 눈에서 흰자가 번득였다. 하지만 다음 순간 멈칫하더니 날카로운 웃음을 터뜨렸다.

활활 타는 것 같은 눈빛이 잠시 사라지더니 눈동자 뒤에 숨어서 계속 이글거렸다. 그녀는 양손을 엉덩이에 얹고 나를 향해 장난기 어린 미소를 보이더니 가벼운 말투로 말을 이었다. 하지만 광기 어린 증오만은 여전히 그녀의 눈과 미소, 목소리 뒤에 도사리고 있었다.

"과연 그럴까요? 그럼 이거 하나 알려 주죠. 진실이 아니라면 말할 필요도 없는 사실을. 내가 엄마를 죽이라고 그 애를 가르쳤어요. 알겠어요? 가르치고, 훈련시키고, 반복시키고, 연습시켰단 말이에요. 알겠어요? 릴리와 나는 진정한 자매였죠. 결코 떼어 놓을 수 없는, 하지만 서로를 죽도록 미워하는. 모리스는 우리 중 누구와도 결혼하고 싶어 하지 않았어요. 둘 다와 관계를 맺고 있긴 했지만. 내 말뜻 알겠죠? 우리는 찢어지게 가난했고 그는 그렇지 않았어요. 그래서 릴리는 그와 결혼하고 싶어 했어요. 그리고 나, 나는 그 애가 그랬기 때문에 그와 결혼하고 싶었고요. 그런 의미에서 우리는 진정한 자매였어요. 모든 면에서 그랬죠. 하지만 릴리가 그를 먼저 붙잡았어요. 노골적인 말이긴 하지만 그를 옴짝달싹 못 하게 옭아매어 결혼까지 끌고 간 거죠.

가브리엘은 결혼 후 6~7개월 만에 태어났어요. 우린 그야말로 행복한 가족이었죠. 나도 그들과 함께 살았어요. 릴리와 내가 서로 떼어 놓을 수 없는 사이라고 했잖아요. 그리고 가브리엘은 태어나던 순간부터 엄마보다 나를 더 사랑했어요. 내가 그렇게 만들었죠. 앨리스 이모는 사랑하는 조카를 위해 못할 일이 없었죠. 아이가 나를 더 좋아하는 게 릴리를 화나게 만들었으니까. 그렇다고 릴리가 아이를 그렇지 사랑한 것도 아니었어요. 우리는 자매니까, 한 사람이 원하는 건 다른 사람도 원했으니까. 나눠 가지는 게 아니라 독차지하고 싶어 했으니까 말이죠.

가브리엘이 태어나기도 전부터 나는 언젠가는 해야만 할 일을 계획하기 시작했어요. 그러다가 그 애가 다섯 살이 될 무렵이었어요. 모리스의 작은 권총이 키 큰 서랍장 안 잠긴 서랍에 들어 있었어요. 나는 서랍을 열고 권총의 총알을 뺀 다음 가브리엘에게 아주 재미있는 게임 하나를 가르쳤어요. 내가 릴리의 침대에 누워 자는 척하면 아이가 서랍장 앞까지 의자를 끌고 가 올라선 다음 서랍에서 권총을 꺼내 들고 침대 위로 기어 올라와 내 머리에 총을 겨누고 방아쇠를 당기는 거죠. 게임을 잘 하면, 그러니까 소리를 거의 내지 않거나 그 작은 손으로 총을 정확히 잡거나 하면 상으로 사탕을 주고 이 게임에 대해 엄마나 다른 사람들에게 아무 말도 하지 말라고 이야기하곤 했죠. 엄마를 놀래 줄 거라고 말이에요.

결국 우린 해냈어요. 어느 날 오후, 머리가 아프다며 약을 먹고 자고 있는 릴리를 완전히 놀래 준 거예요. 당연히 그때는 총알을 빼지 않았어요. 그런 다음 아이에게 나 대신 엄마와 게임을 하라고 했죠. 그러고는 아래층에 사는 친구를 만나러 갔어요. 그래야 다들 동생의 죽음과 내가 아무 관련이 없다고 생각할 거 아니겠어요. 나는 모리스가 오후 내내 집을 비울 거라고 생각했어요. 총소리를 들으면 친구들을 우르르 데리고 위층으로 뛰어올라가 권총을 가지고 놀던 아이가 엄마를 죽인 현장을 함께 목격할 생각이었죠.

일이 끝나고 난 뒤 아이가 사실을 털어놓을 것에 대해서는 거의 걱정하지 않았어요. 이야기한 것처럼 아이는 지능이 떨어졌고 나를 무척 사랑하고 믿었으니까요. 그리고 공식 조사가 시작되기 전이나 그 중간에도 아이를 완벽히 조종해 우리의 게임에 대해서는 입도 뻥긋 하지 않게 만들 수 있다는 걸 알고 있었어요. 그런데 모리스가 일을 거의 망쳐 놓을 뻔했어요. 예상치 못하게 일찍 집에 와서는 가브리엘이 방아쇠를 당기는 바로 그 순간에 침실 문 앞에 있었던 거죠. 조금만 일찍 왔더라면 아내의 목숨을 구할 수도 있었을 거예요.

음, 그가 그 일로 유죄 판결을 받은 건 안타까운 일이었어요. 하지만 덕분에 그는 단 한 번도 나를 의심하지 않았어요. 그리고 그 일에 대해 아이의 기억을 모조리 지워 주고 싶어 한 덕분에 나는 더 이상 전전긍긍하거나 다른 일을 벌일 필요도 없었죠. 그가 악마의 섬을 탈출한 뒤 나도 따라서 이 나라로

온 건 사실이에요. 그리고 업튼이 그를 찾아냈을 때 그를 따라 샌프란시스코로 온 것도 맞아요. 그런 다음 가브리엘이 나를 사랑하지만 아버지는 증오한다는 점, 가브리엘에게 엄마의 죽음에 대한 진실을 숨겨야 한다는 점, 내가 그와 가브리엘을 극진히 돌본다는 점을 이용해 나와 결혼하게 만들었어요. 나와 결혼하면 우리의 망가진 삶을 어떻게든 바로잡을 수 있다고 믿게 만든 거죠. 오, 가브리엘이 그를 증오하게 만드는 건 쉬웠어요. 엄마를 살해한 것에 대해 아버지를 용서하라고 꾸준히 그 아이를 설득했거든요. 그것도 속이 훤히 들여다보이도록 엉성하게. 그가 릴리와 결혼하던 날, 반드시 그를 빼앗아 오겠다고 다짐했었어요. 그리고 결국 그렇게 했죠. 지옥에 있을 사랑하는 동생이 꼭 이 사실을 알면 좋겠어요."

그녀의 미소는 사라지고 없었다. 광기에 찬 증오심은 더 이상 눈빛과 목소리 뒤에 숨어 있지 않았다. 그것은 그 속에, 그리고 그녀의 표정에, 그리고 자세에 담겨 있었다. 이 미친 증오심만이 방 안에 있는 유일한 생명체 같았다. 그녀를 바라보며 이야기를 듣고 있던 여덟 사람은 그 순간만큼은 살아 있는 것으로 칠 수 없었다. 물론 그녀에게는 살아 있었으나 서로에게는 아니었다. 그녀에게만이었다.

그녀가 휙 몸을 돌리더니 방 반대편에 있는 소녀에게 한 팔을 뻗었다. 이제 지독한 승리의 기운이 담긴 그녀의 목소리는 묵직하고 활기를 띠었다. 그녀의 말은 마치 무언가를 복창하듯 몇 개의 단어씩 묶여 있었다.

"넌 릴리의 딸이야. 너는 그 애와 나, 그리고 데인 가의 모든 사람들이 지닌 검은 영혼과 썩은 피의 저주를 받았지. 넌 아기일 때 이미 엄마의 피를 손에 묻혔어. 그리고 내가 준 선물인 비뚤어진 마음과 마약 중독의 저주도 있지. 너의 인생은 네 엄마나 나처럼 검게 변할 것이다. 그리고 네 주변 사람의 인생 역시 모리스처럼 검게 변할 거야. 그리고 네······"

"그만! 멈추게 해요!"

에릭 콜린슨이 소리쳤다.

공포로 잔뜩 일그러진 얼굴을 하고 두 손으로 귀를 막고 있던 가브리엘이 끔찍한 외마디 비명을 지르며 앉아 있던 의자에서 일어나 풀썩 앞으로 쓰러졌다.

팻 레디는 범인을 잡는 데 아직 경험이 부족했다. 하지만 적어도 오가르와 나만은 레게트 부인으로부터 시선을 떼어서는 안 되었다. 가브리엘이 아무리 절박한 비명을 지르며 쓰러진다 해도 말이다. 그러나 우리는 모두 소녀를 쳐다보고 말았고, 단 1초도 되지 않는 순간이었지만 레게트 부인에게는 충분했다. 우리가 다시 레게트 부인을 보았을 때는 그녀가 한 손에 총을 들고 문을 향해 한 걸음 내딛은 후였다.

그녀와 문 사이에는 아무도 없었다. 정복 차림의 경찰관도 콜린슨과 함께 가브리엘을 부축하고 있었다. 그녀가 문을 향해 몸을 돌리자 피츠스테판이 시야에 들어왔다. 그녀는 손에 든 검은 총 위로 우리를 노려보았다. 불타는 그녀의 눈이 우리를 차례대로 훑어보았다. 그녀가 한 걸음 뒤로 물러섰다.

"아무도 움직이지 마."

팻 레디가 발을 살짝 움직여 금방이라도 달릴 수 있게 발가락에 힘을 주었다. 내가 눈살을 찌푸리며 그를 향해 고개를 흔들었다. 그녀를 잡으려면 복도와 계단이 더 나았다. 여기라면 누군가 죽을지도 몰랐다.

그녀가 뒷걸음질로 문간에 다다랐다. 이 사이로 쉬식 소리와 함께 침을 튀기며 숨을 쉬던 그녀는 이내 복도로 사라졌다.

그녀를 쫓아 가장 먼저 문을 통과한 것은 오웬 피츠스테판이었다. 중간에 선 경찰관이 거치적거렸지만 두 번째로 나선 것은 나였다. 여자는 이미 층계참에 닿아 아래로 내려가려 하고 있었고, 어두침침한 복도 끝에서는 피츠스테판이 빠른 속도로 그녀를 따라잡고 있었다.

내가 층계참에 다다른 순간, 두 층 사이 계단이 만나는 작은 공간에서 그가 그녀를 붙들었다. 그가 그녀의 팔 한 쪽을 단단히 붙잡았지만 정작 총을 든 손은 자유로웠다. 그는 그 손을 잡으려 했지만 놓치고 말았다. 그녀가 총구를 비틀어 그의 몸에 갖다 대었다. 그때 위에 있던 내가 그들을 향해 몸을 던졌다.

쿵 소리와 함께 나의 몸이 그들을 덮쳤다. 그들의 몸이 벽 한쪽 구석으로 날아가는 것과 동시에 피츠스테판을 향하던 총알이 빗나가 계단에 박혔다.

아무도 일어설 수 없었다. 나는 총을 빼앗으려 두 손으로 달려들었으나 이내 놓치고 대신 그녀의 허리를 붙잡았다. 나의 턱 근처에 있던 피츠스테판의 가느다란 손가락이 권총을 쥔 그녀의 손목을 휘어잡았다.

그녀가 나의 오른팔을 짓누르며 몸을 비틀었다. 자동차 사고로 나의 오른팔은 아직 성치 않은 상태였다. 결국 오른팔은 버티지 못했다. 그녀의 두툼한 몸이 나의 팔에서 빠져나와 나를 향했다.

그때였다. 총성이 울리며 귀가 멍해졌다. 그리고 볼이 불에 덴 듯 뜨거웠다.

여자의 몸이 축 늘어졌다.

오가르와 레디가 우리 둘의 몸을 떼어 내는데도 그녀는 움직이지 않았다. 두 번째 총알이 그녀의 목을 꿰뚫은 것이었다.

나는 실험실로 올라갔다. 가브리엘 레게트가 바닥에 쓰러져 있고 의사와 콜린슨이 그녀 옆에 무릎을 꿇고 앉아 있었다.

"레게트 부인을 보는 게 좋겠습니다. 계단 위에 있어요. 죽은 것 같습니다만 선생님이 보는 게 낫겠어요."

내가 의사에게 말했다.

의사가 밖으로 나갔다. 의식이 없는 소녀의 두 손을 비벼대던 콜린슨이 나를 쳐다보았다. 마치 내가 법으로 금지되어야 할 존재인 것 같은 표정을 하고 있었다.

"일이 이런 식으로 마무리되어 만족하십니까?"

"어쨌든 마무리됐잖습니까." 나의 대답이었다.

8장

'그러나' 와 '만약에'

 피츠스테판과 나는 그날 저녁 천장이 낮은 쉰들러 부인의 지하실에서 그녀가 내놓은 맛있는 음식을 먹고 그녀의 남편이 만든 맛있는 맥주를 마셨다. 소설가 피츠스테판은 소위 레게트 부인의 심리적 행동 기반이라는 것을 찾아내느라 분주했다.

 "지금 그녀에 대해 아는 것을 고려할 때 동생을 죽인 건 이상할 것 없는 일이라고 봐요. 남편을 죽인 거나, 발각된 뒤에 조카의 인생을 망치려고 했던 것, 심지어 잡히느니 계단에서 자살하고 말겠다는 생각도 그렇고. 그런데 그 사이에 조용히 지냈던 그 시간들…… 그건 도대체 뭘까요?"

 피츠스테판이 물었다.

 "앞뒤가 안 맞는 건 오히려 레게트를 살해한 걸세. 나머지는 모두 맞아떨어져. 그를 원했지. 그래서 그를 가지기 위해 동생을 죽였지, 아니 동생을 죽게 만든 거지. 하지만 법이 그들을 떼어 놓았네. 그건 어쩔 수가 없는 일이었어. 그가 언젠가는 풀려나기만을 바라며 기다리는 수밖에. 당시 그것 말고 그녀가 원하던 다른 것이 무엇인지 우리는 모르지. 하지만 원하던 것이 이루어질 때를 대비해 가브리엘을 데리고 그의 돈으로 풍족하게 살면서 조용히 지내는 것도 괜찮지 않았을까? 후에 그가 탈출했다는 소식을 듣고는 미국으로 와 그를 찾기 시작했네. 탐정들이 그를 찾아냈을 때 이리로 왔고, 그는 기꺼이 그녀와 결혼했어. 결국 원하던 것을 갖게 된 거지. 또 다시 조용히 사는 것 말고 다른 뭐가 있겠나? 그녀는 단지 사고치는 걸 좋아한다는 이유로 일을 저지르고 다니는 사람이 아니었어. 그런 사람은 순전히 모든 걸 장난으로 받아들이고 행동하지 않나. 단지 자신이 원하는 걸 갖고 싶어 하고 그걸 갖기 위해서라면 무슨 짓이든 할 각오가 되어 있는 사람이었네. 얼마나 끈질기게, 그리고 얼마나 오랫동안 조카를 향한 증오심을 숨겨 왔는지 한번 봐. 사실 그녀가 바라는 것은 그리 대단치도 않았어. 그녀라는 사람을 정확히 파악하는 열쇠는 복잡한 광기 속에 있는 게 아닐세. 그녀는 마치 동물처럼 단순했어. 동물처럼 옳고 그름을 무시하고, 자신의 일이 틀어지는 걸 싫어하고, 궁지에 몰렸을 때 분노를 표출한 것뿐이지."

피츠스테판이 맥주를 한 모금 들이키더니 입을 열었다.

"그러면 데인 가의 저주라는 것이 다만 핏속에 흐르는 야만적인 기질에 지나지 않는다고 보는 건가요?"

"그 정도도 못 되네. 단지 성난 여자의 입에서 쏟아져 나온 악의에 찬 말일 뿐이야."

그가 뿌연 담배 연기 뒤에서 조용히 한숨을 쉬었다.

"인생에서 흥미와 상상력 같은 걸 모조리 없애버리는 당신 같은 사람들이 문제라니까요. 가브리엘이 자기 어머니를 죽이는 데 도구로 이용되었다는 무시무시한 사실을 보면 그런 저주가 존재한다고 보아야 하지 않나요?"

"그녀가 정말 도구였다고 하더라도 아닐세. 그리고 나 같으면 그 말을 곧이곧대로 믿지 않겠어. 레게트 씨는 가브리엘이 엄마를 죽였다고 굳게 믿는 것 같긴 했지만. 그는 딸을 보호하려고 편지에 그 옛날 이야기까지 상세히 써 놓았지. 하지만 그가 아이의 어머니 살해 장면을 목격했다는 건 레게트 부인의 말일 뿐, 뚜렷한 증거가 없지 않나. 오히려 가브리엘은 아버지가 어머니를 죽였다고 믿으며 자랐다고 했어. 그건 레게트 부인이 가브리엘 앞에서 한 말이니 믿을 수 있지. 물론 그럴 가능성이야 있지만 나는 그가 아이의 죄책감을 덜어 주기 위해 그렇게까지 했다고 믿지 않네. 하지만 그 시점부터는 모두 다 추측에 그칠 뿐, 진실은 아무도 모르게 되었지. 그건 그렇고 레게트 부인은 그를 원했고 결국 손에 넣었는데 도대체 왜 죽인 걸까?"

"그렇게 말을 바꾸면 어떡해요? 그 질문에 대한 답은 실험실에서 이미 했잖아요. 왜 본래 의견을 고수하지 않는 거죠? 그 편지가 자살 유서로 보이기에 충분했고, 그 편지와 그의 죽음이 그녀를 안전하게 해 줄 수 있다고 믿었기 때문이라고 했잖아요."

피츠스테판이 투덜거렸다.

"그때만 해도 꽤 그럴싸해 보였으니까. 하지만 지금 또렷한 정신으로, 더 많은 사실들을 바탕으로 생각히 보면 이야기가 달라지지. 그녀는 그를 얻기 위해 수년 동안 노력하고 기다렸네. 그가 그녀에게 일종의 가치가 있었던 것이 틀림없어."

내가 털어놓았다.

"하지만 그를 사랑한 건 아니었다, 아니면 그를 사랑했다고 볼 만한 이유가 없다. 이건가요? 그에게 그런 가치는 없었던 거죠. 사냥감으로 만든 박제 이상의 가치가 없었던 거예요. 그런 건 죽는다 해도 약품 처리해서 벽에 걸어 놓으면 그만이니까."

"그렇다면 왜 업튼을 그로부터 떼어 놓으려 한 걸까? 루퍼트는 왜 죽였고? 왜 그를 위해 그런 짐을 짊어졌느냐고? 그건 레게트 자신의 몫이 아닌가. 그가 그녀에게 아무 가치가 없다면 왜 그런 위험을 감수했을까? 그의 과거가 다시 한 번 되살아났다는 걸 모르게 하려고? 왜 굳이 그런 힘든 일을……?"

"무슨 말인지 알 것 같아요. 그러니까……"

피츠스테판이 천천히 말했다.

"잠깐, 하나 더 있네. 레게트 씨 부부와 함께 이야기를 한 적이 두어 번 있었어. 그때마다 둘 다 아무 말도 안 했지만 부인은 마치 남편이 없다면 가브리엘의 실종에 대해 무언가 알려 줄 것처럼 굴었단 말이지."

"가브리엘은 어디서 찾았어요?"

"가브리엘은 루퍼트가 살해되는 장면을 목격한 뒤 가지고 있던 돈이랑 보석을 챙겨 할던 부부 댁으로 도망을 쳤지. 보석은 미니 허시에게 맡겨 돈으로 바꿔 오게 하고 말일세. 그중에 두 개를 미니가 사고 나머지는 팔아 오도록 코뿔소를 보냈네. 아, 미니가 보석을 산 건 코뿔소가 하루인가 이틀 전에 크랩 게임에서 돈을 많이 딴 덕분이었고 그건 경찰이 직접 확인했어. 그가 전당포에서 잡혔던 건 그저 전반적으로 의심을 받고 있었기 때문이고."

"집을 영영 나가려 한 건가요?" 그가 물었다.

"그렇다고 탓할 수 있겠나. 아버지를 살인자라고 여기는 데다가 이제는 새어머니까지 누굴 죽이는 것을 보았으니. 누가 그런 집에서 살고 싶겠어?"

"그래서 레게트 씨와 부인이 사이가 안 좋았다고 생각하는 거예요? 그럴 수도 있죠. 난 최근에는 그들을 자주 만나지 못했고 정말 사이가 안 좋았다 하더라도 그런 것까지 속속들이 알 정도로 가깝진 않았으니까요. 어쩌면 그가 아내에 대해 무언가 알아낸 게 아닐까요? 진실 같은 거?"

"그럴지도 모르지. 하지만 그런 걸 알고도 루퍼트의 살해죄를 대신 뒤집어 쓸 심산이었으니 만약 알았다 해도 대단한 건 아니었을 걸세. 그리고 알아낸 게 있더라도 다이아몬드 사건과 직접적으로 연관된 건 아니었을 테고. 왜냐하면 처음 만났을 때 그는 정말 도둑이 들었다고 굳게 믿는 것 같았거든. 하지만……."

"으, 이제 그만 해요! 어느 말이든 '하지만'이 두 번, '만약'이 한 번 이상 안 들어가면 성미에 안 차는군요! 제가 보기에 레게트 부인의 이야기를 의심할 이유는 없는 것 같아요. 사실 그럴 필요도 없는데 순순히 자기 입으로 털어놓은 거잖아요. 왜 굳이 자신을 연루시키려고 거짓말을 하겠어요?"

"동생을 죽인 일 말인가? 그 일에 대해서는 무죄 판결을 받았고, 아마도 프랑스의 사법 체계가 우리와 같아서 자백을 해도 같은 죄에 대해서는 두 번 재판을 받지 않기 때문이 아닐까? 따지고 보면 자기한테 불리하게 작용할 만한 건 아무것도 이야기한 게 없어."

"당신은 언제나 날 작아지게 만듭니다. 영혼을 더욱 키우려면 맥주나 더 드셔야겠습니다."

그가 말했다.

레게트·루퍼트 사건 심리에서 나는 또 한 번 가브리엘 레게트를 보았다. 하지만 그녀가 나를 알아보았는지는 알 수 없었다. 그녀는 레게트 씨의 변호사로 유언 집행인 역할을 맡은 매디슨 앤드루스와 함께 있었다. 에릭 콜린슨 역시 거기 있었지만 이상하게도 가브리엘과 함께 온 것은 아닌 것 같았다. 그는 내게 고개만 까닥해 보이고는 아무 말도 하지 않았다.

언론도 레게트 부인이 1913년 파리에서 일어났다고 주장한 사건에 대해 어디선가 주워듣고는 한 이틀 호들갑을 떨었다. 할스테드 앤드 보샹의 다이아몬드가 회수됨과 동시에 콘티넨털 탐정 사무소의 일은 끝이 났다. 우리는 레게트 사건 기록 맨 아래에 '중단'이라고 썼다. 그리고 곧 나는 직원들의 횡령 혐의를 조사해 달라는 금광 소유주의 의뢰를 받아 산으로 들어갔다.

나는 적어도 한 달 이상 산 속에 머무르게 되리라 생각했다. 그런 식의 내부 소행은 언제나 시간이 걸리는 법이니까. 그런데 거기 들어간 지 열흘째 되는 날 저녁, 보스로부터 장거리 전화를 받았다.

"자네 대신 폴리를 보내겠네. 그가 갈 때까지 기다리지 말고 당장 오늘 밤 기차를 타고 돌아오게. 레게트 사건이 다시 터졌어."

제2부

사원

9장

태드의 눈먼 사나이

매디슨 앤드루스는 뼈가 불거진 붉은 얼굴을 더욱 강조하는 흰 머리와 눈썹, 콧수염을 기른 60세의 키가 크고 수척한 사내였다. 옷을 헐렁하게 걸치고 담배를 씹는 그는 지난 10년 동안 두 번이나 이혼 소송에서 피고로 공공연하게 거론된 적이 있었다. 그가 말했다.

"아마 젊은 콜린슨이 나에 대해 말도 안 되는 소리를 잔뜩 지껄였을 거요. 내가 노망이 났다고 생각하는 것 같아. 내 면전에 대고 이야기한 거나 마찬가지라니까."

"콜린슨 씨는 보지도 못했습니다. 돌아온 지 두 시간밖에 안 됐어요. 사무실에 들렀다 곧장 이리로 왔습니다."

그가 흥분하여 말했다.

"그가 약혼자이긴 해도 그녀에 대한 책임은 나한테 있고 나는 가브리엘의 주치의 리스 선생의 조언을 더 믿어요. 그 사람 말로는 잠깐 사원에 가게 하는 것이 우리가 할 수 있는 그 어떤 일보다 정신 건강을 되찾는 데 도움이 될 거라고 하더군. 그의 조언을 무시할 수는 없잖소. 할던 부부는 아마도 사기꾼 일당이겠지만 부모가 죽은 이후로 조셉 할던은 가브리엘이 기꺼이 입을 여는 유일한 상대고, 그와 함께 있으면 조금 평온해지는 것 같으니……. 리스 박사는 사원에 가고 싶어 하는 바람을 거스르는 건 그녀의 정신을 더욱 질병 속으로 밀어 넣는 것이나 마찬가지라 했소. 콜린슨이라는 애송이가 못마땅해한다는 이유 하나로 의사의 소견을 깡그리 무시해야겠소?"

"아니죠." 내가 대답했다.

"그 희한한 종교에 대해 헛된 기대 같은 건 없소. 보나마나 다른 것들이랑 똑같이 엉터리겠지. 하지만 우리한테 지금 중요한 건 종교적인 관점이 아니오. 다만 가브리엘의 마음을 고쳐줄 치료 상의 목적으로 관심을 갖는 것뿐이니까. 설사 그곳 사람들이 가브리엘을 믿고 맡길 만큼 훌륭하지 못하다 해도 보내 주려 했을 거요. 내가 보기에 우리가 가장 걱정해야 할 건 그녀의 건강 회복이고 그 무엇도 그것을 방해해선 안 되니까."

그가 변명하듯 덧붙였다.

그는 걱정하고 있었다. 나는 아무 말도 하지 않고 고개만 끄덕였다. 그를 걱정시키고 있는 것이 무엇인지 알아내기 위해서였다. 그가 같은 자리를 맴돌 듯 끝도 없이 이야기를 하는 동안 나는 아주 조금씩 상황을 파악하게 되었다.

리스 박사의 조언에 따라 앤드루스는 콜린슨의 반대를 무시하고 가브리엘 레게트를 성배의 사원으로 보냈다. 그녀가 원했고, 당시 리빙스턴 로드먼 부인처럼 남부끄럽지 않은 지위에 있는 사람들이 그곳에 머무르고 있었고, 할던 부부는 에드거 레게트의 친구가 아닌가. 당연히 앤드루스는 그녀를 보내 주었다. 그것이 엿새 전이었다. 그녀는 미니 허시를 하녀로 데리고 갔고 리스 박사가 매일 같이 그곳에 들러 그녀를 만났다. 처음 나흘 동안 그녀는 나아지는 모습을 보였다. 그러나 닷새 째 되던 날, 그녀의 상태를 본 그는 깜짝 놀라고 말았다. 정신은 그 어느 때보다도 흐렸고, 마치 일종의 큰 충격을 받은 사람 같은 증세를 보였던 것이다. 그는 그녀에게서 아무것도 알아낼 수 없었다. 미니한테도 아무것도 알아내지 못했다. 할던 부부로부터도 마찬가지였다. 무슨 일이 일어난 건지, 무슨 일이 일어나기는 한 것인지조차 알 길이 없었다.

에릭 콜린슨도 매일 리스로부터 가브리엘의 상태를 듣고 있었다. 리스의 마지막 방문에 대해 들은 콜린슨은 펄쩍 뛰며 당장 그녀를 데려와야 한다고 주장했다. 할던 부부가 그녀를 살해하려 한다는 것이었다. 그와 앤드루스는 대관 말다툼을 벌였다. 앤드루스는 단순히 가브리엘의 병이 재발한 것이라 생각했고 자신이 원하는 곳에 있게 두는 것이 가장 빨리 건강을 회복할 수 있는 길이라고 주장했다. 리스 박사도 앤드루스와 의견을 같이 했다. 하지만 콜린슨은 아니었다. 그는 당장 그녀를 데려오지 않으면 큰 소동을 일으키겠다고 위협했다.

바로 이것이 앤드루스의 걱정거리였다. 혹시라도 무슨 일이 일어난다면 변호사로서 자기 책임하에 있는 사람을 그런 곳에 가게 만들었다며 안 좋은 소문이 날 게 뻔하지 않은가. 한편 그는 그곳에 머무는 것이 그녀를 위한 길이라 믿으며 그녀에게 아무 일 없기를 진심으로 바라고 있었다. 그는 마침내 콜린슨과 타협점을 찾았다. 최소한 며칠 더 사원에 머무르게 하되 그녀를 감시할 수 있게, 그리고 할던 부부가 그녀에게 요상한 짓을 하지 않게 누군가를 들여보내는 것이었다.

리스가 나를 제안했다. 운 좋게도 레게트의 죽음에 대한 진실을 밝혀낸 것이 그에게 좋은 인상을 남겼던 모양이었다. 콜린슨은 나의 비인간적인 처사가 가브리엘이 그렇게 된 원인 중 하나라며 펄쩍 뛰었지만 이내 뜻을 굽히고 말았다. 나는 이미 가브리엘과 그녀의 사연을 알고 있고 첫 번째 일을 대단히 망치지 않았다는 것이 그 이유였다. 효율이 높아 비인간적인 업무 방식을 상쇄하는 효과가 있다나, 뭐 그런 말을 들은 것 같기도 했다. 그래서 앤드루스가 보스에게 전화를 걸어 이미 다른 일에 투입되어 있는 나를 빼내 올 정도로 높은 금액을 제

시했고 그렇게 내가 거기 가게 된 것이었다.

"할던 부부는 당신이 오는 걸 알고 있소. 그들이 어떻게 생각하는지는 상관없소. 가브리엘이 조금 더 안정될 때까지 위급한 일이 일어날 것을 대비해 유능한 사람을 하나 붙여 두는 게 좋겠다고 통보했으니까. 나한테 지시를 받을 없소이다. 이건 단순히 예방 차원이니……."

앤드루스가 길고 긴 말을 마쳤다.

"레게트 양도 내가 오는 걸 압니까?"

"아니, 그런 걸 알려 줄 필요는 없다고 생각하오. 당신은 최대한 눈에 띄지 않게 그녀를 감시하기만 하면 되는 거요. 물론 지금 상태에서는 당신이 온다는 걸 싫어할 만큼 정신이 있을 것 같진 않지만. 만약 그렇다면…… 음, 그건 그때 가서 생각하지."

이 말과 함께 앤드루스는 애러니아 할던에게 전할 쪽지를 건넸다.

한 시간 반 뒤, 나는 사원의 응접실에서 닷은편에 앉은 그녀가 그 쪽지를 읽는 것을 지켜보고 있었다. 이윽고 그녀가 쪽지를 내려놓더니 흰색 비취 상자에 든 긴 러시아 담배를 권했다. 나는 가지고 있던 파티마 담배를 피우겠다며 거절하고 그녀가 가져다 놓은 스탠드 식 재떨이 위의 라이터로 불을 붙였다. 우리 둘의 담배에서 연기가 올라오기 시작하자 그녀가 입을 열었다.

"최대한 편안히 계실 수 있도록 하지요. 우리는 야만인도, 광신도도 아닙니다. 굳이 이런 걸 말씀드리는 것은 많은 이들이 우리가 그런 사람이 아니라는 걸 나중에야 깨닫고 놀라기 때문이죠. 우리 중 누구도 행복이나 안락함, 그 밖의 문명사회의 일상적인 일들이 사원을 모독한다고 생각지 않아요. 당신은 우리의 일원이 아닙니다. 어쩌면 언젠가 그렇게 될 수도 있고 그렇게 되기를 바라지만요. 하지만 그렇다고 해서 성가시거나 괴로운 일을 겪진 않을 거예요. 제가 보장하죠. 우리 예배에는 참석하셔도 좋고 안 하셔도 좋아요. 그리고 원하시는 대로 자유롭게 오고 가셔도 됩니다. 그 대신 저희처럼 똑같은 배려심을 보여 주시리라 믿습니다. 여기에서 무슨 일을 보시든, 그것이 얼마나 희한해 보이든, 그것이 당신의 환자분께 영향을 미치지만 않는다면 그 일을 방해하지 않으실 거라고도 믿고요."

"물론입니다." 내가 약속했다.

그녀가 고맙다는 듯 미소 짓더니 담배를 비벼 끄고 자리에서 일어섰다.

"머무실 방을 보여 드릴게요."

나의 지난번 방문에 대해서는 서로 아무 말도 꺼내지 않았다.

나는 모자와 네모난 여행 가방을 들고 그녀를 따라 승강기에 탔다. 우리는 5층에서 내렸다.

"여기가 레게트 양의 방입니다."

약 2주 전 콜린슨과 내가 번갈아 가며 두드렸던 방문을 가리키며 그녀가 말했다.

"그리고 여기가 선생님 방이고요."

그녀가 복도를 사이에 두고 가브리엘의 방과 마주보는 문을 열었다.

내 방은 옷방이 없다는 것만 빼면 그녀의 방과 구조가 똑같았다. 잠금장치도 없었다.

"그녀가 데리고 온 하녀는 어디에서 잡니까?"

내가 물었다.

"꼭대기 층에 하인들 숙소가 있어요. 아마 지금 리스 박사님이 레게트 양과 같이 있을 거예요. 도착하셨다고 말씀드리겠습니다."

나는 고맙다는 인사를 했다. 그녀가 내 방에서 나가 문을 닫았다.

십오 분 뒤, 리스 박사가 노크를 하고 들어왔다.

"와 주셔서 고맙군요. 탐정으로서 당신의 기술이 필요할 일은 없을 겁니다. 하지만 와 주셔서 기쁘군요."

악수를 하며 그가 말했다. 또박또박 말을 내뱉는 습관이 있는 그는 때로는 검정 리본이 달린 안경으로 손짓을 하며 자신의 말을 강조하기도 했다. 그 안경이 얼굴에 씌워져 있는 것은 본 적이 없었다.

"뭐가 문젭니까?"

나는 무엇이든 털어놓아도 괜찮다는 듯한 어조로 슬며시 물었다.

그가 날카롭게 나를 쳐다보더니 들고 있던 안경으로 왼손 검지 손톱을 톡톡 두드렸다.

"제가 보기에 문제는 고스란히 제 분야에 있습니다. 그것 말고는 전혀 모르겠네요. 아마 할 일이 거의 없어 지루하실 겁니다."

그가 다시 한 번 내 손을 쥐고 흔들었다.

"하지만 의사 선생님은 할 일이 많고요?" 내가 물었다.

그가 문을 향해 몸을 돌리려다가 우뚝 멈춰 서서 얼굴을 찌푸렸다. 그러고는 다시 한 번 안경으로 엄지손톱을 두드렸다.

"그래요, 그렇지요."

그가 무언가를 더 말하려다가 마는 것처럼 멈칫 하더니 다시 문으로 다가갔다.

"제게는 선생님이 솔직히 어떤 생각을 하고 있는지 알 권리가 있습니다."

내가 말했다.

그가 다시 한 번 나를 날카롭게 쳐다보았다.

"솔직히 말해서 어떻게 생각하는지 저도 잘 모르겠군요."

잠시 침묵이 흘렀다. "하지만 뭔가 석연치 못합니다."

그는 정말 그렇게 보였다. 그는 저녁 때 들르겠다는 말과 함께 방을 나갔다. 하지만 문을 닫고 일 분도 차 되지 않아 문이 다시 벌컥 열렸다.

"레게트 양은 심각하게 아픕니다."

그가 다시 문을 닫고 사라졌다.

"이거 정말 신나는군." 내가 중얼거렸다.

나는 이내 창가에 앉아 담배를 피우기 시작했다.

검정색과 흰색 제복을 입은 하녀 하나가 문을 열더니 점심으로 뭘 먹겠느냐고 물었다. 혈색이 좋고 통통한 금발 머리의 그녀는 20대 중반 정도로 보였고, 호기심 가득하여 나를 쳐다보는 푸른 눈에는 장난기가 어려 있었다. 나는 가방에서 스카치 병을 꺼내 한 모금 마시고는 잠시 후 그녀가 가져다준 점심을 먹고 그날 오후를 방에서 보냈다.

오후 4시가 조금 넘은 시각, 귀를 쫑긋 세우고 있던 나는 가브리엘의 방에서 나오는 미니를 붙들 수 있었다. 문간에 선 나를 본 그녀의 눈이 휘둥그레졌다.

"들어오시오. 리스 박사가 내가 온다는 얘기 안 했나 보지?" 내가 말했다.

"아니요. 저기, 혹시…… 가브리엘 아가씨한테 뭐 바라는 게 있는 건 아니죠?"

"그냥 아무 일도 일어나지 않게 돌보고 있는 거요. 나한테 이런저런 이야기만 잘 전해 주면, 그러니까 그녀가 무슨 말을 하고 무슨 일을 하는지, 다른 이들이 무슨 말을 하고 무슨 일을 하는지 알려 주면 나를 돕고 그녀를 돕는 게 될 거요. 그렇게 되면 그녀를 귀찮게 할 필요도 없고."

"예. 예."

그녀가 냉큼 대답했다. 하지만 표정으로 보건대 내 뜻이 그리 잘 전달된 것 같지 않았다.

"그녀는 좀 어떻소?"

"오늘 오후에는 아주 기분이 좋으세요. 여기를 좋아하니까요."

"오후에는 뭘 하면서 지냈는데?"

"그…… 저도 몰라요. 그냥 시간을 보내요. 조용히."

그렇다 할 소식은 없군.

"리스 박사는 내가 여기 있는 걸 그녀가 모르는 게 나을 거라 했으니까 아가씨도 나에 대해 아무 말 하지 마시오."

"그럼요. 알겠습니다."

그녀가 약속했지만 그것은 진심이라기보다 예의상 하는 말 같았다.

이른 저녁, 애러니아 할던이 들어와 저녁 식사에 초대했다. 식당은 진한 다갈색으로 벽이 둘러져 있고 가구 역시 같은 색이었다. 식탁에 앉은 사람은 총 열 명이었다.

키가 크고 마치 조각상처럼 당당한 체격의 조셉 할던은 검정색 실크 로브를 걸치고 있었다. 숱이 많고 긴 그의 백발이 반짝반짝 빛났다. 역시 숱이 많고 둥글게 다듬어져 있는 턱수염도 희고 윤기가 흘렀다. 애러니아 할던이 나를 소개하면서 그를 성이 없는 것처럼 그저 '조셉'이라고만 불렀다. 거기 있는 다른 이들도 모두 그를 그렇게 불렀다. 그는 고르게 난 흰색 치아를 드러내며 내게 미소 짓고는 따뜻하고 힘 좋은 한 손을 내밀었다. 건강해 보이는 분홍색 얼굴에는 주름 하나 없었다. 평온한 얼굴이었다. 특히 맑은 갈색 눈은 상대마저 평온하게 만드는 것 같았다. 바리톤 같은 목소리에도 남의 마음을 편안하게 하는 느낌이 있었다. 그가 말했다.

"여기 오셔서 우리 모두 기쁩니다."

의미라고는 없는, 단순히 예의상 하는 말이겠지만 그의 말을 듣는 순간 나는 어떤 이유든 그가 정말로 기뻐하고 있다고 믿게 되었다. 그제야 나는 왜 가브리엘 레게트가 여기에 오고 싶어 했는지 이해할 수 있었다. 나는 나 역시 오게 되어 기쁘다고 말했다. 그리고 그 순간만큼은 정말로 기쁘다고 생각했다.

조셉과 그의 아내, 그리고 아들 말고도 그 자리에는 여섯 명의 손님이 더 있었다. 속이 비칠 듯 투명한 피부에 흐릿한 눈을 하고, 언제나 속삭이듯 나지막이 말하는 키가 크고 호리호리한 로드먼 부인, 젊고 검은 피부에 매우 말랐으며 진한 콧수염을 달고 언제나 자기 생각으로 바쁜 것처럼 무심히 말하는 플레밍이란 사내, 땅딸막하고 머리가 벗어졌으며 안색이 나쁘지만 잘 맞춘 옷을 입고 태도가 조심스러운 제프리스 소령, 좋은 사람인 것 같긴 한데 30년은 어린 사람에게나 어울릴 법한 애교 섞인 말투를 쓰는 그의 부인, 턱과 목소리가 날카롭고 태도가 매우 적극적인 힐렌 양, 그리고 꽤 젊고 어두운 피부에 광대뼈가 튀어나왔으며 모두의 시선을 피하는 파블로프 부인이 그들이었다.

두 명의 필리핀 남자가 내오는 음식은 훌륭했다. 식사 중 대화는 그리 많지 않았으며 그중 종교에 관련된 것은 전혀 없었다. 전체적으로 그리 나쁘지 않은 시간이었다.

저녁을 먹은 뒤 나는 방으로 돌아왔다. 가브리엘 레게트의 문에 귀를 기울였으나 아무것도 들리지 않았다. 방으로 돌아온 나는 잠시 꼼지락거리다가 담배를 피운 뒤 약속대로 리스 박사가 나타나기만을 기다렸다. 하지만 그는 결국 오지 않았다. 나는 의사로서 생활의 일부라고 할 수 있는 응급 상황 같은 것이 발생해 다른 어딘가에 갔으려니 생각했다. 하지만 조바심이 드는 것은 어쩔 수 없었다. 가브리엘의 방에서 나오거나 그리로 들어가는 이는 아무도 없었다. 나는 살금살금 다가가 그녀의 방문에 귀를 대고 엿듣기를 두 번 반복했다. 한 번은 아무 소리도 나지 않았고 또 한 번은 의미 없이 무언가 바스락거리는 소리만 희미하게 들렸다.

 10시 조금 넘어서 그곳에 머무는 사람들 중 누군가가 나의 문 앞을 지나가는 소리를 들었다. 아마도 잠자리에 들기 위해 각자의 방으로 돌아가는 것이리라.

 11시 5분, 가브리엘의 방문이 열리는 소리가 들렸다. 나는 내 방문을 벌컥 열었다. 미니 허시가 건물 끝 쪽을 향해 걸어가고 있었다. 그녀를 불러 세우고 싶었으나 꾹 참았다. 무언가를 캐내려던 처음 시도도 아무 결실이 없던 데다가, 지금은 운 좋게 무언가를 알아낼 수 있을 정도로 요령 있게 그녀를 달랠 기분이 아니었다.

 그때쯤 되자 나는 하루가 가기 전에 리스 박사를 볼 희망은 모두 포기했다.

 나는 불을 모두 끄고 방문을 살짝 열었다. 그리고 어둠 속에 가만히 앉아 가브리엘의 방문을 노려보며 딱히 누구랄 것 없이 세상 전체를 욕하기 시작했다. 캄캄한 방에 앉은 장님 사내가 그곳에는 없는 검은 모자를 찾는다는, 태드(토머스 알로이시우스 도건의 필명으로 허스트 신문사의 만화가. ─ 옮긴이)가 그린 만화의 장면을 떠올리며 그가 어떤 기분이었을지 알 것 같다고 생각했다.

 자정이 되기 직전 미니 허시가 마치 방금 밖에서 들어온 것처럼 모자와 코트 차림으로 가브리엘의 방으로 들어갔다. 나를 못 본 것 같았다. 나는 조용히 일어나 그녀가 문을 연 사이 방 안을 들여다보려고 했으나 아무것도 보이지 않았다.

미니는 거의 1시까지 방 안에 있었다. 마침내 방에서 나온 그녀는 소리 나지 않게 방문을 닫고 살금살금 발끝으로 걸어갔다. 두텁게 카펫이 깔려 그렇게까지 할 필요는 없었다. 그런 불필요한 행동에 갑자기 불안해졌다. 나는 문간으로 가 낮은 소리로 그녀를 불렀다.

"미니."

내 목소리를 못 들은 것인지도 몰랐다. 그녀는 계속해서 살금살금 복도를 따라 걷고 있었다. 나의 불안감은 점점 커져만 갔다. 나는 재빨리 뒤를 쫓아가 그녀의 가느다랗고 뻣뻣한 손목을 잡아챘다.

그녀의 갈색 얼굴에는 아무런 표정도 없었다.

"가브리엘은 어떻소?" 내가 물었다.

"가브리엘 아가씨는 괜찮으세요. 그냥 놔두시죠."

그녀가 중얼거렸다.

"괜찮지 않잖소. 지금 뭘 하고 있소?"

"자고 있어요."

"약에 취해서?"

그녀는 성난 갈색 눈을 들어 나를 쏘아보더니 다시 시선을 떨어뜨리고는 아무 말도 하지 않았다.

"마약을 구하러 당신을 내보낸 거요?"

내가 그녀의 손목을 쥔 손에 힘을 주며 물었다.

"약…… 약을 구하러 보낸 건 맞아요."

"그래서 그걸 먹고 잠이 들었다?"

"네…… 네."

"그럼 같이 들어가서 한번 봅시다." 내가 말했다.

그녀는 내게 잡힌 손목을 빼내려 했지만 나는 계속해서 힘을 주었다.

"놔줘요. 안 그러면 소리 지를 거예요."

"그녀를 보고 난 뒤에는 놔주지. 소리를 지를 작정이면 그러시든가."

다른 한 손으로 그녀의 어깨를 잡아 돌리며 내가 말했다.

그녀는 순순히 가브리엘의 방으로 돌아갈 태세가 아니었지만 그렇다고 질질 끌고 가게 할 정도는 아니었다. 가브리엘 레게트는 침대에 모로 누워 조용히 자고 있었다. 그녀의 숨소리에 맞춰 이불이 부드럽게 오르락내리락했다. 긴장이 풀린 작고 흰 얼굴 위로 갈색 곱슬머리가 쏟아져 마치 병약한 아이처럼 보였다.

나는 미니를 풀어 주고 내 방으로 돌아갔다. 다시 한 번 어둠 속에 앉은 나는 왜 사람들이 불안할 때 손톱을 물어뜯는지 알 수 있을 것 같았다. 나는 한 시간 정도 더 앉아 있다가

욕을 중얼거리며 신발을 벗었다. 그리고 가장 편해 보이는 의자를 골라 앉은 뒤 다른 의자를 끌어다가 발을 올려놓고 이불을 덮었다. 그렇게 나는 열린 문틈을 통해 가브리엘이 있는 방의 문을 마주본 채 잠이 들었다.

10장

죽은 꽃

 나는 잠에 취해 겨우 눈을 떴다. 잠시 존 것에 불과하다고 생각한 나는 눈을 감고 더 깊은 잠을 청했지만 다음 순간 느릿느릿 몸을 일으켰다. 무언가 이상했다.

 억지로 눈을 떴다가 감았다. 그러고는 다시 눈을 떴다. 무엇이 이상한지는 몰라도 눈과 관련이 있는 것 같았다. 눈을 떴을 때도, 그리고 감았을 때도 어둠이 가시지 않았다. 물론 당연한 일이었다. 밤이란 본래 어둡고 내 방 창문은 거리의 가로등이 비치지 않는 곳에 있었으니까. 당연한 일이 맞긴 하나 사실 그렇지 않았다. 방문을 열어 놓았었고 복도에는 불이 켜져 있던 게 기억났다. 그런데 문간 사이로 그곳에 있어야 할 희미한 직사각형 불빛과 가브리엘의 문이 보이지 않았다.

 이제는 너무나도 정신이 맑아 벌떡 몸을 일으킬 필요도 없었다. 숨을 참고 가만히 귀를 기울였다. 들리는 것이라고는 손목시계가 재깍거리는 소리뿐이었다. 조심스럽게 손을 움직여 야광으로 빛나는 시계를 보았다. 3시 17분. 생각보다 오래 잤다. 복도의 불도 시간이 늦어 꺼진 것이리라.

머리가 띵하고, 몸은 뻣뻣하고 무거웠으며, 입에서는 좋지 못한 맛이 났다. 나는 담요를 젖히고 의자에서 일어섰다. 근육이 말을 듣지 않아 움직임이 엉성했다. 나는 양말만 신은 채 엉금엉금 기어 문으로 다가가다 문에 부딪쳤다. 문은 닫혀 있었다. 문을 열자 복도의 불은 아까처럼 밝게 타고 있었다. 열린 문을 통해 복도로부터 들어온 공기는 놀라울 정도로 신선하고 날카로웠으며 순수했다.

나는 다시 방 안으로 고개를 돌려 킁킁거리며 냄새를 맡았다. 어렴풋이 꽃향기가 풍겼다. 흐릿하고 탁한 것으로 보아 마치 꽉 막혀 통풍이 되지 않는 곳에서 시들어 죽어 버린 꽃 냄새 같았다. 백합, 데이지, 어쩌면 다른 한두 가지 꽃이 더 섞인 것이리라. 나는 시간을 들여 그 냄새를 세세히 분석해 보았다. 그리고 진짜로 인동덩굴 냄새가 있는지 진지하게 맡아 보려고 했다. 그러다가 잠에서 깨기 직전 장례식 꿈을 꾼 것이 희미하게 기억이 났다. 정확히 무슨 꿈이었는지 생각해 내려 애쓰던 나는 문간에 몸을 기댔다. 다시 잠이 몰려왔다.

나도 모르는 사이 고개가 점점 아래로 내려간 모양인지 퍼뜩 머리를 쳐들면서 잠에서 깼다. 나는 겨우 눈을 뜨고 내 것 같지 않은 다리로 버티고 선 채 왜 침대에 가서 잠을 자지 않고 있는지 멍하니 생각했다. 뭔지 몰라도 잠이 들어서는 안 되는 이유가 있었다. 나는 멍한 머리로 이런 생각을 하면서 휘청거리는 몸을 지탱하기 위해 한 손으로 벽을 짚었다. 마침 전등 스위치가 만져졌다. 다행히 그걸 누를 정신은 있었다.

갑작스레 환한 불에 눈이 부셨다. 나는 눈을 잔뜩 찡그리고 주변을 둘러보았다. 그러자 할 일이 있다는 것이 기억났다. 화장실로 가 머리와 얼굴에 찬물을 뿌렸다. 아직도 멍하니 정신이 없고 어리둥절했지만 적어도 반쯤 의식을 찾을 수는 있었다.

나는 불을 끄고 가브리엘의 방으로 다가가 귀를 기울였다. 여전히 아무 소리도 들리지 않았다. 나는 문을 열고 한 걸음 안으로 들어가 문을 닫았다. 손전등으로 비추어 보니 이불이 젖혀진 텅 빈 침대가 보였다. 매트리스 위에 눌린 자국에 손을 댔다. 차가웠다. 화장실에도, 옷방에도 아무도 없었다. 침대 아래에는 녹색 슬리퍼 한 켤레가 놓여 있었고 녹색 가운, 아니면 그와 비슷하게 생긴 옷이 의자 등받이에 걸려 있었다.

나는 방으로 돌아가 신발을 찾아 신은 뒤 정견 계단을 내려갔다. 집 안을 샅샅이 뒤질 심산이었다. 일단은 다른 사람들 모르게 찾다가 허탕을 치면 (아니, 허탕을 칠 것이 분명했다.) 방마다 문을 걸어차고, 사람들을 침대에서 끌어낸 다음, 그녀를 찾을 때까지 난리법석을 피울 계획이었다. 최대한 빨리 찾고 싶었지만 그녀는 진작 사라졌을 것이 뻔하기 때문에 이제와 단 몇 분이 대단한 차이를 만들어 낼 리 없었다. 그래서 나는 시간 낭비를 하지는 않았지만 그렇다고 달리지도 않았다.

2층과 1층의 중간 정도 이르렀을까, 아래에서 무언가 움직이는 것을 보았다. 아니, 정확히 말하면 보지는 못하고 무언가 움직이는 것을 느꼈다. 그것은 집 밖으로 난 문으로부터 집 안 방향으로 움직이고 있었다. 나는 계단을 내려가면서 승강기 쪽을 보고 있었다. 난간에 막혀 집 밖으로 난 문은 보이지 않았다. 내가 본 것은 난간에 줄줄이 세워진 대여섯 개의 살 사이로 스윽 지나가는 순간적인 움직임이었다. 그곳에 초점이 맞춰질 때쯤에는 아무것도 없었다. 누군가의 얼굴을 보았다고 생각했으나 그런 상황이라면 누구나 그렇게 생각했을 것이었다. 실제로 본 것은 무언가 창백한 것이 움직이는 모습이었다.

1층에 닿았을 때 현관과 내 눈에 들어오는 복도는 텅 비어 있었다. 나는 건물 뒷부분을 향해 걷다가 우뚝 걸음을 멈추었다. 잠에서 깨어난 뒤로 처음 듣는, 내가 아닌 다른 이가 낸 소리였다. 밖으로 난 문 반대편에서 돌계단 위로 신발 바닥이 끌리는 소리였다.

나는 앞문으로 다가가 한 손으로 빗장을 잡고 한 손으로는 걸쇠를 잡아 동시에 젖혔다. 그런 다음 오른손을 총에 갖다 대고 왼손으로 벌컥 문을 열었다.

에릭 콜린슨이 계단 위에 서 있었다.

"도대체 여기서 뭐 하는 겁니까?"

맥이 빠진 내가 험상궂게 물었다.

그의 사연은 길었고 그는 너무 흥분하여 제대로 설명하지도 못했다. 엉망진창으로 뒤죽박죽된 이야기에서 최대한 알아낸 바에 따르면 그는 가브리엘의 상태를 알기 위해 매일 리스 박사에게 전화를 하는 버릇이 있었다. 그런데 오늘, 그러니까 지난밤에는 통화를 할 수가 없었다. 새벽 2시에 또 한 번 전화를 했는데 의사가 집에 없다는 이야기만 들었고, 그 댁의 누구도 그가 어디에 있는지, 왜 그 시간까지 돌아오지 않는지 알지 못했다는 것이다. 그렇게 전화를 끊은 콜린슨은 사원이 있는 동네로 찾아오기로 결심했다. 혹시라도 우연히 나를 만나 가브리엘에 대한 소식을 들을 수 있을지 모른다는 생각에서였다. 내가 바깥을 내다보고 있다는 것을 알아채기 전까지는 사원으로 다가올 생각조차 없었다고 했다.

"뭘 알아채기 전까지?" 내가 물었다.

"당신이 내다보고 있는 걸 봤을 때까지요."

"언제요?"

"1분 전에요. 당신이 내다보았을 때."

"내가 아니었습니다. 정확히 뭘 본 겁니까?"

"누군가 집에서 밖을 몰래 내다보고 있었어요. 난 그게 당신이라고 생각했고, 길모퉁이에 세워 둔 차 안에 있다가 그걸 보고 내려서 이리로 온 거예요. 가브리엘은 괜찮나요?"

"그럼요." 내가 대답했다. 그녀를 찾고 있다고 말할 필요는 없었다. 그랬다가 내게 벌컥 화라도 내면 곤란하니까. "목소리를 낮춰요. 리스 박사 댁 사람들이 그가 어디 있는지 모른다고요?"

"모르더라고요. 걱정하는 것 같았어요. 하지만 가브리엘만 괜찮다면 상관없어요." 그가 말을 멈추더니 와락 내 팔을 붙들었다. "저기…… 그녀를 볼 수 있어요? 아주 잠깐만이라도? 아무 말도 안 할게요. 내가 왔다 갔다고 알려주지 않아도 돼요. 지금 당장 보자는 것도 아니에요. 그냥…… 한 번 볼 수 있게 해 줄 수 있어요?"

이 젊고, 훤칠하고, 힘센 청년은 가브리엘 레게트를 위해서라면 자신의 몸이 산산조각 나는 것도 감수할 태세였다. 나는 무언가 잘못되었다는 것을 알고 있었다. 무엇인지는 몰랐다. 그것을 바로잡기 위해서 무엇을 해야 하는지, 그리고 얼마나 도움이 필요할지도 몰랐다. 다만 그가 그냥 돌아가게 놔둘 수는 없었다. 그렇다고 그를 냉대할 수도 없었다. 그러면 그가 난리를 칠 것이 뻔했다.

"들어와요. 지금 구석구석 조사를 하고 있습니다. 조용히만

하면 나를 따라와도 되고, 그러고 난 다음에는 가브리엘을 만날 수 있을지 한번 봅시다."

그는 내가 마치 자신을 천국에 들여보내 준 성 베드로인 것처럼 쳐다보며 안으로 들어왔다. 나는 문을 닫고 그를 데리고 현관을 지나 중앙 복도로 갔다. 지금까지 상황으로 봐서는 이 큰 건물에 우리만 있는 것 같았다. 물론 그건 사실이 아니었다.

바로 그때 가브리엘 레게트가 모퉁이를 돌아 우리 바로 앞에 나타난 것이었다. 그녀는 맨발이었다. 걸친 것이라고는 진한 얼룩이 잔뜩 묻은 노란색 실크 잠옷이 전부였다. 앞으로 내민 양손에는 거의 장검에 가까운 커다란 단검이 들려 있었다. 거기엔 붉은색 액체가 흥건히 묻어 있었다. 양손과 드러난 팔 역시 붉게 젖었고 한쪽 볼에는 피가 묻어 있었다. 그녀의 눈은 또렷하고 선명하면서도 차분했다. 좁은 이마에는 주름 하나 없었고, 입과 턱은 단호하게 다물어져 있었다.

그녀가 나를 향해 다가왔다. 그녀의 평온한 시선은 혼란스러워하고 있을 나의 시선을 피하지 않았다. 그녀는 마치 나를 거기에서 만날 줄 알고 있었다는 듯, 나를 찾기 위해 그리로 왔다는 듯 침착하게 말했다.

"이거 받아요. 증거물이에요. 내가 그를 죽였어요."

"뭐라고요?"

"당신은 탐정이잖아요. 나를 잡아다 교수형시켜야죠."

여전히 나의 눈을 똑바로 쳐다보며 그녀가 말했다.

혀를 움직이는 것보다 손을 움직이는 것이 더 쉬웠다. 나는 피 묻은 단검을 그녀로부터 받아 들었다. 그것은 넓적하고 날이 두꺼운 양날 단검으로 마치 십자가처럼 생긴 청동 자루가 달려 있었다.

에릭 콜린슨이 나를 밀치고 나서더니 아무도 알아들을 수 없는 말을 지껄이며 그녀를 향해 떨리는 손을 내밀었다. 하지만 그녀는 그로부터 몸을 피하며 벽에 등을 바짝 붙였다. 그녀의 얼굴에는 공포가 가득했다.

"날 만지지 못하게 해 주세요." 그녀가 애원했다.

"가브리엘!" 콜린슨이 그녀를 향해 다가오며 소리쳤다.

"안 돼요. 안 돼!" 그녀가 헐떡였다.

나는 콜린슨을 향해 다가가 그를 바라보며 그와 그녀 사이에 단호하게 섰다. 그러고는 한 손을 그의 가슴에 얹고 뒤로 밀었다.

"가만히 있으시오, 당신." 내가 으르렁댔다.

그도 양손으로 내 어깨를 잡더니 한쪽으로 밀어대기 시작했다. 나는 여차하면 들고 있던 묵직한 청동 단검 자루로 그의 턱을 후려갈길 생각이었다. 하지만 그렇게까지 할 필요는 없었다. 내 어깨 너머로 가브리엘을 본 콜린슨이 나를 밀어내려는 생각을 단념한 것이었다. 그의 양손이 털썩 떨어졌다. 나는 그의 가슴에 얹은 손에 더욱 힘을 주어 그가 벽을 등질 때까지 밀었다. 그런 다음 그로부터 한 걸음 물러서 한쪽 옆으로 섰다. 그러자 각자 반대편 벽에 등을 대고 마주선 둘을 한꺼번에 볼 수 있었다.

"무슨 일인지 알아낼 때까지 가만히 있어요."

나는 그에게 이렇게 말한 뒤 단검으로 가브리엘을 겨누며 그녀를 바라보았다.

"무슨 일이 벌어진 겁니까?"

그녀는 어느샌가 다시 침착해져 있었다.

"따라와요. 보여 줄 테니. 하지만 에릭은 오지 못하게 해요, 제발요."

그녀가 말했다.

"그는 귀찮게 하지 않을 거요." 내가 약속했다.

그 말을 들은 그녀가 엄숙하게 고개를 끄덕이더니 우리를 데리고 복도를 지나 모퉁이를 돌고는 반쯤 열려 있는 작은 철문으로 다가갔다. 그녀가 먼저 그 안으로 들어갔다. 내가 뒤를 따르고 콜린슨은 나의 바로 뒤에 있었다. 문을 통과하자 곧 신선한 공기가 느껴졌다. 나는 고개를 들었다. 어두컴컴한 하늘에 희미하게 별들이 빛나고 있었다. 나는 다시 아래를 내려다보았다. 뒤의 열린 틈으로 새어나오는 빛을 통해 우리가 흰색 대리석 바닥, 아니면 흰 대리석처럼 만든 오각형 타일 위를 걷고 있다는 것을 알 수 있었다. 그 빛을 제외하고는 사방이 캄캄했다. 나는 손전등을 꺼내 들었다.

맨발에 바닥이 차가울 텐데도 그녀는 서두르는 기색 없이 정면에 희미하게 보이는 네모난 회색 물체를 향해 곧장 우리를 이끌었다. 그녀가 그 앞에서 걸음을 멈추고 입을 열었다.

"여기요."

나는 손전등을 켰다.

빛이 번쩍, 하더니 흰색과 은색으로 수정처럼 영롱한 빛을 내뿜고 있는 넓은 제단에 반사되었다.

제단 아래 세 개의 계단 중 가장 낮은 곳에 리스 박사가 죽은 채 똑바로 누워 있었다.

그의 얼굴은 마치 잠든 것처럼 평화로웠다. 그의 팔은 양옆에 가지런히 놓여 있고, 코트와 조끼의 단추가 풀려 있긴 했으나 옷은 전혀 구겨지지 않았다. 셔츠는 온통 피범벅이었다. 셔츠 앞자락에는 똑같이 생긴 네 개의 구멍이 있었고 크기나 모양으로 보아 모두 가브리엘이 내게 준 단검으로 낸 것이 분명했다. 이제 상처에서는 피가 흐르지 않았지만 그의 이마를 만져보자 그리 차지 않다는 것을 알 수 있었다. 제단 계단에는 핏자국이 있었고, 그 아래 바닥에는 그가 가지고 다니던 코안경이 금 하나 가지 않은 채 놓여 있었다.

나는 몸을 편 뒤 그녀의 얼굴에 손전등을 비추었다. 그녀가 눈을 깜빡이며 눈살을 찌푸렸지만 눈이 부시다는 불쾌함 외에는 아무런 기색이 없었다.

"당신이 죽였다고요?" 내가 물었다.

"아니야!" 콜린슨이 퍼뜩 정신이 들었는지 소리쳤다.

"입 다물어요."

나는 그에게 말한 뒤 가브리엘에게 가까이 다가갔다. 그가 우리 사이에 끼어들지 못하게 하기 위해서였다.

"당신이 죽인 겁니까?" 내가 다시 물었다.

"놀랐어요? 새어머니가 내 속에 흐르고 있는 저주받은 데인 핏줄에 대해 이야기할 때 거기 있었잖아요. 그 저주가 무슨 짓을 했는지, 그리고 나와 내 주변 사람들에게 앞으로 무슨 짓을 할 건지 이야기할 때 말이에요. 이런 건 생각지 못했나 보죠?"

그녀가 한 손으로 죽은 리스 박사를 가리키며 조용히 물었다.

"말도 안 되는 소리 마시죠. 왜 그를 죽였습니까?"

내가 물었다. 나는 동시에 그녀가 어떻게 이리도 침착할 수 있는지 생각하기 시작했다. 그녀가 약물에 머리끝까지 빠져 있는 모습이라면 본 적이 있었다. 하지만 지금은 그런 것 같지 않았다. 무슨 상황인지 도무지 알 수 없었다.

콜린슨이 내 팔을 붙잡더니 휙 잡아 돌려 자신과 마주보게 만들었다. 그는 잔뜩 흥분해 있었다.

"여기 이렇게 서서 이야기나 하고 있을 때가 아니에요. 그녀를 여기서 빼내야, 여기 이 난리통에서 데리고 나가야 해요. 시신을 숨기든가 다른 사람 소행처럼 보일 곳에 놓아둬야 해요. 당신은 이런 일이 어떻게 돌아가는지 잘 알잖아요. 내가 그녀를 데리고 집으로 갈게요. 당신은 문제를 해결해요."

"그래요? 내가 뭘 어떻게 해야 됩니까? 여기 필리핀 남자들 중 한 명에게 뒤집어씌울까요? 대신 교수형 당하게?"

"그래, 그거예요. 당신이라면 어떻게 해야 하는지······"

"그것 같은 소리 하시네. 생각하는 거 하고는······."

그의 얼굴이 한층 더 상기됐다.

"그······ 그런 뜻은······ 누군가 대신 교수형 당하게 하려는 건······. 그런 짓을 하라는 게 아니었어요. 그러니까······ 그 사람을 도망치게 해 줄 수도 있잖아요? 내가······ 내가 답례를 할 테니······ 그 사람이······."

그가 더듬거렸다.

"조용히 하시오. 시간만 낭비하고 있으니까."

내가 으르렁거렸다.

"하지만 그렇게 해야만 해요. 당신은 가브리엘한테 아무 일도 일어나지 않게 하려고 여기 온 거잖아요. 그러니까 그렇게 만들어야죠!"

그가 고집했다.

"그래? 그것 참 영리하시구먼."

"힘든 부탁인 거 알아요. 그 대신 돈을……"

"그만두시오."

나는 그의 손에 붙잡힌 팔을 빼내고는 다시 가브리엘을 향해 몸을 돌렸다.

"이 일이 벌어졌을 때 또 누가 여기 있었습니까?"

"아무도 없었어요."

나는 손전등으로 시신과 제단, 바닥 전체, 벽을 다시 한 번 비추었다. 아까 보지 못한 것은 없었다. 횟산 벽은 우리가 방금 들어온 문과 그것과 똑같이 생긴 것이 반대편에 있는 것만 빼면 이음매 없이 매끈했다. 이 네 개의 벽이 아무런 장식도 무늬도 없이 6층 높이로 솟아 있었다.

나는 리스의 시체 옆에 단검을 내려놓고 손전등을 끈 뒤 콜린슨을 향했다.

"레게트 양을 방으로 데려갑시다."

"제발 여기서 데리고 나가자니까요! 이 집에서, 당장! 아직 시간이 있을 때요!"

나는 달랑 피 묻은 잠옷만 입고 맨발로 거리를 뛰어다니면 참 보기 좋겠다고 쏘아붙였다.

그러자 그가 부스럭부스럭 소리를 냈다. 나는 다시 손전등을 켰다. 그가 입고 있던 코트를 벗고 있었다.

"바로 길모퉁이에 차가 있어요. 거기까지는 안고 가면 되고요."

그 말과 함께 그는 코트를 든 팔을 내민 채 그녀를 향해 다가갔다.

그러자 그녀가 달려와 내 옆에 섰다.

"오, 날 건드리지 못하게 해 줘요." 그녀가 애원했다.

나는 그를 막기 위해 한 손을 내밀었다. 하지만 그것만으로는 충분치 않았다. 그녀가 내 등 뒤에 숨었다. 콜린슨이 다가가자 이번에는 그녀가 내 앞으로 왔다. 나는 마치 회전목마의 중심이 된 것 같았다. 기분 좋을 리가 없었다. 콜린슨이 내 앞으로 왔을 때 나는 한쪽 어깨로 그의 측면을 떠밀었다. 그가 비틀거리며 제단 한쪽으로 물러섰다. 나는 이 얼간이 앞에 단호하게 서서 씩씩거리며 콧김을 내뿜었다.

"그만하시오! 우리랑 함께 있고 싶으면 이런 짓 그만하고 시키는 대로 하시오. 그리고 그녀를 가만두시오! 그렇게 할 거요, 말 거요?"

그가 다리를 꼿꼿하게 세우며 입을 열었다.

"하지만…… 이렇게 할 수는……"

"그녀를 가만 놔두시오. 나도 건드리지 말고. 또 엉뚱한 짓 했다간 총으로 턱을 갈겨 줄 테니까. 당장 그렇게 해 주길 바란다면 말하시오. 자, 이제 가만히 있겠소?"

"알았어요." 그가 내뱉듯 중얼거렸다.

그 말을 들은 나는 몸을 돌려 다시 가브리엘을 쳐다보았다. 그런데 이미 회색빛 그림자로 변해 버린 그녀가 열린 문을 향해 달리고 있는 것 아닌가. 그녀의 맨발은 타일 위에서 아무런 소리도 내지 않았다. 그녀의 뒤를 쫓아가는 나의 구둣발에서는 죽은 사람도 일으킬 정도로 시끄러운 소리가 났다. 그녀가 문 앞에 다다른 순간 나는 그녀의 허리를 와락 붙잡을 수 있었다. 그런데 갑자기 누군가 나의 손을 왈칵 떼어 내더니 나를 한쪽으로 집어던지는 것 아닌가. 벽에 부딪친 나는 주르륵 미끄러져 한쪽 무릎을 꿇고 말았다. 어둠 속에서 2미터도 훨씬 넘어 보이는 에릭 콜린슨이 나를 내려다보며 분노의 소리를 질렀다. 알아들을 수 있는 말이라고는 '망할 자식'이라는 단어뿐이었다.

비척거리며 겨우 일어선 나의 기분은 그야말로 최고였다. 미친 여자의 몸종 노릇으로 부족해 그녀의 얼빠진 남자 친구에게 얻어맞기까지 하다니. 나는 연기력을 총동원해 아무렇지 않은 듯 그에게 "그런 짓을 하면 안 되지."라고 말한 뒤 문 옆에 선 그녀를 향해 걸어갔다.

"이제 방으로 올라갈 겁니다." 내가 그녀에게 말했다.

"에릭은 안 돼요." 그녀가 다시 애원했다.

"그는 귀찮게 하지 않을 겁니다. 자, 어서 가요."

내가 다시 그녀에게 약속했다. 이번에는 이 말이 진실이기를 바랐다.

그녀가 잠시 머뭇거리더니 문으로 들어갔다. 반은 미안하고 반은 의기양양한 기색이 합쳐져 전체적으로 불만에 가득 차 보이는 콜린슨이 내 뒤를 따랐다. 나는 문을 닫고는 가브리엘에게 열쇠가 있느냐고 물었다.

"아니요."

그녀가 대답했다. 마치 열쇠의 존재조차 모르는 것 같은 말투였다.

우리는 승강기를 타고 위로 올라갔다. 소녀는 자신과 약혼자 사이에 항상 내가 끼도록 했다. 물론 그가 아직 약혼자가 맞는지는 알 수 없었다. 그는 열심히 허공만 주시하고 있었다. 나는 그녀의 얼굴을 자세히 살폈다. 충격을 받아 제정신으로 돌아온 것인지, 아니면 그전보다 훨씬 더 멀어진 것인지 알아내기 위해서였다. 그녀의 얼굴을 보고 있노라니 전자가 맞는 것 같았지만 왠지 그렇지 않은 것 같다는 직감을 떨칠 수 없었다. 제단을 떠나 그녀의 방에 닿을 때까지 아무도 나타나지 않았다. 내가 방 불을 켜자 모두 안으로 들어갔다. 나는 문을 닫고 거기에 기댔다. 콜린슨은 코트와 모자를 의자 위에 올려놓고는 그 옆에 서서 팔짱을 끼고 가브리엘을 바라보았다. 그녀는 침대 가장자리에 엉덩이만 걸치고 앉아 내 발을 노려보았다.

"무슨 일인지 소상히 이야기해 봐요. 얼른."

내가 명령했다.

그녀가 내 얼굴을 올려다보았다.

"자고 싶어요."

그걸로 그녀가 제정신인지 아닌지 판정이 났다. 적어도 내가 보기에는 제정신이라고는 전혀 없는 것 같았다. 하지만 그런 걱정이나 하고 있을 때가 아니었다. 방이 아까와는 다른 모습 아닌가. 조금 아까 들어왔을 때와 어딘지 모르게 달라져 있었다. 나는 눈을 감고 조금 전 방을 떠올리려 애썼다. 그런 다음 눈을 뜨고 지금의 모습을 다시 살펴보았다.

"자면 안 돼요?" 그녀가 되물었다.

나는 잠시 그녀의 질문을 무시하고 방 안을 차근차근 둘러보며 물건을 하나씩 확인했다. 꼬집어 말할 수 있는 변화라고는 콜린슨이 의자 위에 올려놓은 코트와 모자뿐이었다. 물론 그것들이 거기 있는 건 이상할 데가 없었다. 하지만 다음 순간, 무엇이 나를 괴롭히고 있었는지 깨달았다. 바로 그 의자였다. 나는 그리로 다가가 그의 코트를 집어 들었다. 그 아래에는 아무것도 없었다. 그게 바로 이상한 점이었다. 녹색 가운, 아니면 그와 비슷하게 생긴 옷이 분명히 거기 놓여 있었는데 지금은 사라지고 없는 것 아닌가. 그것은 방 어디에도 없었지만 그렇다고 그것을 찾아 방 안을 뒤질 정도로 가운의 존재에 대해 확신이 드는 것은 아니었다. 녹색 슬리퍼는 아직 침대 아래에 있었다.

"지금은 안 돼요. 화장실에 가서 피를 좀 씻어 내고 옷을 갈아입으십시오. 옷을 가지고 들어가요. 벗은 잠옷은 콜린슨에게 주고."

이 말과 함께 나는 콜린슨을 향했다.

"잠옷은 당신 주머니에 넣어 두시오. 내가 돌아올 때까지 이 방에서 나가지 말고. 아무도 들여놓지도 말고. 오래 걸리진 않을 거요. 총 있소?"

"아니요. 하지만……." 그가 말했다.

그때 가브리엘이 침대에서 벌떡 일어나더니 가까이 다가와 그의 말을 막았다.

"나를 이 사람하고만 여기 놔둘 순 없어요. 그건 절대로 안 돼요. 오늘 밤에 한 명 죽였으면 충분하지 않나요? 한 명 더 죽이게 만들지 말아요."

그녀의 말에는 진심이 담겨 있었다. 하지만 흥분한 기색이라고는 없었다. 마치 얼토당토 않은 이 말이 참으로 합당하다는 것처럼.

"나는 잠시 나가 봐야만 해요. 그렇다고 당신 혼자 있을 순 없잖습니까. 내 말대로 해요."

내가 말했다.

"무슨 짓 하고 있는 건지나 알아요? 알 리가 없지. 그렇지 않으면 이렇게 하지 않을 거 아니에요."

그녀가 피곤에 지친 듯 가느다란 소리로 말했다. 그녀의 등은 콜린슨을 향한 채였다. 그녀가 고개를 들었다.

"에릭은 안 돼요. 그를 보내 줘요."

그녀의 마지막 말은 거의 들리지 않았다. 나는 그녀의 말을 듣는다기보다 그녀의 입술이 만들어 내는 무언의 소리를 볼 수 있었다.

이젠 나마저 머리가 핑핑 돌 지경이었다. 조금만 더 이러고 있다가는 나 역시 그녀 옆방을 차지하고 드러누워야 할지도 모를 일이었다. 이제는 멋대로 하게 놔두고 싶은 마음까지 들었다. 나는 남은 힘을 짜내어 한 손을 들었다. 그리고 엄지로 화장실을 가리켰다.

"원한다면 내가 돌아올 때까지 화장실에서 나오지 않으면 될 거 아닙니까. 하지만 그는 여기 있어야만 해요."

그녀가 힘없이 고개를 끄덕이더니 옷방으로 들어갔다. 옷을 찾아 팔에 안고 다시 화장실로 들어가는 그녀의 양쪽 볼에서 눈물이 빛나고 있었다.

나는 가지고 있던 총을 콜린슨에게 주었다. 그것을 받아드는 그의 손은 잔뜩 긴장되어 떨렸다. 숨소리도 지나치게 컸다.

"자, 겁쟁이처럼 굴지 말고. 이번 한 번만이라도 날 골탕 먹이는 대신 도움이 되어 봐요. 아무도 못 들어오고 못 나가는 거요. 영 안 되겠거든 총을 쏘든가."

그는 무슨 말인가 하려 했지만 결국 아무 소리도 내지 못했다. 대신 가까이 있던 내 손을 잡더니 마치 그것을 망가뜨리려는 듯 서툴게 힘을 주었다. 나는 수월하게 그 손을 뿌리치고 리스 박사의 시신이 있는 현장으로 돌아가기 위해 아래로 내려갔다. 거기까지 가는 것은 생각보다 힘들었다. 단 몇 분 전에 지나왔던 철문이 잠겨 있기 때문이었다. 자물쇠는 꽤 단순했고 나는 가지고 다니던 주머니칼로 문을 따기 시작했다. 문은 금세 열렸다.

그 안에도 녹색 가운은 없었다. 그런데 없는 것이 하나 더 있었다. 제단 계단에 놓여 있던 리스 박사의 시신이었다. 그것은 어디에도 보이지 않았다. 단검 역시 사라지고 없었다. 흰색 바닥에 노르스름한 얼룩이 남은 것만 빼고는 핏자국 역시 전혀 없었다. 누군가 깨끗이 치워 버린 것이었다.

11장

신

나는 전화기를 본 기억을 떠올리며 현관의 한쪽 구석으로 향했다. 예상대로 전화기는 있었으나 먹통이었다. 나는 그것을 내려놓고 6층에 있는 미니 허시의 방으로 향했다. 지금까지 많은 도움이나 정보를 얻어 내진 못했지만 그녀는 분명 자신의 불쌍한 여주인을 굉장히 아꼈고, 전화를 쓸 수 없게 되었으니 전갈을 전할 사람이 필요했다.

나는 다른 방처럼 잠금 장치가 없는 그녀의 방문을 열고 안으로 들어가 문을 닫았다. 손전등을 손바닥으로 막은 채 버튼을 눌렀다. 침대에 누운 미니가 보일 정도의 빛이 새어나왔다. 창문은 닫혀 있었고 방 안 공기는 무거웠다. 이 탁한 공기는 어딘가 익숙한 구석이 있었다. 바로 시들어 죽은 꽃 냄새였다.

나는 침대에 누운 그녀를 쳐다보았다. 똑바로 누운 채 살짝 벌린 입으로 숨을 쉬고 있는 그녀의 얼굴은 잠기운 때문인지 그 어느 때보다도 인디언의 특색이 강하게 드러났다. 그녀를 보고 있노라니 나 역시 기운이 빠지고 졸음이 쏟아지기 시작했다. 깨워야 하는 게 미안하게 느껴졌다. 어쩌면 좋은 꿈을 꾸고 있을지도 모르는데……. 나는 격렬하게 고개를 흔들었다. 나도 모르는 사이에 멍한 기운이 점점 나를 덮치고 있었다. 백합, 데이지…… 죽은 꽃……. 가만, 인동덩굴 냄새도 있던가? 갑작스레 이 질문의 답을 밝히는 것이 너무나도 중요하게 느껴졌다. 들고 있던 손전등이 무거웠다. 너무 무거웠다. 될 대로 되라지. 나는 그것이 떨어지게 놔두었다. 손전등이 쿵 소리와 함께 바닥에 떨어졌다. 엉? 누가 내 발을 건드린 거야? 가브리엘 레게트……. 에릭 콜린슨으로부터 구해 달라고 했었나? 그건 전혀 말이 안 되는데……. 가만, 말이 되는 건가? 나는 다시 한 번 머리를 힘껏 흔들려고 했다. 필사적으로 노력했다. 하지만 머리는 마치 1톤은 되는 것처럼 무거웠고 좀처럼 좌우로 움직이려 하지 않았다. 몸이 빙빙 도는 것을 느꼈다. 중심을 잡으려고 한 발을 내밀어 다리를 벌렸지만 발과 다리는 마치 밀가루 반죽으로 만든 것처럼 마냥 힘없이 물컹물컹했다. 한 발을 내딛지 않으면 바로 철푸덕 쓰러지고 말 것이었다. 일단 있는 힘껏 한 발을 들어 올렸다 내리고 억지로 고개를 든 다음 눈을 떴다. 본능적으로 안전하게 쓰러질 만한 곳을 찾던 나는 창문이 내 얼굴에서 단 몇 센티미터 떨어져 있는 것을 보았다.

휘청휘청 앞으로 걸어갔다. 창턱에 허벅지가 받쳐져 겨우 쓰러지지 않을 수 있었다. 양손으로 창턱을 붙들었다. 창문 아래 달린 손잡이를 찾아 더듬거렸다. 무언가 잡히긴 했으나 창문 손잡이인지는 확실치 않았다. 나는 젖 먹던 힘까지 다해 그것을 위로 끌어올렸다. 창문은 꿈쩍도 하지 않았다. 내 손은 마치 창턱에 못 박힌 것 같았다. 아마 그때 나도 모르게 흐느끼는 소리를 냈던 것 같다. 나는 오른손으로 창턱을 붙잡고 왼손을 벌려 손바닥으로 유리창의 정 가운데를 세게 쳤다.

깨진 유리창 사이로 공기가 몰려들어 왔다. 차가운 바람은 마치 암모니아처럼 지독했다. 나는 얼굴을 바깥으로 향한 채 창턱에 매달려 입과 코, 눈, 귀, 땀구멍으로 공기를 빨아들였다. 절로 웃음이 터져 나왔다. 따끔거리는 눈에서 눈물이 줄줄 흘러내려 입안으로 들어갔지만 웃음을 멈출 수 없었다. 다시 다리에 힘이 들어가고 앞을 또렷이 볼 수 있다고 느껴질 때까지, 제대로 생각을 하고 움직일 수 있다는 확신이 들 때까지 거기 매달려 신선한 공기를 벌컥벌컥 들이마셨다. 당연히 시간이 오래 걸렸고 물론 완벽히 회복한 것도 아니었다. 하지만 더 이상 시간 낭비를 하고 있을 수는 없었다. 나는 손수건으로 입과 코를 막고 창문으로부터 몸을 돌렸다.

바로 거기, 1미터도 채 떨어지지 않은 곳, 이 칠흑처럼 캄캄한 방 안에 무언가 서 있었다. 사람의 몸처럼 생기긴 했지만 실체가 없고, 흐릿하고 밝은 것이 바로 앞에서 몸을 뒤틀고 있었다.

그것은 키가 컸다. 하지만 보이는 것만큼 크지는 않았으리라. 바닥에 선 것이 아니라 바닥으로부터 한 30센티미터 높이로 떠 있었으니까. 발은 분명 있었지만 무슨 모양인지 모르겠다. 다리와 상체, 팔과 손, 머리와 얼굴에 정해진 모양새라고는 없었다. 그것은 계속해서 비틀리고, 부풀어 올랐다가 쭈그러들고, 늘어났다가 오그라들기를 반복했다. 대단한 변화는 아니었지만 쉼이 없었다. 팔 하나가 몸속으로 흘러 들어가더니 몸에 집어 삼켜졌다가, 마치 물이 쏟아지듯 다시 나왔다. 엉성하게 벌어진 입 위로 코가 길게 늘어나 내려왔다가 다시 줄어들어 얼굴 속으로 들어가 없어졌다. 이내 그것은 울퉁불퉁한 볼처럼 빵빵하게 부풀어 오르며 자라났다. 눈은 거대한 눈 하나가 얼굴 윗부분 전체를 덮어 버릴 때까지 커지다가 이내 눈이라고는 하나도 없을 때까지 줄어들었다. 그러고는 언제 그랬냐는 듯 본래 자리에서 다시 열렸다. 이제 한쪽 다리는 배배 꼬여 살아 있는 것처럼 움직이더니 곧 세 개로, 다시 두 개로 변했다. 정상적인 것도, 제 위치에 있는 것도 없었다. 모든 신체 부위가 꼬이고, 떨리고, 뒤틀리기를 멈추지 않았다. 사람처럼 생겼지만 사람이 아닌 이 형체는 흉측하게 찡그린 푸르딩딩한 얼굴과 창백한 피부를 지녔지만 살점이 없었고, 깜깜한 방 안에서도 잘 보였으며, 마치 끝없이 움직이는 파도처럼 쉬지 않고 유연하게, 그리고 투명하게 변화하며 바닥 위에 둥둥 떠 있었다.

그때 나는 알았다. 이 죽은 꽃 냄새 때문에 내가 정상이 아님을. 하지만 아무리 애를 써도 지금 눈앞에 보이는 이것이 진짜가 아니라고 단언할 수 없었다. 이것은 분명 거기 있었다. 몸을 기울여 손을 뻗으면 닿을 수 있는 바로 가까이에서 부르르 떨고, 배배 꼬이면서 문을 가로막고 있는 것 아닌가. 나는 초자연적 존재나 현상을 믿지 않는다. 하지만 지금 그게 무슨 상관이란 말인가. 이것은 분명 거기 있었다. 발광 페인트를 이용한 속임수도, 흰 천을 뒤집어 쓴 사내도 아니었다. 그것만은 알 수 있었다. 결국 나는 애써 합리적인 설명을 찾는 걸 포기해버렸다. 나는 손수건으로 코와 입을 막은 채 꼼짝도 하지 않고, 숨도 쉬지 않고, 어쩌면 피도 통하지 못하게 하고 못 박힌 듯 서 있었다. 나는 거기 있었다. 이것도 거기 있었다. 그리고 나는 그 자리에서 움직이지 않았다.

그것이 입을 열었다. 실제로 말을 들었다고 할 수는 없었다. 그것이 하는 말을 온몸으로 인식했다고 하는 것이 나으리라.

"꿇어라, 하느님의 적아. 무릎을 꿇어라."

그제야 나는 몸을 움직였다. 바싹 마른 입술을 그보다도 바짝 마른 혀로 축이려 하면서.

"꿇어라, 하느님의 저주를 받은 자야. 천벌이 내리기 전에."

이런 욕설이야말로 나의 장기 아닌가. 나는 입으로부터 손수건을 살짝 떼어 냈다.

"지옥에나 떨어져라."

웃긴 말이었다. 갈라지는 나의 목소리까지 감안하면.

놈의 몸이 발작적으로 꼬이며 좌우로 흔들리더니 나를 향해 굽었다.

나는 손수건을 버리고 놈을 향해 양손을 뻗었다. 놈을 잡았다고 생각했지만 그렇지 않았다. 나의 손은 놈의 몸에 닿아 있었다. 아니, 손목까지 그 안에 들어가 놈의 '몸속' 가장 깊숙한 곳에 닿고 이내 완전히 박혀 있었다. 하지만 손에 잡히는 것이라고는 따뜻하지도 차지도 않은 축축한 기운뿐이었다.

놈의 얼굴이 내 얼굴 위로 포개지는 순간 똑같이 축축한 기운이 얼굴을 덮었다. 그래, 이거야! 나는 있는 힘껏 놈의 얼굴을 물었다. 하지만 이 사이로 느껴지는 것은 없었다. 내 얼굴이 그놈의 얼굴 속에 파묻힌 것이 보이고 느껴지는데도 말이다. 그리고 내 손 안에서, 내 팔 위에서, 나와 몸을 맞대고, 놈이 꿈틀대고, 뒤틀고, 떨고, 흔들리기 시작했다. 이제 미친 듯 빙글빙글 돌고 있는 놈의 몸이 산산조각으로 흩어지더니 검은 공중에서 하나로 다시 뭉쳤다.

놈의 투명한 살점을 통해 축축한 몸 한가운데에 쥐어진 나의 두 주먹을 볼 수 있었다. 나는 손을 펴고 뻣뻣하게 굳은 손가락으로 놈의 내부를 마구 할퀴고 휘저었다. 놈을 갈가리 찢어 놓을 생각이었다. 그것이 갈기갈기 찢기는 것이 보였다. 손가락이 할퀴고 지나간 자리마다 가는 조각들이 흘러내리는 것도 보았다. 하지만 느낄 수 있는 것이라고는 축축함뿐이었다.

    이제 또 다른 느낌이 나를 공격해 왔다. 그것은 시작되자마자 금세 매우 강력해졌다. 엄청난 무게가 나를 짓누르는 것이었다. 만져지는 것도 없는 놈에게 무게가 있다니. 그것도 나를 짓눌러 질식시킬 정도의 무게가. 무릎에 힘이 빠지고 있었다. 나는 아직 입안에 남아 있던 놈의 얼굴을 뱉어 내고 놈의 몸속에 들어 있던 오른손을 빼내 얼굴을 갈겼다. 하지만 역시 주먹을 스치는 축축한 기운밖에 느낄 수 없었다.

    나는 왼손으로 놈의 옆구리를 할퀴며 너무도 또렷한 동시에 너무도 희미한 놈을 마구 휘저었다. 그때였다. 나의 왼손에 무언가가 보였다. 피였다. 어둡고 진한 진짜 피가 나의 손을 덮고 이내 손가락 사이로 뚝뚝 떨어지고 있었다.

    나는 너털웃음을 터뜨렸다. 그리고 힘을 얻어 나를 짓눌러 오는 거대한 무게에 저항해 등을 곧게 폈다. 다시 한 번 놈의 옆구리를 비틀어 댔다.

    "창자를 갈기갈기 찢어 주마."

더 많은 피가 손가락 사이에서 흘러나왔다. 나는 의기양양하게 다시 웃으려 했지만 이번에는 그럴 수가 없었다. 대신 숨이 막혀 컥컥 소리만 나왔다. 놈이 아까보다 두 배는 무거워진 것 같았다. 나는 비틀거리며 뒤로 물러서다 벽을 등지고 섰다. 놈의 무게에 눌려 쓰러지지 않기 위해 최대한 벽에 바짝 붙었다.

 그때 어깨 너머 깨진 창문으로부터 차갑고 순수한 공기가 들어와 나의 코를 찔렀다. 마치 내게 알려 주는 것 같았다. 나를 짓누르는 건 놈의 무게가 아니라 죽은 꽃 냄새가 나는 이 지독한 것이라고.

 놈의 푸르딩한 축축함이 다시 얼굴과 몸을 덮었다. 나는 기침을 하며 놈의 몸을 뚫고 문으로 달렸다. 얼른 문을 열고 복도로 몸을 던졌다. 복도는 방금 전의 방만큼이나 어두웠다.

 복도 바닥에 널브러진 순간 누군가가 내 위로 넘어졌다. 이것은 말로 설명할 수 없는 기이한 형체가 아니었다. 바로 사람이었다. 등 위로 떨어진 무릎은 분명 인간의 것이었다. 끙 하는 소리와 함께 귀에 느껴진 뜨거운 입김도, 내 손에 잡힌 팔도 인간의 것이었다. 그 팔은 가늘었다. 나는 하느님께 감사드렸다. 신선한 공기가 도움이 되긴 했지만 아직 덩치가 크거나 실력이 좋은 상대와 몸싸움을 벌일 수 있을 정도로 회복된 건 아니었기 때문이다.

 나는 그 가느다란 팔을 붙잡은 손에 남은 힘을 집중해 아래로 낚아챈 뒤 최대한 몸을 굴려 상대의 몸 위로 올라갔다. 몸을 굴림과 동시에 나의 다른 한 손이 상대의 마른 몸 위로 걸쳐지면서 바닥에 놓여 있던 딱딱한 금속 같은 물체에 닿았다. 손목을 구부려 그것을 붙잡았다. 나는 그 촉감을 알고 있었다. 그것은 바로 리스를 살해하는 데 쓰였던 커다란 단검이었다. 지금 나와 몸싸움을 하고 있는 이 사내는 아마도 칼을 들고 미니의 방문 옆에 서서 내가 나오기만 기다리고 있었을 것이다. 복도로 나오며 넘어진 덕분에 그의 칼이 나를 놓치고 대신 내 몸이 그를 쓰러뜨린 것이었다. 이제 그는 85킬로그램이 넘는 나의 무게에 깔려 바닥에 얼굴을 처박은 채 발길질을 하고 몸을 들썩이며 몸부림을 치고 있었다.

한 손으로 단검을 굳게 잡은 나는 사내의 팔을 붙들고 있던 오른손을 그의 뒤통수로 옮긴 다음 얼굴을 카펫에 대고 짓이겼다. 숨을 한 번 쉴 때마다 힘이 조금씩 돌아왔지만 아직 완벽한 상태는 아니었다. 아마 1~2분만 지나면 놈을 일으켜 실토하게 할 수 있을 것이었다.

하지만 시간이 충분치 못했다. 무언가 딱딱한 것이 나의 오른쪽 어깨를 갈기더니 다음으로 등을, 마지막으로 카펫 위 우리의 머리가 있던 곳 바로 옆을 내리쳤다. 누군가 내게 몽둥이를 휘두르고 있었다.

나는 이 마른 사내로부터 몸을 굴렸다. 몽둥이를 휘두르는 사람의 발에 몸이 걸려 우뚝 멈췄다. 오른팔로 그 다리를 잡았지만 그때 등에 또 한 방을 맞았다. 상대의 다리를 놓치는 찰나 놀랍게도 손에 느껴지는 것이 있었다. 바로 치맛자락이었다. 깜짝 놀란 나는 불에 덴 듯 손을 뗐다. 또 한 번 몽둥이가 날아왔다. 이번에는 옆구리였다. 신사도 따위를 발휘할 때가 아니라는 생각이 퍼뜩 들었다. 나는 주먹을 꽉 쥐고 치마를 향해 내질렀다. 치맛자락이 주먹에 감기는 것과 동시에 통통한 정강이가 주먹에 맞는 것이 느껴졌다. 그 정강이의 주인이 위쪽에서 으르렁 소리를 지르더니 다시 한 번 주먹이 날아가기 전에 몸을 피했다.

겨우 몸을 일으켜 네 발로 바닥을 짚자 나무판 같은 것에 머리가 닿았다. 문이었다. 문손잡이를 잡으니 일어나는 데 도움이 되었다. 어둠 속 단 몇 센티미터 떨어진 곳에서 또 한 번 몽둥이가 공기를 가르며 휘익 소리를 냈다. 손에 잡힌 문손잡이가 돌아갔다. 나는 문을 열고 안으로 기어들어가 최대한 조용히, 아니 거의 아무 소리도 나지 않게 문을 닫았다.

그때 내 뒤에서 누군가가 말했다.

"당장 방에서 나가요. 아니면 총을 쏠 거예요."

목소리는 부드러웠지만 진심인 것 같았다.

목소리의 주인공은 겁에 질린 통통한 금발 하녀였다. 나는 몸을 돌린 다음 그녀가 정말 총을 쏠 것을 대비해 몸을 낮췄다. 뿌연 회색 새벽빛이 들어와 침대 위에 앉은 누군가가 한 손에 작고 어두운 물체를 들고 있는 것을 볼 수 있었다.

"나요." 내가 말했다.

"오, 당신이군요!" 그녀는 총을 내리지 않았다.

"당신도 한 패요?"

내가 물었다. 그리고 침대를 향해 과감히 한 발 내딛었다.

"시키는 대로 하고 입을 다물긴 하지만 폭력에 한 패가 되진 않을 거예요. 지금 받는 쥐꼬리만 한 월급 갖고는 턱도 없죠!"

"그거 참 다행이군." 내가 대답하며 침대로 재빨리 다가갔다. "침대보 두어 장 정도 묶으면 창문을 통해 아래층으로 내려갈 수 있겠소?"

"모르겠어요······"

나는 재빨리 오른손으로 그녀의 32구경 자동 권총을, 왼손으로 그녀의 손목을 잡고 힘껏 비틀었다.

"아야! 그만!"

"놓으시오."

내가 명령하자 그녀가 내 말을 따랐다. 그녀의 손을 놓은 나는 뒤로 물러선 다음 조금 전 침대 발치에 떨어뜨린 단검을 주워들었다.

나는 살금살금 문으로 다가가 귀를 기울였다. 아무 소리도 들리지 않았다. 천천히 문을 열었지만 여전히 아무 소리도 들리지 않았고, 열린 문틈으로 새어나간 흐릿한 회색빛만으로는 아무것도 볼 수 없었다. 미니 허시의 방 문은 내가 빠져나왔을 때 그대로 열려 있었다. 싸움을 벌였던 그 이상한 존재는 거기 없었다. 나는 미니의 방으로 들어가 불을 켰다. 그녀는 여전히 깊은 잠에 빠져 있었다. 나는 총을 주머니에 넣고 이불을 걷은 다음 그녀를 안아 올려 금발 하녀의 방으로 데려갔다.

"정신 차리게 해 보시오."

미니를 침대 위 그녀 옆에 털썩 내려놓으며 말했다.

"조금 지나면 깨어날 거예요. 항상 그러니까."

"그렇소?"

이 말과 함께 나는 5층에 있는 가브리엘 레게트의 방으로 향했다.

가브리엘의 방은 비어 있었다. 콜린슨의 모자와 코트가 사라지고 그녀가 화장실로 가지고 들어갔던 옷들도 없었다. 피가 묻은 잠옷 역시 없었다.

나는 둘을 향해 욕설을 퍼붓기 시작했다. 누구 하나 가릴 것 없이 둘을 똑같이 욕하려 했지만 아마 대부분은 콜린슨을 향했을 것이다. 나는 불을 끄고 정면 계단으로 내려갔다. 한 손에는 피범벅이 된 단검을, 다른 한 손에는 총을 들고 여기저기 얻어맞고, 찢어지고, 멍든 모습으로 달려가던 나는 꽤 사나워 보였을 것이었다. 실제로도 머리끝까지 화가 나 있었다. 계단으로 네 층을 내려가는 동안 아무 소리도 들리지 않았지만 2층에 다다랐을 때 마치 작은 천둥소리 같은 것이 아래에서 들려왔다. 남은 계단을 뛰어 내려가니 누군가 정문을 두들기는 소리임을 알 수 있었다. 나는 그 누군가가 경찰복을 입고 있기만을 빌었다. 문으로 가 잠긴 것을 풀고 문을 열었다.

다른 이도 아닌 에릭 콜린슨이 거기 서 있었다. 눈은 미친 듯 불타오르고, 얼굴은 백짓장처럼 창백했으며, 극도로 흥분한 모습이었다.

"가브리엘, 가브리엘 어디 있어요?" 그가 겨우 내뱉었다.

"이 망할 자식!"

나는 소리를 지르며 들고 있던 총으로 냅다 그의 얼굴을 갈겼다.

그의 몸이 축 처지며 앞으로 쓰러졌다. 그는 현관의 맞은편 벽을 붙잡고 그 상태로 잠시 있다가 천천히 상체를 끌어올렸다. 그의 입술 한쪽 끝에서 피가 흘렀다.

"가브리엘 어디 있어요?" 그가 끈질기게 다시 물었다.

"어디에 놔뒀소?"

"여기요. 데리고 가려고 했어요. 그녀가 그렇게 해 달라고 했다고요. 밖에 누가 있는지 보라면서 나를 먼저 내보냈어요. 그런 다음에 문이 닫혔고요."

"참으로 똑똑하시군. 당신을 속인 거요. 그 형편없는 저주에

서 구하려고! 도대체 왜 하라는 대로 안 했소? 별 수 없지. 따라오시오. 그녀를 찾아야 해."

내가 으르렁댔다.

그녀는 현관 옆 응접실 어디에도 없었다. 우리는 그곳에 불을 켜둔 채 서둘러 중앙 복도로 향했다.

그때였다. 흰색 파자마 잠옷을 입은 조그만 형체가 복도에서 툭 튀어나오더니 내 다리를 붙들고 늘어지는 것 아닌가. 그 바람에 나는 거의 넘어질 뻔했다. 알아들을 수 없는 말이 그 형체로부터 쏟아져 나왔다. 겨우 떼어내고 보니 소년 마뉴엘이었다. 당황하여 어쩔 줄 모르는 얼굴은 눈물로 뒤범벅이 되어 있고, 울음소리에 묻혀 말이 거의 들리지 않았다.

"자, 천천히. 전혀 알아들을 수가 없구나." 내가 말했다.

"죽이지…… 않게…… 해 주세요."

그것이 내가 알아들을 수 있는 전부였다.

"누가 누굴 죽여? 천천히 말해 봐." 내가 말했다.

그래도 소년은 말을 늦추지 않았다. '아버지'와 '엄마'라는 단어만은 건질 수 있었다.

"아버지가 엄마를 죽이려 한다고?"

내가 물었다. 그것이 가장 말이 되는 조합 같았다.

소년의 머리가 한 번 올라갔다 내려갔다.

"어디?"

소년이 떨리는 손을 들어 앞에 있는 철문을 가리켰다. 나는 그리로 걸어가려다 걸음을 멈추고 물었다.

"잘 들어라. 네 어머니를 도와주고 싶지만 그 전에 알아야 할 것이 있어. 레게트 양은 어디 있니? 그녀가 어디 있는지 알아?"

"그 안에 같이 있어요. 빨리요, 제발!" 소년이 소리쳤다.

"알았다. 갑시다, 콜린슨."

우리는 철문을 향해 달렸다.

문을 닫혀 있었지만 잠겨 있지 않았다. 내가 벌컥 문을 열었다. 지붕 가장자리로부터 비스듬히 들어오는 푸르스름한 빛을 받아 제단이 흰색과 은색으로 빛나고 있었다.

제단 한쪽 끝에 가브리엘이 웅크리고 앉아 있었다. 얼굴은 그 빛을 향해 치켜 올려져 있었다. 그 밝은 빛 속에 그녀의 얼굴은 유령처럼 희고 무표정했다. 리스의 시신이 놓여 있던 제단 계단 위에 애러니아 할던이 누워 있었다. 그녀의 이마에는 검푸른 멍 자국이 있었다. 손과 발은 넓은 흰색 띠로 묶이고, 양팔은 몸에 묶여 옴짝달싹 못하게 되어 있었다. 옷은 대부분 갈가리 찢긴 채였다.

흰색 가운을 걸친 조셉이 아내 앞에 서 있었다. 그는 양팔을 넓게 벌려 높이 쳐들었다. 등과 목이 뒤로 젖혀져 턱수염 달린 얼굴이 하늘을 향하고 있었다. 오른손어는 길게 굽은 날과 뿔 손잡이가 달린 커다란 식칼이 들려 있었다. 하늘을 향해 뭐라 말을 하고 있었는데 우리를 등지고 있어 알아들을 수는 없었다. 문을 통해 들어가자 그가 팔을 내리고 아내 위로 몸을 굽혔다. 우리는 아직 그로부터 10미터는 족히 떨어져 있었다. 내가 있는 힘껏 소리쳤다.

"조셉!"

그가 몸을 펴고 나를 보았다. 칼이 시야에 들어왔다. 아직 깨끗하게 빛나고 있었다.

"누가 조셉을 부르느냐, 더 이상 이름이 아닌 그 이름을?"

그가 물었다.

인정할 것은 인정해야겠다. 사실 그때, 콜린슨과 함께 그를 쳐다보며 그의 목소리를 듣던 그때, 나는 무언가 끔찍한 일이 벌어지려던 참이었음을 이미 느끼고 있었다.

"조셉은 없다. 앞으로 세상도 알게 되겠지만 너는 어쩌면 이미 알고 있겠지. 너희 사이에 조셉이라 불리며 존재했던 이가 사실은 조셉이 아니라 신 그 자체라는 것을. 이제 알았으면 가거라."

그때 나는 "웃기시네." 하며 곧장 놈에게 달려들었어야 했다. 다른 놈이었다면 분명 그렇게 했을 것이었다. 하지만 이자에게는 그럴 수 없었다.

"레게트 양과 할턴 부인을 데려가야겠습니다."

나는 우유부단하게 거의 사과하다시피 말했다.

그가 가슴을 더욱 폈다. 흰 수염이 난 그의 얼굴이 엄해졌다.

"가라. 너의 불복종이 화를 부르기 전에 여기를 떠나라."

그가 명령했다.

"쏴요. 지금 쏴요. 당장! 쏴요!"

애러니아 할던이 계단에 묶인 채 말했다. 나한테 하는 말이었다.

"당신의 진짜 이름이 무엇인지는 알 바 없습니다. 당신은 감옥에 갈 겁니다. 자, 이제 칼을 내려놔요."

내가 그에게 말했다.

"불경스러운 말을 하는 자야! 너는 이제 죽음을 맞을 것이다!"

그가 소리치며 나를 향해 앞으로 다가왔다.

사실 이런 모습은 웃겨야 했다. 그런데 그렇지 않았다.

"멈춰!"

내가 소리쳤다. 하지만 그는 멈추지 않았다. 나는 덜컥 겁이 났다. 방아쇠를 당겼다. 총알이 그의 볼을 꿰뚫었다. 볼에 난 총알 구멍이 보였다. 하지만 그의 얼굴은 꿈쩍도 하지 않았고 심지어 눈도 깜빡이는 것 같지 않았다. 그는 서두르지 않고 유유히 나를 향해 걸어왔다.

나는 미친 듯 방아쇠를 당겨 총알 여섯 개를 추가로 그의 얼굴과 몸에 박아 넣었다. 총알이 박혀 들어가는 것을 보았다.

그런데도 놈은 아무렇지 않다는 듯, 총알을 느끼지도 못하는 것처럼 한결같이 다가오는 것이 아닌가. 그의 눈과 얼굴은 엄해 보였지만 화가 난 것은 아니었다. 이내 가까이 온 그가 칼을 잡은 손을 머리 위로 치켜 올렸다. 칼싸움은 그런 식으로 하는 게 아니었다. 하지만 그는 싸우려는 것이 아니었다. 내게 천벌을 내리려는 것이었다. 그를 막으려는 나의 움직임에도 그는 마치 부모가 아이를 꾸짖을 때처럼 아랑곳하지 않았다.

하지만 나는 싸우고 있었다. 우리 머리 위에서 빛나던 칼이 내려오기 시작하자 나는 그 아래로 몸을 숙이며 오른팔을 굽혀 칼을 든 그의 팔을 막고 동시에 왼손에 들고 있던 단검으로 그의 목을 찔렀다. 나는 십자가 모양 칼자루에 막혀 더 이상 들어가지 않을 때까지 묵직한 칼날을 그의 목에 밀어 넣었다. 이제 끝이었다.

눈을 뜨기 전까지 나는 내가 눈을 감고 있었다는 사실조차 몰랐다. 시야에 처음으로 들어온 것은 에릭 콜린슨이 가브리엘 레게트 옆에 무릎을 꿇고 앉아 하늘을 향해 치켜져 있던 그녀의 얼굴을 돌리려 애쓰는 장면이었다. 다음으로 보인 것은 의식을 잃은 애러니아 할던과 그녀 옆에서 엉엉 울며 힘없는 손으로 그녀를 묶은 띠를 잡아당기고 있는 마뉴엘이었다. 그런 다음 나는 내가 다리를 벌리고 서 있고, 조셉이 내 다리 사이에 죽어 쓰러져 있으며, 그의 목에 단검이 박혀 있음을 보았다.

"진짜 신이 아니라니, 신께 감사할 일이로군."

내가 혼잣말로 중얼거렸다.

그때 흰 옷을 입은 갈색 형체가 내 옆을 스쳐 지나갔다. 미니 허시가 울부짖으며 가브리엘 앞에 몸을 던진 것이었다.

"오, 가브리엘 아가씨. 그 악마가 살아나 다시 아가씨를 잡으러 온 줄 알았어요!"

나는 미니에게 다가가 그녀의 어깨를 붙잡고 일으켰다.

"어떻게 그럴 수 있겠소? 당신이 죽인 거 아니었소?"

내가 물었다.

"네, 하지만……"

"다른 모습으로 다시 살아 돌아왔다고 생각한 거요?"

"네. 나는 그가……."

그녀가 말을 멈추더니 더 이상 말을 잇지 못하고 우물거렸다.

"나인 줄 알았다고?" 내가 물었다.

그녀가 차마 나와 눈을 맞추지 못하고 고개를 끄덕였다.

12장
성스럽지 않은 성배

그날 저녁 오웬 피츠스테판과 나는 또 한 번 쉰들러 부인의 맛있는 저녁을 먹었다. 아니, 나의 경우에는 식사를 했다고 하기보다 말하는 중간 중간에 한 입씩 먹었다고 하는 편이 나을 것이다. 호기심으로 가득 찬 피츠스테판은 계속해서 나에게 수많은 질문을 던지고, 이런저런 분명치 않은 점에 대해 확인하며, 숨을 쉬거나 음식을 삼키기 위해 잠시 멈출 때마다 다시 말을 시작하라고 끊임없이 재촉했다.

"날 끼워 줄 수도 있었잖아요. 알다시피 할던 부부를 알고 있었는데, 아니 적어도 레게트 씨 댁에서 그 사람들을 한두 번 만난 적이 있었는데. 그걸 핑계로 나를 수사에 끼워 줬으면 내가 무슨 일이, 왜 일어났는지 직접 알 수 있었잖아요. 그런데 이렇게 당신한테 이야기나 캐고 있고, 신문에서 떠들어 대는 상상 속 이야기나 듣고 있으니…….”

수프가 우리 앞에 놓이기도 전에 그가 투덜댔다.

"단 한 명 끼워 준 사람 가지고도 충분히 골머리를 앓았지, 에릭 콜린슨 말이야."

내가 말했다.

"그 사람이랑 무슨 일이 있었든 그건 당신 잘못이에요. 그러게 조수를 잘 골랐어야지. 더 나은 사람이 여기 버젓이 있는데 말이죠. 그건 그렇고, 자 어서 말해 봐요. 듣고 있으니까. 먼저 이야기를 쭉 듣고 그런 다음 당신이 어디에서 틀렸는지 알려 드리죠."

"좋아. 자네라면 할 수 있겠지. 음, 할던 부부는 원래 배우였네. 내가 지금 해 주는 이야기는 거의 할던 부인한테 나온 거니 군데군데 정확하지 않은 부분도 많을 거야. 핑크는 전혀 입을 열지 않고, 거기 일하던 다른 사람들, 그러니까 하녀들이랑 필리핀 젊은이들, 중국인 요리사, 그런 사람들은 도움이 될 만한 걸 거의 모르는 것 같고. 그들은 그런 속임수에 가담시키지 않은 것 같아.

애러니아 할던 말로 그들은 배우로서 그저 그럴 뿐, 원하는 만큼 잘나가지는 못했다고 하네. 그런데 한 1년 전쯤인가, 오랫동안 배우 노릇을 하던 지인을 우연히 만났다고 했지. 무대를 버리고 종교 놀음을 시작했는데 엄청난 성공을 거두어 이제는 고급 패커드 차를 굴리더란 말일세. 그걸 보고 아이디어를 얻은 거지. 그런 방면으로 생각을 시작하니까 곧 에이미, 부크먼, 제두 뭐시기 하는 사람들을 떠올리지 않았겠나.(에이미 셈플 맥퍼슨은 로스앤젤레스에서 활동하던 라디오 복음 전도사로서 1927년에 국제 복음 교회를 창립했다. 복음 전도사 프랭크 부크먼은 확고한 도덕 규범과 '신의 절대성'을 보급하는 조직인 '도덕 재무장'이라는 단체를 설립했다. 제두 크리쉬나무르티는 신지학의 대표적인 옹호자로서 수많은 저서를 남겼다. — 옮긴이) 그리고 마지막에 가서는 '우리라고 왜 못 하겠어?' 하는 생각을 하게 되었지. 그들, 아니 정확히 말하면 그녀지. 조셉은 쭉정이에 불과했으니까. 그녀가 옛 게일 교회의 부활인 척하는 신흥 종교를 만들어 냈고, 아서 왕 시대로 거슬러 올라간다나, 그런 말로 선전을 하기 시작했네."

"그래요. 근데 아서 왕이 아니라 아서 매컨(종교적 신비주의와 공포, 판타지 등의 분야에서 수많은 작품을 남긴 소설가 — 옮긴이)이겠지만요. 어쨌든 계속해 봐요."

"그들은 캘리포니아로 이 새 종교를 들여왔지. 요즘 이 동네에서 그게 유행이니까. 그 중에서도 샌프란시스코를 골랐네. 로스앤젤레스보다 경쟁자가 적기 때문이지. 그들을 따라온 사람이 있었는데 바로 잘 나가는 마술사들의 무대 장치를 담당하던 톰 핑크라는 조그만 사내와 마을 대장장이처럼 우락부

락하게 생긴 그의 아내였지.

그들은 쓸데없이 많은 신자들을 바라지 않았네. 수는 적되 부유한 사람들을 원했지. 시작해서 얼마간은 고생을 했지만 곧 로드먼 부인을 잡았네. 그녀는 아주 여기에 푹 빠져 버렸지. 가지고 있던 아파트 건물도 한 채 내놓고는 그것을 개조하는 비용도 모두 부담한 걸 보면 알지. 무대 기술자인 핑크가 개조에 책임을 지고 아주 훌륭한 일을 해냈네. 아파트마다 달린 부엌이 모두 필요치 않았고, 핑크는 그렇게 건물 구석구석에 자리 잡고 있는 부엌을 비밀의 방과 벽장 같은 걸로 바꾸는 방법을 알고 있었거든. 그것만이 아닐세. 가스관과 수도관, 전기 설비 같은 것들도 모두 그들이 쓰는 속임수에 맞게 바꾸어 놓았어.

지금 구조적으로 자세한 사항을 이야기할 수는 없네. 그 건물을 샅샅이 수색해 볼 때까지는 알 수 없겠지. 그거 아주 흥미로울 거야. 나도 그자들이 만든 작품을 보았네. 아니, 한복판에서 실제로 겪어 보았지. 침대 밑에 판을 대고 비밀의 방과 연결한 다음 그 속에 관을 숨겨 증기를 뿜게 만들고 거기에 빛을 비춰 유령을 만들어 낸 걸세. 빛에 닿지 않은 증기는 당연히 어둠 속에서 보이지 않았고 그 덕분에 몸을 부르르 떨고 배배 트는 사람 모양만 눈에 띄게 하였지. 축축하게 만져지긴 하는데 실체라고는 없고 말이야. 얼마나 기이했는지……

내 말을 믿어 봐. 게다가 그 유령을 등장시키기 전에 방 안을 가스로 가득 채우기까지 하니, 대단했지. 에테르인지 클로로포름인지, 그것도 아니면 다른 걸 썼는지는 모르겠지만 일종의 꽃향기와 섞여 냄새가 잘 감춰져 있었네. 이 유령하고 나는 정말로 싸움을 벌였지. 공기를 통하게 하려고 창문을 깨다 손을 다친 것도 모르고 놈이 내 공격을 받아 피를 흘린다고 생각했다니까. 정말 대단하더라고. 단 몇 분이 내게는 몇 시간처럼 느껴졌으니.

최후의 순간, 그러니까 할던이 미쳐 날뛰기 전까지 그들의 작품에 조잡한 구석이라고는 전혀 없었네. 일반인들에게 공개되는 예배는 기품 있고, 정돈되고, 절제되어 있었지. 그들의 속임수는 모두 신자들의 침실이라는 보이지 않는 장소에서 이루어졌어. 가장 먼저 향이 섞인 가스를 방에 가득 채우는 거지. 그런 다음 빛을 밝힌 수증기 유령을 풀어놓고 목소리를 내기 위해 설치한 다른 관을 통해 명령이나 필요한 말을 전달한 거야. 그 가스 때문에 또렷하게 보거나 의심을 품기가 힘들고 의지까지 약해져 그 지시에 따를 가능성이 높아지니 그것만 해도 정말 훌륭한 솜씨라고 할 수 있어. 아마 그런 식으로 돈깨나 뜯어냈을 걸세.

방 안에 혼자 있을 때 이런 식으로 나타난 유령의 말에는 분명 거역할 수 없는 힘이 실려 있었을 거야. 그런데 할던 부부는 한 술 더 떠 아주 영악한 태도를 취했네. 자신이 본 환영에 대해 이야기하는 것을 완전히 금지하지는 않았지만 가급적이면 입 밖에 꺼내지 않게 만든 거지. 환영을 보는 건 당사자와 신 사이의 비밀이고, 이렇게 신성한 것은 함부로 떠들어 대는 법이 아니라면서 말이야. 그래서 특별한 이유가 없는 한 그것을 입에 담는 건 바람직하지 못하고 상스러운 것처럼 여겨졌네. 심지어 상대가 조셉이라고 해도 말이야. 이 얼마나 효과가 좋았겠어. 겉보기에는 할던 부부가 이런 환영을 이용할 사람들이 아닌 것처럼 보인 걸세. 그들은 각자의 방에서 무슨 일이 벌어지고 있는지 모르고 따라서 신자들이 유령으로부터 받은 지시를 따르는지 아닌지 아무런 관심도 없는 것처럼 보였단 말이야. 그것은 단순히, 그리고 엄격히 신자와 신 사이의 일이라는 것이 바로 그들의 입장이었지."

"그거 정말 훌륭한데요. 그런 점에서는 신앙 고백이나 간증, 아니면 다른 신비적 현상을 이용하는 보통 신흥 종교나 종파들과 정반대잖아요. 계속해요."

피츠스테판이 신이 난다는 듯 싱글거리며 말했다.

나는 잠시 음식을 먹으려 했다.

"신자들, 그러니까 고객들은 어떻게 됐어요? 그래서 지금은 이 종교에 대해 어떻게 생각한대요? 그들하고도 이야기를 했을 거 아니에요?"

그가 물었다.

"그렇지. 하지만 그런 사람들하고 무슨 말이 통하겠나. 그들 중 반은 아직도 애러니아 할던을 따르려 한다니까. 로드먼 부인에게는 유령이 나온 관을 보여 주기까지 했지. 그랬더니 한 번 숨을 들이쉬고 두 번 꿀꺽 침을 삼키더니 우리더러 성당으로 가자고, 거기 있는 형상들을 보여 주겠다는 걸세. 십자가에 못 박혀 있는 그분을 포함해서 말이지. 그러면서 그것은 증기보다도 더 단단한 속세의 물질로 만들어져 있는데, 그러면 성광(聖光) 안에 든 게 신성하든 아니든 실제 살과 피가 없다는 이유로 주교를 체포할 거냐고 묻더군. 독실한 가톨릭 신자인 오가르가 그 말을 들으면 한 대 치겠다는 생각이 들었네."

"콜먼 부부는 없었죠? 랄프 콜먼 부부 말이에요."

"없었네."

"그거 안타깝군요. 그를 찾아서 사연을 캐 봐야겠어요. 물론 지금쯤이면 어딘가 숨어 있겠지만 힘들어도 찾을 가치가 있어요. 그는 언제나 가장 바보 같은 짓을 해 놓고도 합리적이고 믿을 만한 이유를 댄다니까요. 광고 일을 하는 사람이라 그런가."

그는 마치 마지막 말이 그 모든 일들을 설명한다는 듯 덧붙이더니 내가 다시 음식을 먹기 시작한 것을 보고는 눈살을 찌푸렸다.

"말해요. 얼른. 계속 하라니까요."

"할던은 만난 적이 있지? 그 사람에 대해 어떻게 생각했나?"

내가 물었다.

"두 번쯤 만난 것 같아요. 두말할 필요 없이 정말 인상적인 사람이었죠."

"그렇지. 필요한 건 다 갖추고 있으니까. 이야기해 본 적도 있나?"

"아니요. '만나서 반가워요.' 뭐 이런 인사 비슷한 것 말고는."

"뭐라고 해야 할까. 그가 누군가를 쳐다보며 말을 하면 그 사람의 내면에서 무슨 일이 벌어지기 시작하는 거지. 나는 그리 쉽게 현혹되거나 압도되는 사람이 아닐세. 적어도 나는 그렇게 믿고 싶지. 그런데 나를 완전히 사로잡았다니까. 거의 막바지에 가서는 그가 정말 신이라고 믿기 직전까지 갔었네. 30대라 아직 꽤 젊은데도 '신부님' 같은 분위기를 내려고 머리랑 턱수염에 염색을 했지. 부인 말로는 쇼를 시작하기 전이면 항상 그녀가 그에게 최면을 걸었고, 최면에 걸리지 않은 상태에서는 사람을 다루는 데 그리 대단한 힘을 발휘하지 못했다고 하네. 그런데 나중에는 점점 숙달되어 아내 없이 스스로 최면을 걸 수 있게 되었고 마지막에는 그게 일종의 영구적인 상태가 되었지.

할던 부인은 가브리엘이 사원에 머물기 전까지 남편이 그 여자한테 푹 빠진 걸 모르고 있었네. 그에게도 가브리엘이 또 다른 사기의 대상, 최근에 힘든 일을 겪은 아주 만만한 상대일 거라고만 생각한 거지. 하지만 조셉은 그녀에게 반해 그녀를 원하게 되었네. 그가 가브리엘에게 얼마나 손을 썼는지, 어떻게 했는지는 모르겠네. 다만 생각하기로는 데인 가의 저주에 대한 두려움을 이용해 술수를 썼던 것 같아. 어쨌든 마침내 리스 박사가 그녀의 상태가 좋아지지 못하고 있다는 걸 알아냈지. 어제 아침 그가 저녁에 그녀를 보러 돌아오겠다고 말했고, 정말 오긴 했는데 그녀를 만나지 못했고 나 역시 보지 못했었지.

그는 가브리엘의 방에 들르기 전에 조셉을 만나러 갔네. 그리고 거기에서 조셉이 핑크 부부에게 지시를 내리는 것을 엿듣게 된 거야. 거기에서 그쳤다면 괜찮았을 텐데 이 어리석은 의사 선생이 자기가 들은 말을 가지고 조셉에게 따진 거지. 조셉은 리스를 가둬 버렸네.

그들은 처음부터 미니 허시를 자유자재로 이용했다네. 인디언 혼혈이라 그런 미신이나 유령 같은 이야기에 홀딱 넘어가기 쉬웠는데다가 가브리엘 레게트를 떠받들지 않았나. 그들은 이 불쌍한 여자가 정신을 못 차릴 때까지 각종 환영과 목소리를 퍼부었네. 그리고 마침내 그녀를 이용해 리스 박사를 죽이겠다고 결정을 내렸지. 그들은 그에게 약을 먹인 다음에 제단 위에 올려놓았네. 그리고 유령을 이용해 그녀가 그를 사탄이라 믿게 만들었어. 가브리엘이 천국에 가지 못하게 지옥으로 데려가려고 나타난 사탄 말이야. 정말일세. 미니는 그런 일을 시킬 수 있도록 이미 충분히 준비를 시켜 놓은 상태였지. 불쌍한 것. 그래서 자신이 가브리엘 아가씨를 구할 사람으로 선택되었고, 필요한 무기는 탁자 위에 있다는 유령의 말을 듣자 아무런 의심을 품지 않고 그 말을 따른 걸세. 그녀는 침대에서 나와 탁자 위에 있던 단검을 집어 들고 제단으로 내려가 리스를 죽여 버렸네.

만약을 대비해 그들은 나의 방에도 가스를 집어넣었지. 미니가 일을 벌이는 동안 곤히 자고 있게 만들기 위해서 말이야. 하지만 나는 어쩐지 불안해서 가스관과 가까운 침대가 아니라 방 안 한가운데 의자를 놓고 거기에서 선잠을 자고 있었단 말이지. 덕분에 날이 밝기 전에 잠에서 깰 수 있었네.

이때쯤 애러니아 할던은 두 가지 사실을 알았네. 첫째로 가브리엘을 향한 남편의 관심은 돈에 대한 것이 아니었다는 것, 그리고 둘째로 그가 완전히 맛이 가 위험한 미치광이가 되었다는 걸 말이야. 늘 최면에 걸린 상태로 생활하다 보니 처음부터 위태위태했던 머릿속이 완전히 망가져 버린 거지. 추종자들을 제멋대로 조종하다 보니까 어느새 지나치게 우쭐해져 무엇이든 할 수 있고 무슨 짓을 해도 괜찮다고 생각한 모양이야.

그녀가 말하기로 그에게는 꿈이 있었다고 하네. 세상 사람 모두가 그를 신이라 믿게 만드는 것 말이야. 이미 이 사람들을 감쪽같이 속였으니 그 일도 뭐가 그리 힘들겠냐고 생각했다지. 그녀는 그가 실제로 자신이 신이라는 얼토당토않은 생각을 품기 시작했다고 생각하고 있네. 나는 그 정도까지는 아니라고 봐. 스스로를 신이라 믿지는 않았지만 세상 나머지 사람들 정도는 속일 수 있다고 믿었다고 보네. 뭐, 이런 시시콜콜한 내용은 중요한 게 아니지. 중요한 건 그가 자신의 권능에 한계가 없다고 생각한 미치광이라는 거지.

애러니아 할던은 리스가 살해당하기 전까지 그 사실을 몰랐다고 주장하고 있네. 조셉은 환영과 목소리를 이용해 가브리엘을 제단으로 내려 보내 리스의 시신을 보게 했지. 그렇게 하면 자신의 신적 힘과 그녀의 저주를 이용해 그녀를 자기 옆에 묶어 두겠다는 본래의 계획에 아주 잘 들어맞게 될 테니까. 그도 거기에서 그녀를 만나 깜짝 놀라는 시늉을 하며 쇼를 할 생각이었겠지. 하지만 콜린슨과 내가 그걸 방해하지 않았겠나. 우리가 문 앞에서 이야기하는 걸 들은 조셉은 뒤로 물러났고 가브리엘만 우리와 만나게 된 거지. 여기까지는 조셉의 계획도 성공적이었어. 가브리엘이 자신의 저주가 리스를 죽였다고 믿었으니까. 그녀는 자신이 그를 죽였고 교수형을 당해야 한다고 했네.

하지만 리스의 시체를 보자마자 나는 그녀가 죽인 것이 아님을 알 수 있었네. 그는 제단 위에 똑바로 누워 있었지. 즉 죽기 전에 약을 먹인 것이 분명하다는 말이지. 그리고 제단으로 가는 문, 내 생각에 평소 닫혀 있어야 할 이 문이 열려 있고 그녀는 열쇠에 대해서는 전혀 모르고 있었으니까. 그녀가 살인에 가담했을 가능성은 있었지만 고백한 것처럼 혼자 저지른 것은 아니었을 거야.

그 건물은 남의 말을 엿들을 수 있도록 과학적으로 설비가 되어 있어서 할던 부부 둘 다 그녀의 고백을 들었네. 애러니아는 곧 그녀의 고백에 들어맞도록 증거를 조작하는 일에 착수했고 가브리엘의 방으로 올라가 그녀의 녹색 가운을 찾았지. 그런 다음 내가 가브리엘로부터 빼앗아 제단 위에 놓아둔 피 묻은 단검을 가져다가 가운으로 둘둘 만 다음 나중에 경찰이 쉽게 찾을 수 있는 곳에 숨겨 두었네. 그러는 동안 조셉은 또 다른 방향으로 일을 진행하고 있었네. 그는 아내와 달리 가브리엘이 감옥이나 정신병원 같은 곳으로 끌려가기를 원치 않았지. 그는 그녀를 원했어. 그녀가 어디론가 끌려가는 게 아니라 죄책감과 책임감에 억눌려 자기 곁을 떠나지 못하게 만들고 싶어 했지. 그래서 그는 리스의 시신을 비밀의 벽장 중 하나에 숨긴 다음 핑크 부부를 시켜 살해 현장을 치우게 했네. 콜린슨이 내게 이 사건을 감추어 달라고 애원하는 걸 듣고 나만 처리해 버리면 유일하게 남겨질 정신 멀쩡한 증인인 그가 자신의 뜻대로 움직일 거라 생각한 거지.

사람을 죽여 빠져나오지 못할 곤경에 처하면 어떻게 되는지 아나? 그 곤경에서 빠져나가기 위해 또 누군가를 죽여야 할 때가 오기 마련이지. 이 미치광이 조셉에게 이제 나를 '처리'하는 건 단순히 시체가 한 구 더 늘어난다는 것에 불과했지. 그와 핑크 부부는 다시 한 번 미니에게 유령을 풀어놓으려 했네. 아, 그건 그렇고 핑크 부부를 기소하려는 시도는 없을 것 같네. 다시 이야기로 돌아가서…… 미니가 이미 순순히 리스 박사를 죽였으니 나라고 못 죽일 게 뭐 있겠나? 그런데 문제가 하나 있었어. 일이 너무 급작스럽게 벌어진 탓에 그들은 아직 대량 살인을 할 준비가 안 되어 있었다는 걸세. 단적인 예로 내 총과 하녀 중 하나가 가지고 있던 총을 빼고는 집 안에 총기류가 전혀 없었지. 물론 그들은 하녀가 총을 가지고 있다는 걸 몰랐고. 그러니까 부엌칼과 하수구 청소기 같은 것들을 끌어들이기 전까지는 그 단검이 유일한 무기였단 말이지. 그리고 곤히 잠자고 있는 다른 사람들의 문제도 있었을 거야. 영적 지도자들이 똘똘 뭉쳐 웬 탐정 놈을 잡겠다고 들쑤시고 다니는 소리에 잠이 깬다면 로드먼 부인이 얼마나 싫어했겠어. 어쨌든 그들의 계획은 미니를 구슬려 조용히 내 몸에 단검을 박게 하는 거였네.

그래서 그들은 애러니아가 숨겨 놓은 곳으로부터 가운에 둘둘 말린 단검을 다시 찾아냈고 그때 조셉은 아내가 자신을 배신하려 한다고 의심하기 시작했지. 그러다- 유령이 한 다스로 나타나도 미니가 절대 깨지 못하게 가스를 최대한으로 틀어 놓은 걸 보고 아내의 배신을 확신하게 된 걸세. 이제 옴짝달싹 못하게 된 그는 결국 그녀를 죽이기로 결심하지."

"아내를요?"

피츠스테판이 물었다.

"그래. 그런다고 뭐가 달라지겠나? 다른 사람 죽인 거랑 다를 바가 없겠지. 이 말도 안 되는 이야기를 너무 깊이 받아들이지 않기를 바라네. 이게 정확한 전말이 아니라는 거 잘 알잖나."

"그럼 정말로 무슨 일이 일어났는데요?"

그가 어리둥절한 표정으로 물었다.

"나도 모르지. 아마 아무도 모를 걸세. 내가 자네한테 이야기하는 건 내가 본 것에다가 애러니아 할던이 한 말 중 내가 본 것과 일치하는 부분을 더한 거야. 내가 목격한 것과 맞아떨어지려면 그 모든 일이 한 치의 오차도 없이 내가 말한 그대로 일어났어야 하네. 그런 일이 정말로 일어났다고 믿고 싶다면 그렇게 하든가. 하지만 난 믿지 않네. 나는 오히려 거기에 없던 것들을 보았다고 생각해."

"지금은 안 돼요. '그러나'와 '만약에'를 잔뜩 붙여 원하는 만큼 이야기를 왜곡하고, 비틀어서 최대한 흐릿하고, 헷갈리고, 말도 안 되게 만드는 건 이 이야기를 다 끝내고 실컷 하세요. 하지만 지금은 부디 이야기부터 다 해 줘요. 그래야 당신이 제멋대로 이야기를 고치기 전에 최소한 한 번만이라도 본래 상태 그대로 들을 수 있을 거 아니에요."

그가 애원하다시피 말했다.

"그럼 자넨 지금까지 내가 해 준 이야기를 정말로 믿는 건가?"

내가 물었다.

그가 씨익 웃으며 고개를 끄덕였다. 그리고 믿을 뿐만 아니라 이야기가 마음에 쏙 든다고 하였다.

"생각이 정말 유치하구먼. 그러면 좋은 이야기가 하나 더 있는데. 빨간 모자를 쓴 소녀의 할머니 집에 어떤 늑대가 찾아갔는데 말이야……."

"그 이야기도 좋죠. 하지만 일단 하던 이야기부터 마저 해 주세요. 조셉이 아내를 죽이기로 했다 이거죠?"

"좋아, 알았네. 이제 별로 안 남았어. 미니가 가스에 취해 있는 동안 내가 그녀의 방에 숨어들어 갔지. 그녀를 깨워 도움을 청하러 보내려고 말이야. 그런데 그녀를 깨우기 전에 나부터 정신을 차려야 할 상태가 되고 말았네. 가스를 두어 모금 왕창 삼킨 거지. 아마 내게 유령을 풀어놓은 건 핑크 부부였을 걸세. 조셉은 그때 아내와 함께 아래층으로 내려가던 길이었을 테니까. 자기가 신이라는 사실을 방패로 삼은 건지, 아니면 정말 완전히 미쳐 버린 건지 그는 그녀를 죽이기 전에 제단에 묶었네. 어쩌면 그런 짓을 자신의 모든 계획 속어 녹여 넣을 방법이 있었는지도 모르지. 아니면 그냥 단순히 피가 낭자한 극적인 장면을 좋아했는지도 모르고. 어쨌든 내가 유령과 엎치락뒤치락하는 동안 그는 그녀를 그리로 데려갔네.

나는 유령 때문에 진땀깨나 흘렸지. 겨우 그 방을 나와 복도로 쓰러졌을 때 핑크 부부가 나를 덮쳤네. 그들이 분명한 것 같긴 한데 너무 어두워서 볼 수는 없었어. 나는 그들을 물리치고 총을 얻어 아래로 내려갔지. 콜린슨과 가브리엘이 내가 놔둔 곳에서 사라지고 없었네. 조금 뒤 콜린슨을 찾았지. 가브리엘이 밖으로 내보낸 다음 문을 잠가 버린 거야. 그때 열세 살 된 할던 부부의 아들이 달려와 아빠가 엄마를 죽이려고 하고 가브리엘이 그들과 함께 있다는 소식을 전해 주었네. 그러고 나서 내가 할던을 죽였지. 그것도 겨우. 총알을 전부 일곱 발이나 쏘았어. 하드 코팅된 32구경 총알 일곱 발이 깨끗이 몸에 박혔지. 거기까진 진짜였네. 그렇게 바로 옆에서, 정면으로 얼굴과 몸에 일곱 발이나 맞았는데도 그는 자기가 총을 맞았다는 사실조차 느끼지 못하는 것 같았어. 그 정도로 강력한 최면에 걸려 있었던 걸세. 마침내 단검으로 목을 찌르고 나서야 그를 쓰러뜨릴 수 있었지."

나는 말을 멈추었다.

"그래서요?" 피츠스테판이 물었다.

"그래서 뭐?"

"그 다음에 어떻게 됐어요?"

"아무 일도 없었어. 이 이야기가 원래 그래. 말이 안 된다고 이미 경고했잖아."

내가 퉁명스레 말했다.

"가브리엘은 거기에서 뭐 하고 있었는데요?"

"제단 옆에 쪼그리고 앉아 예쁜 불빛이나 올려다보고 있었지."

"거긴 대체 왜 간 건데요? 거기 있을 이유가 뭡니까? 또 그리로 오라는 지시를 들은 거예요? 아니면 스스로? 어떻게 하다가 거기에 있게 된 거래요? 거기 왜 간 거죠?"

"모르지. 그녀도 몰라. 물어봤는데 자신이 거기 있었던 것조차 모르더군."

"그럼 다른 사람들한테서는 분명 이야기를 들었겠죠?"

"그래. 지금 다 이야기했잖나. 대부분은 애러니아 할던한테 나온 걸세. 그녀와 남편이 신흥 종교를 만들었다, 그런데 그가 정신이 나가 사람들을 죽이기 시작했다, 그러니 그녀가 뭘 어쩔 수 있었겠나? 핑크는 입을 꾹 다물었지. 장치를 만진 건 맞대. 할던 부부를 위해 속임수 장치를 만들어 그걸 조종했다고 하더군. 하지만 지난밤에 무슨 일이 일어났는지는 전혀 모른다고 하더라고. 시끄러운 소리를 듣긴 했지만 무슨 일인지 캐고 돌아다닐 이유가 없다고, 무슨 문제가 일어났다는 걸 알게 된 건 경찰이 나타나 자신을 못살게 굴기 시작한 순간이라고 하더군. 핑크 부인은 사라졌고. 거기서 일하던 다른 사람들은 단순히 짐작만 할 뿐 정확히 아는 건 하나도 없고. 소년 마뉴엘은 너무 충격을 받아서 현재 아무 말도 못하는데, 나중에 충격을 이겨 내고 나면 분명 아무것도 모른다고 할 테지. 지금 상황은 이러네. 조셉이 미쳐 혼자서 살인을 저지르고 다녔다면 다른 사람들은 그를 도왔다고 해도 진실을 몰랐으니 죄가 없다는 거지. 그들이 저지른 짓 중 가장 심각한 것이라고는 종교 사기극에 참가한 것뿐이야. 그것에 대해서는 단지 가벼운 형벌을 받는 데 그칠 것이고. 누구라도 아는 것을 털어놓았다가는 공범으로 살인죄를 뒤집어쓸 테니까 그런 짓을 할 사람은 없지."

"그렇군요. 조셉이 죽었으니 모든 건 다 그 사람이 했다, 이거죠? 그래서 앞으로 어떻게 할 생각이에요?"

피츠스테판이 물었다.

"아무것도 안 해. 경찰에서는 무언가 더 밝혀내려 애를 쓰긴 하겠지만 나의 일은 여기까지일세. 매디슨 앤드루스가 두 시간 전쯤 그렇게 말하더군."

내가 대답했다.

"하지만 당신 말대로 사건의 진실이 밝혀지지 않았다면 무슨 수를 써야 하는 거 아닌……."

"나는 아니지. 하고 싶은 거야 많지만 이번에는 단순히 가브리엘이 사원에 있는 동안 그녀를 보호하라고 앤드루스에 고용된 게 아니었나. 이제 그녀가 거기에 없고, 앤드루스는 거기에서 무슨 일이 벌어졌는지 더 밝혀낼 게 없다고 생각하니까. 게다가 그녀를 보호하는 일에 관해서라면 이제 남편이 해 줄 것 아닌가."

"누구요?"

"남편."

피츠스테판이 잔을 꽝 내려놓는 바람에 맥주가 넘쳐 흘렀다.

"그것 봐요! 이야기를 다 해 준 게 아니잖아요! 얼마나 많은 이야기를 빼먹었는지 누가 알겠어요?"

그가 나무라듯 소리쳤다.

"정신없는 틈을 타 콜린슨이 그녀를 데리고 리노로 사라졌지 뭔가. 거기라면 캘리포니아처럼 결혼 허가증을 받는 데 사흘씩 기다릴 필요가 없으니까. 서너 시간 뒤 앤드루스가 난리를 치기 전까지 나도 그들이 없어진 걸 몰랐네. 좀 기분 나쁘게 굴더군. 덕분에 그와 나의 계약 관계가 곧장 끝나기도 했지."

"그 사람이 가브리엘의 남편감으로 콜린슨을 반대하고 있는 줄은 몰랐네요."

"정말 반대하는 건지는 나도 모르겠네. 일단은 결혼하기에 시기도 적절치 못하고 그런 식으로 해치우는 옳지 못하다고 하더군."

"그건 이해하겠네요. 앤드루스는 자기 방식대로 하는 걸 좋아하거든요."

피츠스테판이 말했다. 우리는 자리에서 일어섰다.

제3부

케사다

13장

절벽길

케사다에 있던 에릭 콜린슨이 내게 전보를 보냈다.

당장 오기 바람. 당신이 필요함. 위험. 선셋 호텔에서. 답장 금지. 가브리엘은 몰라야 함. 서두르시오. 에릭 카터.

전보는 금요일 아침 탐정 사무소로 왔다.

나는 그날 아침 샌프란시스코에 없었다. 나는 그때 필 리치, 혹은 다른 많은 가명으로 통하던 용의자의 전 부인과 협상을 벌이느라 마르티네즈에 있었다. 북서부 전역에 부도 수표를 뿌리고 다니던, 반드시 붙잡아야 할 놈이었다. 금발에 체구가 작고 예쁘장하게 생긴 전화 교환수인 전 부인은 필의 꽤 최근 사진을 가지고 있었고 조건만 맞으면 그것을 우리에게 넘길 용의가 있다고 했다.

"그 인간은 부도 수표라도 내게 뭘 사 주기 위해서 쓴 적은 한 번도 없었다니까요. 내 입에 풀칠하기 위해선 내가 직접 돈을 벌어야 했다고요. 그러니 이제 와서 그 인간 사진으로 뭔가 얻어 내지 못할 이유가 뭐 있겠어요? 안 그래도 어디선가 다른 년이 실컷 그 돈을 쓰고 있을 텐데. 자, 그럼 얼마 줄 거예요?"

그녀는 그 사진의 가치를 지나치게 높게 보고 있었지만 나는 결국 적당한 선에서 협상을 마무리 지을 수 있었다. 하지만 시내로 돌아왔을 때는 이미 6시가 넘어 그날 밤 당장 나를 케사다로 데려다줄 기차는 없었다. 나는 짐을 꾸리고 차고에서 차를 꺼낸 다음 길을 떠났다.

케사다는 샌프란시스코로부터 약 130킬로미터 떨어진 곳으로, 태평양 방면으로 기울어진 험난한 산자락에 위치한 호텔 하나짜리 작은 마을이었다. 케사다의 해변은 해수욕을 하기에는 너무 수심이 깊고, 파도가 심하고, 들쭉날쭉하여 케사다 사람들은 휴가철 장사로 큰돈을 만지지 못했다. 한동안은 럼 밀수로 항구가 활기차게 붐비기도 했지만 이제 그 소동도 잠잠해지고 말았다. 주류 밀매업자들이 술을 수입하는 것보다 국내에서 직접 제조하는 것이 더 짭짤하고 위험도 적다는 것을 알게 된 까닭이었다. 그 이후 케사다는 다시 조용해졌다.

그곳에 도착한 것은 그날 밤 11시가 넘어서였다. 나는 차를 세우고 길을 건너 선셋 호텔로 향했다. 그곳은 낮고 널찍하게 퍼진 노란색 건물이었다. 로비를 홀로 지키고 있던 직원은 예순은 넘어 보이는 작고 약해 보이는 남자인데 자기 손톱이 분홍색으로 반짝인다는 것을 내게 보여 주기 위해 무던히 애를 썼다.

체크인 서류에 적힌 내 이름을 보자 그가 밀봉된 봉투 하나를 내밀었다. 호텔 이름이 찍힌 봉투에는 에릭 콜린슨의 필체로 내 이름이 쓰여 있었다. 나는 그것을 찢고 안에 든 종이를 꺼냈다.

나를 만나기 전까지는 호텔을 떠나지 마세요.
E. C.

"이건 얼마나 오래 맡겨져 있던 겁니까?" 내가 물었다.

"한 8시부터였나. 카터 씨가 한 시간 넘게 당신을 기다렸소. 마지막 기차가 들어온 후까지."

"그는 여기 머무르는 게 아닙니까?"

"오, 아니지. 카터 씨 부부는 해안 후미진 곳에 있는 투커 별장에 산다오."

나는 콜린슨의 말 따위는 귀담아 듣는 사람이 아니었다. 그래서 물었다.

"거긴 어떻게 갑니까?"

"밤에는 절대로 못 찾을걸. 동부 도로를 따라 끝까지 가도 못 찾을 거요. 이 동네를 모른다면 말이지."

"그래요? 그럼 낮에는 어떻게 찾아가는데요?"

"이 길을 따라 끝까지 간 다음에 갈림길이 나오면 바다 쪽 길로 들어가서 절벽을 따라 쭉 가는 거요. 사실 그건 도로라기보다 좁게 난 길에 가깝지. 거기서부터 집까지는 한 5킬로미터 정도라오. 작은 언덕 위에 지붕이 널판으로 덮인 갈색 집인데 '오른쪽, 바닷길, 끝까지' 이것만 기억하면 낮에는 그럭저럭 찾기 쉽다오. 하지만 밤에는 절대로, 절대로 찾지······."

"고맙습니다."

나는 그의 말을 잘랐다. 똑같은 소리를 또 듣고 싶은 생각은 없었다.

그는 나를 데리고 방으로 올라가 5시에 깨워 주겠다고 약속했다. 나는 자정쯤 잠이 들었다.

다음 날 아침은 흐리고, 불쾌하고, 춥고, 안개가 가득했다. 전화벨이 울리자 나는 자리에서 일어나 수화기를 집어 들고 "알았어요. 고마워요."라고 대답했다. 옷을 입고 아래층으로 내려가는데도 기분은 썩 나아지지 않았다. 로비에 있던 직원이 케사다에는 7시가 되기 전까지는 먹을 것을 파는 곳이 한 군데도 없다고 했다.

나는 호텔을 나가 거리가 흙길로 바뀔 때까지 쭉 따라 내려간 뒤, 갈림길이 나올 때까지 계속 가다가 바다 쪽으로 굽은 길로 들어섰다. 애초부터 도로라고 할 수 없는 이 길은 얼마 가지도 못해 점점 더 벼랑 쪽으로 붙는 험난하고 울퉁불퉁한 오솔길로 바뀌었다. 절벽 가장자리로 비죽 불거진 길은 점점 더 가팔라져 곧 절벽 단면에 불규칙하게 튀어나와 있는 암석에 불과하게 되었다. 이 위험천만한 길은 어떤 곳은 폭이 2~3미터 정도 되었으나 어떤 곳은 1~2미터 정도밖에 되지 않았다. 길 위로는 깎아지른 절벽이 약 20미터 높이로 솟았다가 길 아래부터 점점 기울어 30미터 정도 내려가 바닷속으로 모습을 감추었다. 대략 중국이 있는 동쪽으로부터 불어오는 바람이 안개를 절벽 꼭대기로 밀어 대고 바닥에서는 바닷물이 시끄럽게 거품을 만들어 내고 있었다.

가장 가파른 모퉁이를 돈 나는 길 가장자리에 조그맣게 난 울퉁불퉁한 구멍 하나를 발견하고 그 자리에 멈춰 섰다. 직경이 15센티미터쯤 되는 구멍 한쪽으로는 방금 파낸 듯한 흙이 반원 모양으로 쌓여 있고 다른 한 쪽에는 흙이 흩어져 있었다. 대단히 흥미로운 광경은 아니었지만 그 원인은 나 같은 도시 사람도 쉽게 짐작할 수 있는 것이었다. 여기에 있던 작은 덤불 한 그루가 뿌리째 뽑힌 것이었다. 그것도 아주 최근에.

하지만 뽑힌 나무는 어디에도 보이지 않았다. 나는 물고 있던 담배를 내던지고 그 자리에 무릎을 꿇었다. 그리고 양손으로 바닥을 짚고 길 바깥의 허공으로 머리를 내밀어 아래를 내려다보았다. 뽑힌 덤불이 6미터 아래에 보였다. 그것은 절벽과 거의 평행으로 자라난 나무 위에 떨어져 있었고 새로 파헤쳐진 갈색 흙이 아직 나무뿌리에 붙어 있었다. 다음으로 나의 시선을 끈 것 역시 갈색이었다. 나무로부터 바다 표면까지 반 정도 내려간 곳에 뾰족이 솟은 두 개의 회색 바위 사이, 그곳에 거꾸로 떨어져 있는 갈색 모자였다. 절벽 맨 밑바닥을 내려다보았다. 그제야 두 발과 다리가 보였다.

그것은 검정 신발을 신고 짙은 색 바지를 입은 남자의 것이었다. 두 발은 물에 씻겨 매끈하게 변한 바윗덩이 위에 모로 놓여 15센티미터 정도 벌어진 채 왼쪽을 향하고 있었다. 짙은 색 바지로 감싸인 두 다리는 발에서 시작되어 점점 기울어지더니 무릎에서 몇 센티미터 떨어진 곳부터 물에 잠겨 보이지 않았다. 그것이 위에서 보이는 전부였다.

나는 절벽을 내려갔다. 하지만 그곳은 중년의 뚱뚱한 사내가 내려가기에는 너무 가팔랐다. 약 200미터 뒤에 절벽을 대각선으로 가로지르는 좁은 골짜기가 있었다. 나는 그 골짜기로 돌아가 아래로 내려가기 시작했다. 구르고, 미끄러지고, 땀을 삐질삐질 흘리고, 욕이 절로 나왔지만 손가락이 조금 찢어지고, 옷과 신발을 버린 것 말고는 별다른 상처 없이 바닥에 닿을 수 있었다.

  절벽과 바다 사이에 줄줄이 자리 잡고 있는 바위들은 걷기에 적합하지 않았지만 한 번인가 두 번 정도만 물에 발을 담가야 했을 뿐, 거의 바위 위로 움직일 수 있었다. 그때까지도 물은 무릎에 채 차지 않았다. 하지만 발과 다리가 있는 곳에 이르렀을 때는 물에 잠긴 시신을 꺼내기 위해 허리 깊이까지 들어가야 했다. 시신은 거의 물에 잠긴 바위의 비스듬한 단면 위에 똑바로 누운 채 허벅지부터 머리끝까지 거품이 이는 물에 완전히 덮여 있었다. 나는 시신의 양쪽 겨드랑이 아래에 손을 집어넣은 뒤 평평한 곳에 서서 두 발에 힘을 준 다음 힘껏 끌어 올렸다.

  그것은 에릭 콜린슨이었다. 갈기갈기 찢긴 등은 살점과 옷을 통해 뼈가 드러나 보였고 반밖에 남지 않은 뒤통수는 완전히 으깨어져 있었다. 그를 물 밖으로 끌어낸 뒤 마른 바위 위에 눕혔다. 물이 뚝뚝 떨어지는 그의 주머니 안에 154달러 82센트의 돈과 시계, 칼, 금색 펜과 연필, 종이, 편지 두 통, 그리고 수첩이 들어 있었다. 나는 종이와 편지, 책을 펼친 뒤 읽기 시작했다. 그러나 거기 쓰인 것과 그의 죽음 사이에 아무 상관이 없다는 사실 말고는 무엇도 알아낼 수 없었다. 뽑힌 덤불과 바위 사이에 떨어진 모자, 그리고 시신의 자세 말고는 단서를 제공할 만한 것이 그의 몸에도, 주변에도 없었다.

나는 일단 시신을 거기 둔 뒤 좁은 골짜기로 돌아가 헐떡거리며 위로 올라간 뒤 덤불이 자라고 있던 곳으로 갔다. 눈에 띄는 표시라든가 발자국처럼 중요한 것은 거기에서도 찾을 수 없었다. 그 길은 거의 딱딱한 바위로 되어 있었다. 나는 그것을 따라 걸어갔다. 곧 절벽이 구부러져 바다로부터 점점 멀어지며 길은 내리막으로 변했다. 800미터 가량 걸으니 이제 절벽은 사라지고 그저 나무 덤불이 우거진 산등성이가 나타났다. 아직 해는 뜨지 않았다. 물에 젖은 바짓자락은 차가운 다리에 기분 나쁘게 척척 감겼다. 찢어지고 망가진 신발 틈새로 물이 들어와 걸을 때마다 철벅철벅 소리가 났다. 아침도 먹지 못했고 담배는 온통 젖어 버렸다. 절벽을 내려가다 삐끗한 탓에 왼쪽 무릎도 아팠다. 나는 탐정이라는 일 자체를 욕하며 길을 따라 산등성을 비척비척 올라갔다.

그 길은 한동안 바다로부터 멀어지더니 나무가 우거진 좁은 땅을 지나고, 작은 계곡으로 내려갔다가, 다시 낮은 언덕 측면을 따라 위로 올라갔다. 거기에서 나는 호텔 직원이 설명한 집을 보았다.

그것은 꽤 큰 2층 건물로 지붕과 벽이 갈색 널판으로 덮여 있었다. 그리고 U자 모양으로 움푹 팬 해변 가운데 조금 높이 솟은 땅 위에 있었다. 집은 물을 마주보고 있었고 나는 그 뒤에 서 있었다. 거기에서는 일단 아무도 보이지 않았다. 1층 창문은 모두 닫히고 블라인드가 쳐져 있었다. 2층 창문은 열려 있었다. 집 한쪽 옆으로는 조금 작은 농장 건물 몇 채가 있었다.

나는 집을 돌아 앞으로 갔다. 가는 나뭇가지를 엮어 만든 의자와 탁자가 현관 앞에 놓여 있었다. 방충망이 달린 현관문은 안에서 잠겨 있었다. 나는 소리가 나게 그것을 흔들었다. 적어도 오 분 넘게 문을 두드렸다 흔들었다를 반복했지만 아무 응답도 들을 수 없었다. 다시 집 뒤로 돌아가서 뒷문을 두드렸다. 하도 두드리는 통에 문이 15센티미터쯤 열렸다. 안으로 보이는 어두컴컴한 부엌은 조용했다. 나는 문을 더 연 다음 큰 소리로 문을 두드렸다. 그래도 집 안은 조용했다.

"콜린슨 부인!"

아무 응답도 들리지 않자 나는 부엌으로 들어가 부엌보다 더 어두운 식당을 지난 뒤 계단을 찾아 위로 올라갔다. 그러고 나서 방마다 머리를 들이밀기 시작했다.

집 안에는 아무도 없었다.

그중 한 방에는 방바닥 한가운데에 38구경 자동 권총이 놓여 있었다. 탄피 한 개가 총 바로 옆에, 또 하나가 방 반대편 의자 밑에 있었고, 화약 냄새가 희미하게 공중에 남아 있었다. 천장 한구석에는 38구경 총알이 만들었을 법한 구멍이 나 있었고, 그 바로 아래 바닥에는 천장에서 떨어진 듯한 석고 가루가 흩어져 있었다. 침대를 덮은 이불은 흐트러진 기색이 없었다. 옷장 속에 든 옷과 탁자와 서랍 속, 그리고 위에 있는 물건들로 보아 에릭 콜린슨의 방임을 알 수 있었다.

그 옆방은 몇 가지 증거로 보건대 가브리엘의 방이었다. 그녀의 침대 역시 잔 흔적이 없거나 자고 일어난 다음 정리된 것처럼 보였다. 벽장 바닥에는 검은색 새틴 드레스와 얼룩진 흰색 손수건, 그리고 검은색 스웨이드 슬리퍼 한 켤레가 있었는데 모두 축축이 젖어 진흙 투성이였다. 손수건은 또한 피가 흥건했다. 화장실 안 욕조 속에 있는 전신 수건과 손 닦는 작은 수건 역시 진흙과 피로 얼룩져 축축했다. 화장대 위에는 접힌 자국이 있는 작고 두꺼운 흰 종이가 있었다. 주름을 따라 흰색 가루가 남아 있었다. 살짝 혀를 대어 보니 모르핀임을 알 수 있었다.

나는 호텔로 돌아가 신발과 양말을 갈아 신고, 아침 식사를 하고, 담배를 산 뒤 아침 근무를 하고 있는 말쑥한 청년에게 이곳에서 치안을 담당하고 있는 사람이 누구인지 물었다.

"딕 코튼 경찰서장이에요. 하지만 어젯밤에 시내에 나갔어요. 부보안관 벤 롤리도 있고요. 그의 아버지 사무실에 가시면 찾을 수 있을 거예요."

그가 알려 주었다.

"그건 어디요?"

"자동차 정비소 옆이요."

찾았다. 1층짜리 붉은색 벽돌 건물의 창에는 'J. 킹 롤리. 부동산, 모기지, 대출, 주식 및 채권, 보험, 각종 문서, 직업 소개, 공증, 이사 및 보관' 및 이밖에도 기억할 수 없는 것들이 잔뜩 적혀 있었다.

안에는 사내 둘이 낡은 카운터 뒤 역시 낡은 책상에 발을 올려놓고 앉아 있었다. 쉰 정도 되어 보이는 한 사람은 머리와 눈, 피부 모두 얼룩덜룩하고 흐릿한 연갈색으로 온화하면서도 어딘가 방랑자 같은 분위기를 풍기는 후줄근한 차림새였다. 또 다른 남자는 그보다 스무 살 정도 어려 보였고 20년만 지나면 그와 똑같아 보일 것 같았다.

"부보안관님을 찾고 있습니다만."

"접니다."

젊은 남자가 두 발을 책상에서 내려놓으며 말했다. 그는 자리에서 일어나지 않았다. 대신 한쪽 발을 내밀어 의자에 걸더니 쭉 잡아당겨 내 앞에 놓고 다시 두 발을 책상에 올렸다.

"앉으세요. 이쪽은 제 아버집니다. 신경 쓰지 않아도 돼요."

그가 한 손 엄지로 아버지를 가리키며 말했다.

"혹시 에릭 카터라고 아십니까?" 내가 물었다.

"투커 별장에 있는 신혼부부 말이죠? 이름이 에릭인 줄은 몰랐네."

"에릭 카터, 그게 내가 집세 영수증에 적은 이름이었지."

부보안관의 아버지가 끼어들었다.

"그가 죽었습니다. 지난 밤, 아니면 오늘 아침 일찍 절벽 길에서 떨어졌어요. 사고일 수도 있습니다."

내가 알려 주었다.

아버지가 둥근 다갈색 눈으로 아들을 쳐다보았다. 아들은 의문이 가득 담긴 다갈색 눈으로 나를 보더니 입을 열었다.

"쯧, 쯧, 쯧."

나는 그에게 명함을 주었다. 그는 그것을 세심히 읽더니 아무것도 적혀 있지 않은 뒷면까지 훑어보고 아버지에게 넘겼다.

"내려가서 한번 보시죠?" 내가 말했다.

"그래야겠죠?"

부보안관이 말하더니 의자에서 일어섰다. 그는 생각보다 덩치가 커 대략 죽은 콜린슨 정도 될 것 같았다. 구부정한 자세에도 불구하고 근육이 잘 잡혀 있었다.

나는 그를 따라 사무실 앞의 먼지가 뽀얗게 쌓인 차로 다가갔다. 롤리의 아버지는 함께 나오지 않았다.

"그건 어떻게 안 겁니까?"

운전을 하면서 부보안관이 물었다.

"우연히 발견했어요. 카터 부부에 대해 압니까?"

"뭐 특별한 사람들인가요?"

"샌프란시스코 사원에서 일어난 리스 살인사건 들어봤습니까?"

"그렇죠. 신문을 읽으니까."

"카터 부인이 바로 그 사건에 휘말렸던 가브리엘 레게트고 카터는 에릭 콜린슨입니다."

"쯧, 쯧, 쯧."

"그리고 그녀의 아버지와 새어머니는 그로부터 두 주 전에 죽었고요."

"쯧, 쯧, 쯧. 대체 무슨 일이래요?"

"가문의 저주라나요."

"확실해요?"

그는 비교적 진지해 보였지만 나는 그가 얼마나 진심으로 묻는 것인지 알 수 없었다. 그에 대해 아직은 판단이 서지 않았다. 그러나 아무리 싱거운 사람이라고 해도 케사다의 부보안관이고 따라서 이 일은 그의 소관이었다. 그는 모든 사실을 정확히 알 권리가 있었다. 울퉁불퉁한 도로 위를 덜컹거리며 달리는 동안 나는 1913년 파리부터 두 시간 전 절벽 길에 이르기까지 아는 것을 모두 그에게 털어놓았다.

"리노에서 결혼하고 돌아온 콜린슨이 나를 만나러 왔었습니다. 할던 일당의 재판 때문에 멀리 떠날 수는 없었지만 아내를 데리고 조용한 곳으로 가고 싶어 했어요. 아직도 제정신이 아니었거든요. 오웬 피츠스테판이라고 아십니까?"

"작년에 잠깐 내려와 있었던 작가라는 사람이죠? 압니다."

"그 사람이 이곳을 추천했지요."

"알아요. 아버지가 말씀한 적 있습니다. 그런데 가명은 왜 쓴 겁니까?"

"언론으로부터 피하기 위해서, 그리고 이런 일이 벌어지는 걸 막기 위해서였죠."

그는 살짝 눈살을 찌푸렸다.

"그럼 이런 일이 일어날 걸 알고 있었단 말입니까?"

"음. 일이 터지고 난 다음에 '내 그럴 줄 알았지' 하는 건 원래 쉽죠. 하지만 나는 그 여자가 휘말렸던 두 개의 사건 중 그 어느 것도 제대로 된 답을 찾았다고 생각지 않았었습니다. 그리고 해답이 없으니 무슨 일이 터질지 어떻게 알겠습니까? 아직도 처리해야 할 문제가 많은데 이렇게 조용한 곳에 숨는 게 그리 좋다고 생각지 않았지만 콜린슨이 꼭 그래야 한다며 고집을 부렸죠. 이상한 일이 일어나면 즉시 내게 전보를 치겠다는 약속을 받아 뒀었습니다. 그래서 그가 내게 전보를 친 거고요."

롤리는 서너 번 고개를 끄덕이더니 물었다.

"그가 절벽에서 떨어진 게 사고가 아니라고 생각하는 이유는 뭡니까?"

"나를 불렀다는 점이죠. 무언가 잘못된 게 틀림없어요. 이런 일들이 사고라고 믿기에는 그 여자를 둘러싸고 너무 많은 일들이 벌어졌으니까."

"저주란 게 있다면서요?"

"그래요. 하지만 수상하긴 해요. 너무 매끄럽게, 너무 자주 일이 터졌거든요. 그런 저주는 내 처음 봤습니다."

나는 그의 얼굴을 유심히 쳐다보며 대답했다. 아직도 그가 어떤 사람인지 확신할 수 없었다.

그는 내 말을 듣고 한 2분간 눈살을 찌푸리고 있더니 이내 차를 세웠다.

"여기에서 내려야 해요. 이제부터 도로가 좋지 않거든요."

사실 도로는 처음부터 그랬다.

"그래도 그런 식으로 흘러가는 저주 이야기가 종종 있잖아요. 자기도 모르는 무언가가 있다고 믿게 만드는 그런 일들이 세상에 있잖습니까."

이제 걷기 시작한 그는 또 한 번 눈살을 찌푸리더니 이내 자신이 원하던 단어를 찾아냈다.

"그래, 불가해하다고 하잖아요."

나는 일단 아무 말도 하지 않았다.

그는 앞장서서 가더니 나무가 뽑힌 곳에서 스스로 걸음을 멈추었다. 내가 미리 이야기하지 않은 부분이었다. 그가 콜린슨의 시신을 내려다보고, 절벽 가장자리를 위아래로 훑고, 길을 왔다 갔다 하다가 몸을 굽혀 바닥을 내려다보는 동안 나는 아무 말도 하지 않았다.

그는 한 10분 넘게 서성이더니 마침내 몸을 폈다.

"여기에는 찾을 수 있는 게 없군요. 내려갑시다."

좁은 골짜기가 있던 곳으로 되돌아가려고 하자 그가 앞쪽으로 더 나은 길이 있다고 하였다. 정말 그런 길이 있었다. 우리는 콜린슨의 시신을 향해 아래로 내려갔다.

롤리가 시신을 쳐다보다가 우리 위에 있는 길 가장자리로 눈을 돌리더니 투덜거렸다.

"어떻게 이런 식으로 떨어졌는지 통 모르겠네."

"아니에요. 내가 물 밖으로 끌어낸 겁니다."

나는 이 말과 함께 시신을 정확히 어디에서 찾았는지 보여 주었다.

"이제 말이 좀 되는군." 롤리가 말했다.

그가 주변을 살펴보고, 건드리고, 돌과 자갈, 모래를 이리저리 움직이는 동안 나는 바위에 앉아 담배를 피웠다. 그도 별다른 것을 찾아내지는 못하는 것 같았다.

14장

찌그러진 크라이슬러

우리는 다시 절벽 길로 올라가 콜린슨이 머물던 집으로 향했다. 나는 더럽혀진 수건과 손수건, 옷가지와 슬리퍼, 모르핀이 담겨 있던 종이, 콜린슨의 방바닥에 떨어져 있는 총, 천장에 난 구멍과 바닥에 떨어진 탄피를 롤리에게 보여 주었다.

"의자 밑의 탄피는 그 자리에 그대로 있군요. 하지만 지금 구석에 있는 다른 하나는 전에 보았을 때 바로 여기, 총 가까이에 있었습니다."

내가 말했다.

"그럼 당신이 다녀간 뒤로 움직였다는 말입니까?"

"네."

"하지만 누가 무슨 이유로 그런 짓을 하겠습니까?"

롤리가 말이 안 된다는 듯 되물었다.

"나야 모르지요. 하지만 움직인 건 분명해요."

그는 이미 흥미를 잃고 천장을 쳐다보고 있었다.

"발사된 건 두 발인데 구멍은 하나라……. 거 참 희한하네. 다른 한 발은 창밖으로 나갔나 봐요."

그가 말했다.

그는 가브리엘의 방으로 되돌아가 검정 드레스를 꼼꼼히 살폈다. 아래에 찢어진 곳이 몇 군데 있었지만 분명 총알 구멍은 없었다. 그는 옷을 내려놓은 다음 화장대에 있는 모르핀 종이를 집어 들고 물었다.

"이건 뭡니까?"

"가브리엘은 약물 중독자예요. 새어머니가 가르친 몹쓸 것 중 하나죠."

"쯧, 쯧, 쯧. 그러면 그 여자 짓인지도 모르겠군요."

"그래요?"

"알면서 왜 그래요? 약에 찌든 중독자잖아요? 부부 사이에 무슨 문제가 생겨서 남자가 당신을 불렀는데……." 그가 말을 멈추더니 입을 꾹 다물었다. 그러고는 물었다. "사망 시각이 언제쯤이라고 생각하세요?"

"모르지요. 아마 어젯밤, 나를 기다리다가 집으로 돌아오는 길에 그랬을지도……."

"당신은 밤새 호텔에 있었고요?"

"11시 몇 분부터 오늘 새벽 5시까지요. 물론 나 역시 밤사이 몰래 빠져나와 살인을 저지르기엔 충분한 시간이 있었죠."

"그런 뜻이 아니었습니다. 그냥 궁금해서 물어본 겁니다. 이 콜린슨, 그러니까 카터 부인이라는 여잔 도대체 어떻게 생겼습니까? 본 적이 없어서 말이죠."

"스무 살 정도에 162~165센티미터 정도의 키, 실제보다 더 말라보이고, 짧고 구불구불한 연한 갈색 머리, 어떤 때는 갈색, 어떤 때는 녹색으로 보이는 큰 눈, 흰 피부, 이마가 정말 좁고 입이랑 치아도 작고, 턱이 뾰족하고 귓불이 전혀 없는데 귀는 위가 뾰족하죠. 두 달 정도 심하게 아파서 병자처럼 보입니다."

"알아보기 힘들진 않겠군요."

그가 말하고는 서랍과 벽장, 트렁크 등등을 뒤지기 시작했다. 나도 처음 왔을 때 그것들을 뒤졌지만 흥미로운 것을 찾지 못했었다.

"짐을 싸거나 뭘 많이 가져간 것처럼 보이지 않는군요."

그가 화장대 옆에 앉아 있는 내게로 돌아오며 말했다. 그는 두꺼운 손가락을 들어 탁자 위에 놓인 은색 화장용품 세트에 새겨진 글자를 가리켰다.

"G. D. L이 뭘 가리키는 겁니까?"

"결혼 전 이름이 가브리엘 어쩌고 레제트였어요."

"그렇군요. 아마 차를 타고 갔겠죠?"

"부부가 여기 차를 가지고 있었습니까?" 내가 물었다.

"가끔 남자가 크라이슬러 컨버터블을 타고 시내에 오곤 했습니다. 차를 가져갔다면 동부 도로밖에 갈 곳이 없습니다. 그리로 가서 한번 찾아보죠."

밖으로 나간 나는 그가 집 주변을 둘러보는 동안 잠시 기다렸다. 물론 아무것도 발견하지는 못했다. 자동차가 보관되어 있었던 것이 분명한 창고 앞에 바퀴 자국이 있었다. 그가 그것을 가리켰다.

"오늘 아침에 몰고 나간 겁니다."

나는 그 말에 이의를 제기하지 않았다.

우리는 흙길을 따라 걷기 시작했다. 곧 길이 자갈길로 바뀌었고 그 길을 따라 1.5킬로미터쯤 가자 붉은색 농장 건물에 둘러싸인 회색 집이 나왔다. 체구가 작고 어깨가 좁은 남자가 다리를 절며 집 뒤에 있는 펌프에 기름칠을 하고 있었다. 롤리는 그를 데브로라고 불렀다.

"그럼요. 한 7시가, 여길 지나갔어요. 전속력으로 달리던데. 차 안에 그 여자 말고 다른 사람은 없었고요."

데브로가 롤리의 질문에 대답했다.

"무슨 옷을 입었던가요?" 내가 물었다.

"모자는 안 썼고 황갈색 코트를 입고 있었어요."

나는 그에게 카터 부부에 대해 아는 게 있느냐고 물었다.

이 사람은 그들의 가장 가까운 이웃이었다. 그는 그들에 대해 아는 것이 아무것도 없었다. 카터, 그러니까 콜린슨과 두세 번 정도 이야기를 한 적이 있고 그럭저럭 괜찮은 젊은이라고 생각했다고 하였다. 한번은 아내를 데리고 카터 부인을 만나러 간 적이 있었는데 카터가 말하기를 몸이 좋지 않아 누워 있다고 했다. 그래서 데브로와 그의 아내는 어딘가 걸어가거나 남편과 차를 타고 있는 그녀를 멀리서 본 적밖에 없었다.

"그녀와 이야기를 해 본 사람은 아무도 없을 겁니다. 물론 메리 누네즈만 빼고요."

데브로가 말했다.

"메리가 그 집에서 일했었나 봐요?" 부보안관이 물었다.

"예. 근데 무슨 일이예요? 거기 무슨 일이라도 있어요?"

"그가 지난밤에 절벽에서 떨어졌어요. 부인은 아무 말도 없이 자취를 감췄고."

데브로가 길게 휘파람을 불었다.

롤리는 데브로의 집으로 들어가 전화를 걸었다. 보안관에게 보고하기 위해서였다. 나는 데브로와 함께 바깥에 있으면서 더 많은 정보를 얻기 위해 애썼다. 하지만 들은 것이라고는 놀랍다는 말뿐이었다.

"그리로 가서 메리를 만나 봅시다."

롤리가 전화를 끊고 나오면서 말했다. 데브로의 집에서 나온 우리는 길을 건너 숲을 향해 벌판을 건너기 시작했다.

"메리가 거기 없었다니 이상한데." 롤리가 중얼거렸다.

"메리는 누굽니까?" 내가 물었다.

"멕시코 사람이에요. 멕시코 사람들끼리 모여 계곡에 살고 있지요. 남편 페드로 누네즈는 2~3년 전쯤 던이라는 주류 밀매업자를 털다가 그를 죽이고 폴섬 감옥에서 종신형을 살고 있고요."

"여기에서 그랬습니까?"

"네. 투커 별장 바로 앞 후미진 해변에서 그랬어요."

우리는 숲을 통과해 비탈길을 내려갔다. 도착한 곳에는 여섯 채 정도 되는 판잣집들이 시내를 따라 늘어서 있었다. 모양이나 크기, 붉은색으로 칠해진 것이 모두 열차 칸처럼 생긴 집들 뒤로는 채소밭이 펼쳐져 있었다. 그중 한 집 앞에 볼품없이 생긴 멕시코 여자 한 명이 분홍색 체크무늬 원피스를 입고 통조림 수프 상자에 걸터앉아 옥수수자루로 만든 파이프로 담배를 피우며 갈색 피부의 아기에게 젖을 먹이고 있었다. 누더기를 걸친 꾀죄죄한 아이들이 건물 사이로 뛰어다녔고 역시 꾀죄죄한 잡종 개들이 그들과 함께 소란을 피워 댔다. 채소밭 한가운데에는 허옇게 바랜 푸른색 작업복을 걸친 갈색 남자가 괭이를 쥐고 힘겹게 움직이고 있었다.

아이들이 뛰어다니기를 멈추더니 시내 건너편에 놓인 돌 위에 서서 롤리와 나를 지켜보았다. 개들이 왕왕 짖으며 달려와 우리를 향해 으르렁거리며 무는 시늉을 하자 소년 하나가 그것들을 쫓았다. 우리는 아기를 안은 여자 앞에 멈춰 섰다. 부보안관이 아기를 내려다보며 씩 미소를 지었다.

"이거, 이거, 애가 장군감이야!"

"근데 만날 배가 아프대요."

여자가 입에서 파이프를 잠시 빼더니 투덜거렸다.

"쯧, 쯧, 쯧. 메리 누네즈는 어디 있소?"

그녀가 파이프로 옆집을 가리켰다.

"투커 별장에 가서 일이나 도와주고 있는 줄 알았더니?"

롤리가 말했다.

"가끔 그래요."

그녀가 관심 없다는 듯 툭 내뱉었다.

우리는 옆집으로 갔다. 회색 옷을 걸친 나이 든 여자가 나오더니 노란 그릇에 담긴 무언가를 휘휘 저으며 우리를 쳐다보았다.

"메리는 어디 있습니까?" 부보안관이 물었다.

그녀가 어깨 너머로 뭐라고 부르자 또 다른 여자가 나왔다. 그녀는 키가 작고 건장한 체구에 30대 초반 정도 되어 보였으며, 넓적하고 평평한 얼굴에 자리 잡은 짙은 색 눈은 총명한 기운을 풍겼다. 그녀는 어두운 색 담요로 몸을 감싸고 목 언저리에서 두 손으로 담요 자락을 붙들고 있었다. 몸을 덮은 담요가 바닥에 질질 끌렸다.

"안녕하신가, 메리. 왜 카터 씨 댁에 안 갔소?"

롤리가 그녀에게 물었다.

"아파서요. 롤리 씨. 오한이 있어서…… 오늘 그냥 집에 있기로 했죠."

그녀가 대답했다. 멕시코 억양은 없었다.

"쯧, 쯧, 쯧. 그거 안됐구먼. 병원은 갔다 왔고?"

그녀는 안 다녀왔다고 대답했다. 롤리는 병원에 가야 한다고 말했다. 그녀는 안 그래도 자주 오한이 든다면서 의사 같은 건 필요 없다고 했다. 롤리는 그럴수록 병원에 가야 한다고, 만약을 대비하는 것이 최고고 그런 것들은 잘 치료를 받아야 한다고 말했다. 그녀는 그렇긴 하지만 병원에 가려면 돈이 많이 들고, 아픈 것도 서러운데 거기에 돈까지 써야 하는 건 더 괴롭다고 했다. 그러자 그가 장기적으로 보면 병원에 가는 것보다 안 가는 게 돈이 더 든다고 했다. 이쯤 되자 나는 그들이 하루 종일 이 이야기만 하겠다는 생각이 들었다. 하지만 그때 롤리가 마침내 카터 부부 이야기를 꺼내며 거기에서 일하는 것이 어땠느냐고 물었다.

그녀는 그들이 이사 온 2주 전부터 거기에서 일을 시작했다고 했다. 매일 아침 9시에 출근을 했고, 그들은 10시 전에 일어나는 법이 없었으며, 그들의 식사를 챙겨 주고, 집안일을 하고, 저녁 식사 설거지까지 마치고 그 집을 나서면 대략 7시 30분 정도 된다고 하였다. 콜린슨, 그러니까 카터 씨가 죽고 아내는 사라졌다는 소식을 들은 그녀는 진심으로 놀라는 것 같았다. 전날 밤 콜린슨이 저녁을 먹은 직후에 산책을 하겠다며 혼자 나갔는데 별다른 이유 없이 평소보다 저녁을 일찍 먹었기 때문에 그 시각은 6시 30분 정도였다고 하였다. 7시 조금 넘어 그 집을 나섰을 때 카터 부인은 건물 전면에 있는 2층 방에서 책을 읽고 있었다고 했다.

메리 누네즈는 콜린슨이 나를 부른 이유를 짐작할 수 있을 만한 것을 전혀 알려 주지 못했다. 아니, 어쩌면 알려 주지 않으려 하는 것일 수도 있었다. 그녀는 카터 부인이 그리 행복해 보이지 않았다는 것만 빼고는 그들에 대해 아무것도 모른다고 고집했다. 그녀는 사건의 전말에 대해 이미 혼자 생각하고 혼자 결론을 내린 뒤였다. 카터 부인은 다른 누군가를 사랑했지만 그녀의 부모가 강제로 카터와 결혼시켜서 본래 사랑하던 남자가 카터를 죽였고 이제 카터 부인이 그와 함께 도망쳤다는 것이었다. 대체 왜 그런 생각을 하는 것인지 이유를 캐 보려고 했지만 여자의 육감이라는 것 말고는 다른 답을 얻을 수 없었다. 그래서 나는 카터 부부를 찾아온 사람들이 있었는지 물었다.

그녀는 아무도 본 적이 없다고 하였다.

롤리는 부부가 싸운 적 있었느냐고 물었다. 그녀는 "아니요."라고 말하려다가 갑자기 말을 바꾸더니 자주 싸웠고 결코 사이가 좋다고 할 수 없었다고 하였다. 카터 부인은 남편이 가까이 오는 것을 좋아하지 않았고 심지어는 몇 번이나 메리가 듣는 데서 자신으로부터 떨어지지 않으면 죽여 버리겠다고 했다는 것이었다. 나는 그 전에 어떤 일이 있었는지, 그녀가 정확히 어떤 말을 썼는지 등을 물어보며 더 자세한 내용을 알아내려고 했지만 그녀는 순순히 털어놓지 않았다. 정확히 기억하는 것이라고는 카터 부인이 카터 씨더러 떠나지 않으면 죽이겠다고 위협을 했다는 것뿐이었다.

"그럼 대충 결론이 났네요."

다시 시내를 건너 데브로의 집으로 향한 비탈을 오르고 있을 때 롤리가 만족스럽다는 듯 말했다.

"뭐가 결론이 나요?"

"여자가 남편을 죽인 거라고 말입니다."

"그랬다고 보십니까?"

"당신도 그렇잖아요."

"전 아닙니다." 내가 대답했다.

롤리가 걸음을 멈추고는 살짝 걱정스러운 눈으로 나를 바라보았다.

"어떻게 그런 말을 해요? 약물 중독자라면서요? 게다가 살짝 맛이 갔고, 당신이 직접 이야기해 준 거 아닙니까? 그리고 도망까지 쳤잖아요. 남기고 간 것들도 죄다 찢어지고, 더럽혀지고, 피투성이 아니었습니까? 죽이겠다고 해 대니까 남자가 겁이 나서 당신을 부른 거 아닌가요?"

그가 따졌다.

"메리가 들은 건 위협이 아니었어요. 경고였지, 저주에 대한. 가브리엘 콜린슨은 저주를 정말 믿었고 그를 걱정했기에 저주로부터 구하려고 한 거요. 이미 한 번 봐서 알아요. 제정신이 아닌 상황에서 리노로 데려가지 않았다면 절대로 그와 결혼하지도 않았을 겁니다. 그래서 그 이후로 그녀가 걱정을 하게 된 거고."

"하지만 대체 누가 그런 말을 믿겠……"

"아무한테도 믿어 달라고 한 적 없습니다. 내 생각을 이야기한 것일 뿐. 그리고 이왕 시작한 김에, 메리 누네즈가 오늘 아침에 그 집에 가지 않았다고 한 건 거짓말입니다. 어쩌면 콜린슨의 죽음과 아무 관련이 없겠지요. 어쩌면 단순히 출근을 했다가 콜린슨 부부가 사라진 데다 피투성이가 된 것들이랑 총까지 발견하고 자기도 모르게 바닥에 있던 탄피를 발로 찼겠지요. 그러고 나선 황급히 집으로 돌아와 자신이 아무 상관이 없는 것처럼 보이게 하려고 아프다는 이야기를 꾸며낸 걸 겁니다. 남편이 잡혀 들어갈 때 이미 그런 문제를 충분히 겪었겠지요. 물론 아닐 수도 있지만 그런 처지에 있는 여자 열에 아홉은 그렇게 나왔을 겁니다. 나는 정말로 우연히 오늘 아침에 오한이 들기 시작했다는 걸 믿기 전에 먼저 증거를 더 찾아봐야겠소."

"흠, 이 일과 아무 관련이 없다면 뭐 하러 그렇게 복잡하게 머리를 굴리겠습니까?"

그가 물었다.

그에 대한 대답으로 머릿속에 떠오른 것이라고는 모조리 욕설과 모욕적인 말뿐이었다. 나는 치밀어 오르는 화를 억누르며 입을 다물었다.

데브로의 집으로 돌아온 우리는 최소한 세 가지 차종에서 나온 부품으로 얼기설기 만든 낡은 차를 빌려 동부 도로를 따라 달리기 시작했다. 크라이슬러를 탄 가브리엘의 자취를 찾을 심산이었다. 첫 번째로 멈춘 곳은 클로드 베이커라는 남자의 집이었다. 그는 마르고 안색이 좋지 못했으며 사나흘 정도 면도를 하지 않았는지 각진 얼굴에는 지저분하게 수염이 나 있었다. 그의 아내는 아마 그보다 젊겠지만 나이가 더 들어 보였다. 한때는 예뻤을 얼굴에 피로가 찌든 마른 여자였다. 여섯 아이들 중 가장 큰 애는 다리가 휘고 주근깨가 가득한 열 살 소녀였고, 가장 어린 아이는 한 살 된 통통하고 시끄러운 아기였다. 그 사이에는 남자 아이들과 여자 아이들이 골고루 섞여 있었고 모두 콧물을 찔찔 흘렸다. 베이커 가족 전체가 현관으로 나와 우리를 맞았다. 그들은 그녀를 보지 못했다고 했다. 다들 7시가 넘어야 일어나기 때문이었다. 카터 부부가 어떻게 생겼는지는 알았지만 그들에 대해 아는 것은 없다고 하였다. 그들은 롤리와 내가 물은 것보다도 더 많은 질문을 던졌다.

베이커 가족의 집을 지나자 도로는 자갈길에서 아스팔트로 바뀌었다. 크라이슬러가 남긴 자국으로 보아 그것이 이 도로를 지나간 마지막 차인 것 같았다. 베이커의 집에서 3킬로미터쯤 간 우리는 장미 덤불에 둘러싸인 작고 밝은 녹색 집 앞에 멈췄다.

"하비! 이봐, 하비!" 롤리가 소리쳤다.

서른다섯 정도 되어 보이는 덩치 큰 남자가 문을 열더니 장미 덤불 사이를 지나 우리 차로 다가왔다.

"벤, 왔나?"

그의 모습은 목소리처럼 묵직했다. 신중하게 움직이고 말하는 그의 성은 위든이었다. 롤리는 그에게 크라이슬러를 보았느냐고 물었다.

"그래, 봤지. 둘이 오늘 아침 7시 15분쯤에 여길 지나갔네."

"둘이라고요?" 내가 물었다.

"둘?" 롤리도 물었다.

"남자 한 명이랑 여자 한 명이 타고 있던데. 자세히 보지는 못했고. 쌩 지나가 버려서……. 여자가 운전하고 있었고, 여기에서 보기로는 갈색 머리에 덩치가 작아 보이더군."

"남자는 어떻게 생겼는데?"

"오, 한 마흔? 그 사람도 그리 커 보이진 않더라고. 불그스름한 얼굴에 회색 코트랑 모자 차림이었지."

"카터 부인을 본 적 있습니까?" 내가 물었다.

"해변 후미진 곳에 사는 새신부요? 아니요, 남자는 본 적이 있는데 여자는 못 봤어요. 그게 그 여자였습니까?"

내가 그런 것 같다고 말했다.

"남자는 그 사람이 아니었어요. 처음 본 사람이었어요."

그가 말했다.

"다시 보면 알아보겠습니까?"

"아마도요. 그렇게 지나가는 걸 보면."

크라이슬러를 찾은 건 위든의 집으로부터 6킬로미터를 더 가서였다. 차는 엔진 냉각장치가 유칼립투스 나무에 처박힌 채 도로 왼쪽으로부터 반 미터 벗어난 곳에 세워져 있었다. 창문은 모조리 박살나고 금속으로 된 차체 중 앞쪽 3분의 1은 제법 찌그러져 있었다. 차 안에는 아무도 없었다. 핏자국도 없었다. 주변에 사람이라고는 부보안관과 나밖에 없는 것 같았다.

우리는 바닥에 시선을 고정한 채 원을 그리며 주변을 샅샅이 뒤졌다. 그러나 수색을 마친 다음에도 처음에 알아낸 것 이상의 것을 알 수가 없었다. 크라이슬러가 유칼립투스 나무에 충돌했다는 것 말이다. 도로에는 타이어 자국이 있었고, 자동차 옆에는 발자국처럼 보이는 것들이 있었지만 그런 자국은 그 길을 따라가다 보면 어디에서든, 심지어 다른 도로에서도 흔히 볼 수 있는 것이었다. 우리는 빌린 차에 다시 올라타고는 달리기 시작했다. 그리고 만나는 사람마다 질문을 던졌다. 하지만 대답은 한결같았다.

"아니요, 여자도, 여자와 남자도 보지 못했어요."

나는 시내로 돌아가는 차 안에서 입을 열었다.

"이 베이커라는 사람은 어때요? 데브로는 여자 혼자 있었다고 했는데. 위든 네 집을 지날 때에는 남자가 같이 있었다고 했잖습니까. 베이커 가족들은 아무것도 못 봤다고 했지만 남자가 함께 있으려면 그 근처에서 차에 탔어야 하는 거 아니요?"

"흠, 그렇긴 해요, 응?"

그가 그리 동의하지 않는다는 말투로 말했다.

"그렇죠. 일단은 그들하고 이야기를 더 해 봐야겠소."

"그러시다면요. 하지만 괜히 나까지 끼어들게 하진 마세요. 내 처남이니까."

그렇다면 이야기가 달라지지 않는가.

"어떤 사람입니까?"

찌그러진 크라이슬러　229

"클로드가 좀 게으르긴 해요. 아버지 말을 빌리자면 자기 농장이라는 데서 자식새끼 말고는 기르는 게 거의 없으니까. 하지만 다른 사람한테 해코지를 했다는 말은 들어본 적이 없어요."

"당신 생각이 그렇다면 잘 알겠습니다. 더 이상 그 사람은 귀찮게 하지 않겠습니다."

그건 거짓말이었다.

15장

내가 그를 죽였다

　뚱뚱하고, 얼굴이 불그스름하여 혈색이 좋고, 숱 많은 갈색 콧수염을 기른 피니 보안관과 생김새가 날카롭고 공격적이며 명성에 목마른 지방 검사 버논이 우릴 찾아왔다. 그들은 우리의 이야기를 듣고 사건 현장을 살펴보고는 가브리엘 콜린슨이 남편을 죽인 것이라는 롤리의 말에 고개를 끄덕였다. 거드름이나 피우고 그리 똑똑해 보이지 않는 40대의 경찰서장 딕 코튼도 샌프란시스코에서 돌아와 이들과 의견을 같이했다. 검시관도 같은 의견을 내놓았지만 공식적으로는 '미확인 범인 혹은 범인들'이라는 말을 쓰며 가브리엘은 단지 사건의 참고인이라 불렀다.

　콜린슨이 죽은 시각은 금요일 밤 8시에서 9시 사이로 추정되었다. 시신에 추락이 아닌 다른 원인으로 인한 상처나 자국은 없었다. 그의 방에서 발견된 권총은 그의 것으로 밝혀졌다. 권총에 지문은 없었다. 그 지역 수사관 중에는 내가 지문을 없앴다고 반쯤 의심하는 사람이 있는 것 같았지만 아무도 그런 말을 꺼내지는 않았다. 메리 누네즈는 오한으로 집에 있었다는 이야기를 고수했다. 그 말을 뒷받침할 멕시코 사람들도 득실득실했다. 그 말이 사실이 아님을 밝혀 줄 사람은 찾지 못했다. 위든이 보았다던 사내의 흔적도 더 이상 나타나지 않았다. 혼자서 베이커 가족을 다시 한 번 찾아갔지만 거기서도 수확이 없었다. 연약하고 비교적 젊어 보이며 힘없이 예쁘장한 얼굴에 상냥하고 수줍은 경찰서장의 아내가 전보국에 일하고 있었는데 콜린슨이 내게 전보를 보낸 것은 금요일 이른 아침이라고 확인해 주었다. 그녀의 말에 따르면 그는 창백하고 불안해 보였으며 눈 밑이 검고 눈이 잔뜩 충혈 되어 있었다고 하였다. 술에 취한 것 같았지만 술 냄새는 나지 않았다고 했다.

콜린슨의 아버지와 형이 샌프란시스코에서 내려왔다. 아버지인 휴버트 콜린슨은 덩치가 크고 침착하며, 퍼시픽 코스트 벌목회사를 경영하며 수백만 달러를 벌어들일 능력이 충분히 있어 보였다. 로렌스 콜린슨은 죽은 에릭보다 한두 살 정도 많은 형으로 생김새가 무척 비슷했다. 두 남자 모두 가브리엘이 에릭을 살해한 것처럼 들릴 수 있는 말은 삼갔지만 그들이 그렇게 생각하고 있다는 데에는 의심의 여지가 거의 없었다.

"시작하시오. 이 사건의 전말을 파헤쳐 주시오."

휴버트 콜린슨이 내게 조용히 말했다. 이로써 그는 가브리엘에 관련된 사건으로 우리 탐정 사무소를 고용한 네 번째 고객이 되었다.

매디슨 앤드루스도 샌프란시스코에서 내려왔다. 그와 나는 내 호텔 방에서 이야기를 나누었다. 그는 창가의 의자에 앉아 노르스름한 씹는 담배를 꺼내더니 한 조각을 잘라 입에 넣고 콜린슨이 자살한 것이라고 말했다.

나는 침대 가장자리에 앉아 파티마 담배에 불을 붙인 뒤 그의 말에 반박했다.

"스스로 절벽에서 뛰어내린 거라면 덤불이 뽑히지 않았을 겁니다."

"그럼 사고군. 거긴 어두울 때 돌아다니기에 위험한 도로니까."

"전 이제 사고 같은 건 믿지 않습니다. 그리고 그는 내게 SOS를 보냈었어요. 그의 방에서 발사된 총도 있고요."

그가 의자에 앉은 채 몸을 숙였다. 그의 눈은 차갑고 날카로웠다. 지금 그는 증인을 반대 신문하고 있는 변호사였다.

"가브리엘이 죽였다고 생각하는 거요?"

나는 그렇게 생각지 않았다.

"그는 살해당한 겁니다. 그를 살해한 건……. 이보십시오, 2주 전에 제가 말씀드리지 않았습니까? 그 망할 저주는 마무리된

게 아니라고, 그걸 마무리하는 유일한 길은 그 사원이라는 곳과 그 사건을 체로 치듯 샅샅이 뒤지는 거라고 말입니다."

"그래, 기억나오. 당신은 그녀 부모의 죽음과 그녀가 사원에서 겪은 일 사이에 관계가 있다고 했지만 내가 기억하기로 그 관계가 무엇인지는 전혀 모르고 있었는데. 당신의 그 이론은 약간…… 그러니까 구멍이 많다고 봐야 하지 않겠소?"

그에게 비꼬는 기색은 거의 없었다.

"정말 그럴까요? 그녀의 아버지, 새어머니, 의사, 남편이 모두 죽었습니다. 차례대로, 그것도 두 달도 채 안 되는 기간 동안에 말이죠. 하녀는 살인죄로 감옥에 갔고요. 그녀와 가장 가까운 사람 전부 말입니다. 일종의 음모처럼 보이지 않습니까? 그리고…… 혹시 이것이 점점 멀리 퍼질 거라고는 생각지 않으십니까? 만약 그렇게 된다면 변호사님이야말로 다음으로 가까운 사람 아닌가요?"

나는 마지막 말과 함께 싱긋 미소를 지었다.

"말도 안 되는 소리!" 그는 이제 꽤 짜증이 난 것 같았다. "우린 그녀의 부모와 리스의 죽음에 대해서 모두 알고 있소. 그들 사이에 아무런 관계도 없다는 사실도. 리스의 죽음에 책임이 있는 사람들은 죽었거나 감옥에 있다는 것도 알고 있소. 피할 수 없는 사실이지. 관련이라고는 하나도 없다는 것을 알고 있는데도 이런 범죄 사이에 무슨 관계가 있다는 둥 하고 떠드는 건 그야말로 터무니없는 소리요."

"우린 아무것도 모르고 있습니다. 아는 거라고는 사건들 사이의 관계를 찾아내지 못했다는 것뿐이죠. 그런 일로 이득을 보는 건 누굽니까? 혹은 누구라고 생각하십니까?"

"내가 알기로는 한 명도 없지."

"그녀가 죽는다면요? 남은 재산은 누가 갖게 됩니까?"

"나도 모르지. 영국이나 프랑스에 먼 친척이 있지 않을까 싶은데."

"별 도움은 안 되는군요. 어쨌든 지금까지 그녀를 죽이려든 사람은 없었습니다. 당하는 사람은 모두 그녀의 주변 사람이었죠."

앤드루스는 기분 나쁘다는 듯 그녀를 찾아내기 전까지는 아무도 그녀를 죽이려 한 적이 없다는 말을 함부로 해선 안 된다고 말했다. 그에 대해서는 반박을 할 수 없었다. 그녀의 자취는 여전히 크라이슬러가 유칼립투스 나무와 충돌한 지점에서 끝난 채였다.

나는 그가 나가기 마지막으로 조언을 하나 했다.

"어떻게 생각하시든 불필요하게 위험을 무릅쓸 필요는 없습니다. 무슨 음모 같은 것이 있을 수도 있고 변호사님이 다음 차례가 될 수 있다는 걸 기억하십시오. 조심한다고 나쁠 건 없으니까요."

그는 내게 고맙다는 말을 하지 않았다. 오히려 내가 경호를 위해 사립 탐정들을 고용하라고 부추기는 것 같다며 불쾌해했다.

매디슨 앤드루스는 가브리엘의 행방에 관해 정보를 제공하는 사람에게 1000달러의 보상금을 지급하겠다고 나섰다. 휴버트 콜린슨 역시 1000달러를 제안하면서 아들의 살인범을 체포하여 유죄 판결을 받게 하는 사람에게는 추가로 2500달러를 주겠다고 하였다. 이 소식이 퍼지자마자 마을 사람 중 절반이 집요한 탐정으로 변신했다. 어디를 가든 단서를 찾아 들판과 도로, 언덕, 계곡을 헤매거나 심지어 기어 다니는 사람들로 가득했고, 숲에 들어가면 나무보다 아마추어 탐정을 더 많이 만날 수 있었다.

그녀의 사진이 널리 배포되고 언론에 공개되었다. 샌디에이고에서 밴쿠버에 이르기까지 신문사들이 야단법석을 피우며 각자 가지고 있는 컬러 잉크를 모두 동원해 눈에 확 띄는 헤드라인을 만들어 냈다. 다른 사건에서 빼내 온 모든 샌프란시스코와 로스앤젤레스 콘티넨털 요원들은 케사다를 빠져나가는 길목을 모조리 확인하고, 정보를 캐고, 질문을 던지고 다녔지만 아무것도 찾아내지 못했다. 라디오 방송에서도 도움을 주었다. 사방의 경찰은 물론이고 탐정 사무소의 타 지역 지점들도 들썩거렸다.

하지만 월요일이 되도록 이 모든 야단법석은 아무런 성과도 올리지 못했다.

월요일 오후 나는 샌프란시스코로 돌아가 보스에게 이런 사정을 이야기했다. 그는 마치 자신과는 관계가 없는 그럭저럭 흥미로운 이야기를 듣는 것처럼 예의바르게 귀를 기울이더니 평소 자주 보여 주는 의미 없는 미소를 지었다. 그리고 도움이나 조언 대신 내가 결국에는 만족스러운 결과를 이끌어내는 데 성공할 것이라고 듣기 좋은 말만 했다.

그런 다음 피츠스테판이 나와 통화하고 싶어 했다고 알려 주었다.

"중요한 일일 수도 있네. 날 만나러 곧 올 거라고 얘길 안 했으면 케사다로 내려갈 기세였거든."

나는 피츠스테판에게 전화를 걸었다.

"여기로 와요. 뭐가 찾았어요. 새 퍼즐인지 퍼즐의 열쇠인지는 모르겠지만 뭐가 있긴 있어요."

그가 말했다.

나는 케이블카를 타고 노브 힐로 올라가 전화를 끊은 지 15분 만에 그의 아파트에 도착했다.

"좋아. 말해 보지?"

종이와 잡지, 책이 잔뜩 흩어져 있는 거실에 앉자마자 내가 말했다.

"가브리엘은 아직 흔적도 없고요?" 그가 물었다.

"없어. 자, 퍼즐을 내놓아 보라니까. 나한테 소설가 노릇 하려고 들지 말고. 발단, 전개, 절정, 뭐 이런 걸 따지지 말고. 나는 너무 무식해서 들어봤자 머리만 아프단 말이지. 얼른 이야기해 보게."

"당신이란 사람이 어디 그리 쉽게 변하겠어요?"

그는 실망해 정나미 떨어진다는 듯 굴려고 했지만 자신도 속으로는 무언가에 잔뜩 흥분한 탓인지 제대로 비꼬지 못했다.

"어떤 남자가 토요일 새벽, 그러니까 1시 30분쯤에 내게 전화를 했어요. '피츠스테판 씨요?' 하기에 그렇다고 했죠. 그랬더니 그가 대뜸 '내가 그를 죽였소.' 그러는 거예요. 정확히 그렇게 말했어요. 말소리가 똑똑히 들리진 않았지만 분명 그렇게 말했어요. 회선에 잡음이 많았고 목소리는 멀게 들렸어요.

나는 그게 누군지, 무슨 말을 하는지도 몰랐죠. 그래서 '누굴 죽여요? 당신 누구요?' 하고 물었죠. 그러니까 그가 뭐라고 대답을 했는데 '돈'이라는 말만 빼고는 거의 알아들을 수가 없었어요. 돈에 대해 뭐라 하고는 같은 말을 몇 번 반복했는데 내가 알아들은 건 그 단어 하나였어요. 그때 집엔 나 말고 다른 사람들도 있었어요. 마쿼드 부부, 로라 조인스랑 그녀가 데려온 웬 남자, 테드와 수 밴 슬랙이요. 한창 문학 대설전을 벌이고 있었거든요. 케이벨이 낭만주의자라면 목마가 트로이 사람이다. 이런 식의 끝내주는 말이 막 떠오른 참이라 술 취해 헛소리나 늘어놓는 사람 때문에 좋은 기회를 놓치고 싶지 않았어요. 무슨 말을 하는지 도무지 알아들을 수가 없기에 전화를 끊고 친구들에게로 돌아갔죠.

어제 아침, 콜린슨의 죽음에 대한 기사를 읽기 전까지만 해도 그 전화에 어떤 의미가 있을 거라는 생각은 하지도 못했어요. 난 그때 로스에 있는 콜먼 씨 댁에 있었어요. 주말을 보내러 토요일 아침에 그리로 간 거였죠. 사이비 종교에 홀린 죄로 마침내 랄프를 궁지에 몰아넣고 실컷 괴롭힌 거죠. 오늘 아침에 내가 떠나기 전까지 진땀깨나 흘렸을걸요."

이 말과 함께 그가 짓궂은 미소를 지었다. 하지만 이내 표정이 다시 진지해졌다.

"콜린슨이 죽었다는 소식을 들은 다음에도 그 전화에 어떤 중요성이나 의미가 담겨 있으리라고 확신할 수 없었어요. 그렇게나 실없는 전화였다니까요. 하지만 당연히 당신한테 모두 이야기해 주려고 하긴 했었죠. 그런데 이거 봐요. 오늘 아침 집에 오니 이게 우편함에 들어 있었어요."

그는 주머니에서 봉투 하나를 꺼내 내게 건넸다. 그것은 어디서든 살 수 있는 반짝반짝한 흰색 싸구려 봉투였다. 누군가 주머니에 넣고 한참 가지고 다닌 것처럼 귀퉁이의 색이 변하고 살짝 말려 있었다. 피츠스테판의 이름과 주소가 딱딱한 연필로 쓰여 있었는데 정말 글씨를 못 쓰거나 악필처럼 보이고 싶은 사람의 솜씨였다. 샌프란시스코의 토요일 아침 9시 소인이 찍혀 있었다. 안에는 대충 찢은 지저분한 갈색 포장지 조각이 들어 있었는데 주소처럼 형편없는 글씨체로 단 한 줄이 쓰여 있었다.

카터 부인을 원하는 사람은 만 달러를 내라.

날짜도, 서두의 인사말도, 서명도 없었다.
"그녀가 마지막으로 목격된 건 토요일 아침 7시, 혼자 차를 몰고 가는 거였네. 그런데 이건 거기에서 130킬로미터 떨어진 이곳에 9시 소인, 그러니까 아침 첫 수거 시간에 맞춰 온 걸세. 생각해 봐야 할 문제군. 하지만 이게 가브리엘의 보호자인 앤드루스나 제일 돈 많은 시아버지가 아니라 자네한테 왔다는 게 사실 더 희한하단 말이지."
내가 말했다.
"희한하기도 하고 그렇지 않기도 해요."
피츠스테판이 말했다. 그의 야윈 얼굴에는 열의가 가득했다.
"바로 거기에 단서가 있을지도 몰라요. 지난봄에 『애쉬도드의 벽』을 마무리하느라 두 달 정도 그곳에 머무른 적이 있는 거 알죠? 그래서 콜린슨에게 케사다를 추천한 거고? 그에게 롤리(부보안관의 아버지)라는 부동산 중개업자를 소개해 주면서 그의 이름을 에릭 카터라고 알려 줬어요. 그러니까 케사다 주민이라면 그녀가 가브리엘 콜린슨, 처녀 적 이름으로 가브리엘 레게트라는 걸 모를 거란 말입니다. 그렇다면 그 부부를 그리로 보낸 나를 통하지 않고는 그녀의 가족이나 변호사와 연락을 취할 수 없겠죠. 그래서 편지를 나한테 보낸 거고, 대신 '원하는 사람'이라고 하여 그것이 관련된 사람한테 전달되게 만든 겁니다."

"지역 주민이 그렇게 했을 수 있지. 아니면 자신이 그 지역 사람이라 믿게 만들고 싶은 다른 사람이나 자신이 콜린슨 부부를 알고 있다는 것을 숨기려는 사람일 수도 있고."

내가 천천히 말했다.

"맞아요. 그리고 내가 알기로는 그 지역 사람 중 누구도 여기 집 주소를 몰라요."

"롤리는 어떤가?"

"콜린슨이 알려 주지 않았다면 모르죠. 나는 종이 뒷면에 소개글을 써 준 게 다니까."

"그 이상한 전화나 이 편지에 대해 나 말그 다른 사람에게 이야기한 적 있나?"

"전화에 대해선 금요일 밤에 여기 있던 사람들에게 이야기했죠. 장난이거나 잘못 걸려 온 전화라고 생각했거든요. 하지만 이 편지는 다른 사람에게 보여 주지 않았어요. 사실 이걸 보여 주는 것 자체가 조금 망설여졌고 지금도 그래요. 괜히 나만 골치 아파지는 거 아니에요?"

"그래, 아마 그럴 걸세. 하지만 그런 걱정은 하면 안 되지. 원래 골치 아픈 일에 직접 끼어드는 게 취미 아니었나? 그날 집에 왔었던 사람들의 이름과 주소를 내게 알려 주는 게 좋겠네. 그들과 콜먼 씨가 자네가 금요일 밤과 주말에 어디에 있었는지 확인해 준다면 아무 문제없을 걸세. 물론 자네가 직접 케사다로 가 수사관들의 질문에 답을 해야겠지만."

"지금 갈까요?"

"나는 오늘 밤에 돌아갈 걸세. 내일 아침에 선셋 호텔에서 만나지. 그러면 그동안 거기 수사관들한테 자세한 이야기를 미리 해놓을 수 있을 거야. 그래야 자네를 보고 바로 감옥에 처넣지 않을 거 아닌가."

나는 사무소로 돌아가 케사다에 전화를 걸었다. 버논이나 보안관은 통화가 되지 않았지만 경찰서장 코튼과는 이야기를 할 수 있었다. 나는 피츠스테판으로부터 들은 정보를 전달한 뒤 다음 날 아침 그를 데려가 질문을 받게 하겠다고 약속했다.

코튼은 수색이 계속되고 있지만 아직 아무것도 찾지 못했다고 하였다. 그녀가 로스앤젤레스, 유레카, 카슨시티, 덴버, 포틀랜드, 티후아나, 오그던, 새너제이, 밴쿠버, 포터빌, 그리고 하와이에서, 그것도 거의 동시에 목격되었다는 보고가 들어왔다. 말도 안 되는 보고들을 빼고는 아무 수확이 없었다.

전화 회사에 알아보니 피츠스테판에게 걸려온 토요일 새벽 전화는 장거리 전화가 아니었고, 케사다에 있는 사람 중에 금요일 밤이나 토요일 새벽에 샌프란시스코로 전화를 한 사람도 없었다.

사무소를 나서기 전 나는 다시 한 번 보스를 찾아가 지방 검사를 설득해 애러니아 할던과 톰 핑크를 보석으로 내보내 달라고 부탁했다.

"그들은 감옥에 갇혀 있어 봤자 아무런 도움이 안 됩니다. 하지만 밖을 활보하게 두고 잘 미행하면 단서가 될 만한 것을 알려 줄지도 모르지요. 지방 검사는 마다하지 않을 겁니다. 어차피 이렇게 일이 첩첩이 쌓인 상황에서 그들한테 살인죄를 씌울 가능성은 거의 없다는 걸 그도 알고 있거든요."

보스는 최선을 다하겠다고 하며 그들이 풀려날 경우 각각 미행을 붙이겠다고 약속했다.

나는 매디슨 앤드루스의 사무실로 갔다. 피츠스테판이 받은 전화와 편지에 대해 이야기하고 그것을 어떻게 생각하는지 알려 주자 그가 하얗게 센 머리를 끄덕이며 입을 열었다.

"그 추리가 옳든 아니든 이제 케사다 경찰에서는 가브리엘이 남편을 죽였다는 터무니없는 생각은 버려야겠군."

이 말을 들은 나는 고개를 가로저었다.

"왜 그러나?" 그가 벌컥 소리를 질렀다.

"아마 그녀의 혐의를 없애기 위해 꾸며 낸 거라고 생각할 겁니다."

"자네도 그렇게 생각하는 건가?"

이를 앙다물었는지 그의 볼에 근육이 불거져 나오고 부스스한 눈썹이 눈을 덮을 듯 아래로 내려왔다.

"그렇지 않기만을 바랍니다. 그게 그런 술수라면 정말 유치하거든요."

"어떻게 그럴 수 있겠나? 말도 안 되는 소리는 하지도 말게! 당시 우리는 누구도 그 일에 대해 모르고 있었잖나. 아직 시신도 발견이 안 되었을 때……."

"그렇지요. 그게 바로 이게 속임수라 밝혀지면 가브리엘이 영락없이 범인이 되어 버리는 이유입니다."

"이해를 못하겠군. 한순간은 누군가 가브리엘을 범인으로 몰아세우려 한다고 하고는 다음 순간에는 또 그녀가 살인범인 것처럼 이야기하지 않나. 도대체 무슨 생각을 하고 있는 건가?"

그가 못마땅하다는 듯 물었다.

"두 가지 모두 사실일 수 있지요. 그리고 제가 무슨 생각을 한들 무슨 소용이 있습니까? 그녀가 발견되면 모든 건 배심원에 달려 있을 텐데요. 이제 중요한 건 이겁니다. 편지가 진짜라면 몸값 만 달러는 어떻게 하실 겁니까?"

나 역시 무뚝뚝하게 물었다.

"내가 할 일은 그녀를 찾는 사람을 위해 보상금을 올리고 그녀를 납치한 사람을 체포할 경우 추가로 보상금을 지급하는 걸세."

"그렇게 하시면 안 되죠. 보상금은 이미 충분합니다. 납치 사건을 처리하는 유일한 길은 요구하는 것을 내주는 겁니다. 저 역시 마음에 들지는 않지만 그게 유일한 방법이에요. 불확실함, 불안감, 두려움, 실망감 같은 건 얌전한 납치범도 한순간에 미치광이로 바꾸어 놓을 수 있거든요. 먼저 돈을 주고 그녀를 구해 낸 다음 싸움을 시작하세요. 몸값 요구가 있을 때 몸값을 주시라고요."

그가 덥수룩한 콧수염을 잡아당겼다. 그의 턱은 완고하게 굳은 반면 눈에는 걱정이 가득했다. 결국에는 턱이 눈을 이겼다.

"그렇게 숙이고 들어갈 생각 없네."

"그건 변호사님 소관입니다. 제 일은 콜린슨을 죽인 자를 찾는 거고, 혹시라도 그녀가 죽는다면 저한테는 차라리 도움이 되겠지요."

나는 자리에서 일어서서 모자를 집어 들었다.

그는 아무 말도 하지 않았다.

나는 다음으로 휴버트 콜린슨의 사무실로 갔다. 그는 외출

중이었지만 로렌스 콜린슨을 만나 이야기를 전할 수 있었다. 말을 마친 내가 물었다.

"몸값을 내라고 아버지를 설득하실 수 있겠습니까? 추가로 지시가 전해지자마자 바로 전달할 수 있게요?"

"설득할 필요도 없습니다. 가브리엘의 안전을 위해서라면 당연히 얼마든 내겠습니다."

로렌스가 즉각 대답했다.

16장

한밤의 추적

　남쪽으로 내려가는 5시 25분 기차를 탔다. 기차는 7시 30분에 나를 케사다의 두 배 크기인 지저분한 마을 포스턴에 내려놓았다. 거기에서 홀로 덜그럭거리는 고물 마차를 타자 30분 뒤 케사다에 닿을 수 있었다. 호텔 맞은편에 있는 역을 나서려는데 비가 떨어지기 시작했다.

　마침 샌프란시스코 기자 잭 산토스가 전보국에서 나오며 입을 열었다.

　"안녕하십니까? 새로운 소식 있나요?"

　"어쩌면요. 하지만 버논 지방 검사에게 먼저 알려야 합니다."

　"그는 호텔 자기 방에 있습니다. 10분 전엔 그랬죠. 누군가 받았다는 몸값 요구 편지 말씀하시는 거죠?"

　"예. 버논이 벌써 발표했나요?"

"코튼이 하려고 했었죠. 그런데 버논이 우리한테 조용히 하라면서 그의 말을 잘라먹고 나섰죠."

"왜요?"

"발표하는 사람이 코튼이라는 것 말고는 딱히 다른 이유가 없죠, 뭐. 이건 버논과 피니, 코튼 중 누구 이름과 사진이 신문에 가장 많이 나는지 대결로 바뀐 지 오랩니다."

산토스가 얇은 입술을 비죽거렸다.

"그것 말고 다른 일은 안 하고요?"

"어떻게 그러겠습니까. 하루 중 열 시간은 자기가 신문 1면에 나는 데, 또 열 시간은 남들이 1면에 나는 걸 막는 데 쓰고 있고, 잠도 조금은 자야 할 텐데."

그가 역겹다는 듯 말했다.

호텔에서 나는 기자들에게 '새로울 것 없는 소식'을 전하고 체크인 한 뒤 가방을 방에 놓고 204호실로 향했다. 노크를 하자 버논이 문을 열었다. 그는 침대 위에 잔뜩 쌓인 분홍색, 녹색, 흰색 신문을 읽고 있었던 모양이었다. 방은 시가 연기로 온통 희뿌옜다.

지방 검사 버논은 어두운 색 눈을 한 서른 살 사내로 언제나 턱을 잔뜩 내밀고 다녀 본래보다 훨씬 두드러져 보였고, 말을 할 때는 치아를 모두 내보이는 버릇이 있었으며, 언제나 적극적인 수완가처럼 보이려 노력했다. 그는 내 손을 잡고 기운차게 흔들었다.

"돌아오셔서 기쁩니다. 들어오세요. 앉으세요. 새로 알아내신 거 있습니까?"

"코튼이 제가 알려 준 정보를 전했습니까?"

"예. 그게 얼마나 중요하다고 보십니까?"

그가 양손을 주머니에 찔러 넣고 두 발을 넓게 벌리고 내 앞에 섰다.

"앤드루스 씨에게 돈을 준비하라고 했는데 안 하겠다더군요. 대신 콜린슨 씨가 돈을 댈 겁니다."

"그렇겠죠. 그리고요?"

그는 마치 나의 짐작을 확언하듯 말했다. 그는 입을 벌려 치아가 모두 드러나 보이게 하고는 그 상태를 유지했다.

"이게 바로 그 편집니다. 피츠스테판은 내일 아침에 올 거고요."

나는 그에게 편지를 건넸다.

그가 알겠다는 듯 고개를 끄덕이더니 편지를 불 가까이로 가져가 봉투와 편지지를 자세히 살폈다. 그러고 난 다음 마치 더러운 것이라도 되는 것처럼 탁자 위에 휙 던졌다.

"사기가 분명하군요. 자, 그럼 이 피츠스테판이라는 사람은 뭐라고 합디까?"

나는 단어 하나까지 들은 대로 정확하게 전달했다. 이야기가 끝나자 그가 이를 부딪쳐 딱딱 소리를 내더니 몸을 돌려 전화기를 향했다. 수화기를 든 그는 자기, 지방 검사 버논이 당장 보자고 한다고 피니에게 전하라 말했다. 10분 뒤 보안관 피니가 갈색 콧수염에 맺힌 빗방울을 닦아 내며 방으로 들어섰다.

버논이 엄지로 나를 가리키며 명령했다.

"이 사람한테도 말해 줘요."

나는 피츠스테판이 말한 것을 반복했다. 보안관은 어찌나 열심히 듣던지 불그스름한 얼굴이 곧 보라색으로 변하고 이내 숨을 헐떡이기 시작했다. 마지막 말을 마치는 순간, 버논이 손가락으로 딱 소리를 냈다.

"잘 알겠습니다. 전화가 왔을 때 집에 다른 사람들이 있었다 이거죠. 피니, 그 이름들을 받아 적어요. 그리고 주말에는 로스에 있었다고……. 누구랑요? 랄프 콜먼? 좋아요, 보안관, 맞는지 확인하도록 해요. 그 말이 정말인지 알아냅시다."

나는 보안관에게 피츠스테판이 알려 준 이름과 주소를 내주었다. 피니는 호텔에 세탁물을 맡길 때 쓰는 종이 뒤에 그것들을 받아 적더니 가슴을 떡 펴고 범죄 소탕을 시작하러 나섰다.

버논은 내게 아무런 말도 하지 않았다. 나는 그가 신문을 읽게 놔두고 아래층으로 내려갔다. 여자 같은 밤 근무 직원이 나를 손짓해 불렀다.

"산토스 씨가 오늘 밤 자기 방에서 한판 벌인다고 전해 달랍니다."

나는 그에게 고맙다고 한 뒤 산토스의 방으로 올라갔다. 방에는 그와 다른 기자 세 명, 그리고 카메라맨이 있었다. 오늘의 게임은 스터드였다. 12시 30분쯤, 16달러쯤 따고 있을 때 버논이 기세등등한 목소리로 전화를 하더니 나를 찾았다.

"당장 내 방으로 오겠습니까?"

"예."

나는 모자와 코트를 찾아 들고 산토스에게 말했다.

"그만하도록 하죠. 중요한 일입니다. 꼭 따고 있을 때 중요한 일이 생긴다니까."

"버논이에요?" 그가 나의 칩을 세며 물었다.

"예."

"그럼 별일 아니겠군요. 중요한 일이면 여기 레드도 불렀겠지요. 그래야 내일 아침 독자들이 그의 상판을 볼 거 아니겠어요?"

그가 옆에 있던 카메라맨을 향해 고개를 까닥이며 말했.

코튼과 피니, 롤리가 버논과 함께 있었다. 보통 몸집에 평범한 둥근 얼굴, 턱 가운데 보조개가 팬 코튼은 검정색 고무장화와 비옷, 그리고 축축하게 진흙투성이가 된 모자 차림이었다. 방 한가운데 선 그의 둥근 눈에는 자부심이 가득했다. 의자에 걸터앉은 피니는 콧수염을 만지작거리고 있었는데 그의 불그레한 얼굴은 부루퉁해 보였다. 그 옆에 선 롤리는 평소와 다름없이 미소 띤 온화한 얼굴로 담배를 말고 있었다.

내가 들어가자 버논이 문을 닫았다. 그리고 화난 기색으로 입을 열었다.

"코튼이 뭔가 찾아낸 것 같다고 하는군요. 하지만 내가 보기에는……"

그러자 코튼이 가슴을 내밀고 불쑥 끼어들었다.

"찾아낸 것 같은 게 아니고, 확실한 거라니까……"

버논이 손가락을 튕겨 딱 소리를 내며 말을 잘랐다.

"아, 됐고. 그럼 나가서 직접 확인합시다."

그의 목소리는 손가락으로 낸 소리만큼 딱딱했다.

나는 방으로 돌아가 비옷과 총, 그리고 손전등을 챙겼다. 우리는 아래층으로 내려가 진흙범벅이 된 차에 탔다. 코튼이 운전을 하고 버논이 그의 옆에 앉았다. 나머지는 뒷좌석에 앉았다. 비가 차 천장과 커튼을 때리며 빈틈으로 새어 들어왔다.

"황당한 이야기를 쫓아다니기엔 끔찍한 밤이군."

피니 보안관이 새어 들어오는 빗줄기를 피하며 구시렁거렸다.

"아, 경찰서장은 자기 일이나 잘할 것이지. 케사다에서 일어나지도 않은 일이랑은 도대체 무슨 상관이랍니까?"

롤리가 맞장구쳤다.

"진작 이 동네에서 벌어지는 일에 신경을 썼더라면 해변에 뭐가 있는지는 걱정 안 해도 될 거 아니야."

피니가 말했다. 그러고는 부보안관 롤리와 함께 콧방귀를 뀌며 낮게 낄낄 웃었다.

나는 이 말이 무슨 소린지 도통 알 수가 없었다.

"코튼이 뭘 하려는 겁니까?" 내가 물었다.

"별일도 아니오. 아무것도 아니라는 걸 당신도 곧 보게 될 거요. 그리고 말이야, 내 참! 조금 이따가 한 소리 해야겠어. 버논이랑은 대체 무슨 일이요? 그런 사람한테 신경이나 쓰고 말이지."

이 역시 무슨 말인지 알 길이 없었다. 나는 커튼 사이로 바깥을 내다보았다. 빗줄기와 어둠 때문에 잘 보이지 않았지만 동부 도로 어딘가로 가고 있다는 것쯤은 알 수 있었다. 몸이 젖고, 시끄럽고, 도로가 울퉁불퉁하여 가는 길은 형편없었다. 마침내 도착한 곳 또한 지금까지 지나온 곳만큼이나 어둡고, 비가 오고, 진흙투성이였다.

코튼이 헤드라이트를 끄고 차에서 내리자 우리도 그 뒤를 따랐다. 발목까지 올라오는 진흙탕에 발이 이리저리 미끄러졌다.

"이거 정말 너무하는군."

피니 보안관이 투덜거렸다.

버논이 무언가 말하려 입을 열었지만 코튼 경찰서장은 이미 도로를 따라 걸어가고 있었다. 우리는 터벅터벅 그 뒤를 따랐다. 앞은 전혀 보이지 않고 대신 진흙 속에서 발이 미끄러지는 소리만으로 다른 이가 어디에 있는지 알 수 있었다. 사방은 암흑이었다.

우리는 곧 도로를 벗어나 허우적대며 높은 철조망을 넘은 뒤 길을 계속 갔다. 이제 진흙은 덜 느껴지고 미끈거리는 잔디가 발에 밟혔다. 그런 다음 언덕을 올랐다. 바람이 거세게 불어 빗물이 얼굴을 때렸다. 보안관은 숨을 헐떡거렸고 나는 비질비질 땀을 흘리기 시작했다. 언덕 꼭대기에 올랐다 반대편으로 내려가자 정면의 바위 위로 넘실대는 바닷물이 보였다. 내리막이 가팔라지면서 길에는 잔디가 사라지고 바위가 점점 많아졌다. 한번은 코튼이 미끄러져 무릎을 꿇으면서 버논을 넘어뜨렸고, 그는 나를 붙잡아 간신히 쓰러지지 않을 수 있었다. 피니 보안관의 헐떡이는 소리는 이제 신음처럼 변했다. 왼쪽으로 돈 우리는 옆에서 파도가 철썩철썩 치는 가운데 한 줄로 걷기 시작했다. 그러고 나서 다시 한 번 왼쪽으로 돌아 비탈을 오르자 마침내 낮은 헛간 아래 다다랐다. 헛간은 벽이 없고 대신 열 몇 개의 기둥 위에 나무로 된 지붕만 얹혀 있었다. 우리 앞에 보이는 조금 더 큰 건물은 거의 검정에 가까운 하늘에 그저 검은색 얼룩처럼 보였다.

"그의 차가 있는지 보고 올 테니까 여기서 기다리시오."

코튼이 낮게 속삭였다.

그가 가고 나자 피니 보안관이 길게 숨을 내쉬더니 투덜거렸다.

"대단한 모험이구먼!"

롤리도 한숨을 쉬었다.

코튼이 신이 나서 돌아오며 말했다.

"차가 없소. 그러니까 그도 없군. 자, 일단 비라도 피해야지!"

우리는 그를 따라 덤불 사이 진흙탕 길을 따라 검게 보이는 집의 뒷문 앞에 섰다. 창문을 열고 안으로 기어들어 간 코튼이 문을 열어 줄 때까지 우리는 거기 서서 기다렸다. 손전등을 켜자 작고 깔끔한 부엌이 보였다. 우리는 진흙투성이 발자국을 남기며 안으로 들어갔다.

우리 중에 열의 비슷한 것을 보이는 사람은 코튼밖에 없었다. 모자 아래로 보이는 그의 얼굴은 마치 대단히 놀라운 쇼가 기다리고 있다는 것을 막 발표하려는 사회자의 얼굴 같았다. 버논은 의심스럽다는 듯, 피니는 짜증이 가득 담긴 눈초리로, 롤리는 무관심한 표정으로 그를 쳐다보았다. 그리고 우리가 거기에 왜 갔는지 이유를 모르는 나는 분명 호기심이 가득해 보였으리라.

알고 보니 그곳에 간 것은 집을 수색하기 위해서였다. 그래서 우리는 수색을 시작했다. 아니, 우리가 돕는 척을 하는 동안 코튼 혼자 열심히 집을 뒤졌다. 집은 무척 작아 1층에는 부엌 말고 방이 딱 하나 더 있었으며 위층에도 가구가 갖춰지지 않은 침실만 덩그러니 있을 뿐이었다. 탁자 서랍 속에 든 식료품 영수증과 세금 청구서 등을 보니 그곳이 하비 위든의 집임을 알 수 있었다. 그는 크라이슬러에 가브리엘 콜린슨과 낯선 남자가 함께 탄 것을 보았다던 덩치가 좋고 신중해 보이는 남자였다.

1층 수색이 끝났지만 아무것도 찾을 수 없자 우리는 위로 올라갔다. 거기에서 10분 정도 뒤지자 무언가가 나왔다. 롤리가 침대 프레임과 매트리스 사이에서 끄집어낸 그것은 흰색 수건에 감싸인 작고 납작한 뭉치였다.

롤리가 아래를 뒤지는 동안 매트리스를 들고 있던 코튼이 그것을 털썩 내려놓고 롤리 주변에 모인 우리 사이에 끼어들었다. 버논이 롤리의 손에서 뭉치를 빼앗아 침대 위에 펼쳤다. 수건 속에는 머리핀 한 뭉치와 가장자리에 레이스를 댄 흰색 손수건, G. D. L.이라는 글자가 새겨진 은제 솔과 빗, 그리고 작고 여성스러운 검정색 염소 가죽 장갑 한 켤레가 들어 있었다.

나는 그 누구보다도 깜짝 놀랐다.

"G. D. L.은 가브리엘 어쩌고 레게트, 그러니까 콜린슨 부인의 처녀 적 이름입니다."

내가 말했다.

"그게 아니면 뭐겠소."

코튼이 의기양양하게 말했다.

그때였다. 문간에서 묵직한 목소리가 들려왔다.

"수색 영장은 있소? 아니면 여기서 대체 뭐 하는 짓이오? 영장이 없으면 강도라는 거 당신들이 더 잘 알겠지?"

하비 위든이었다. 노란색 비옷을 입은 그의 커다란 몸이 문간을 가득 채웠다. 선 굵은 그의 얼굴은 어둡고 화가 잔뜩 나 있었다.

버논이 입을 열었다.

"위든, 나는……."

그때였다.

"저놈이다!"

코튼이 고함을 지르며 코트 아래에서 총을 꺼내 들었다.

그가 위든을 향해 총을 발사하는 순간, 나는 그의 팔을 떠밀었다. 총알은 벽을 맞혔다.

위든의 얼굴은 이제 화가 났다기보다 완전히 놀란 것 같았다. 그는 펄쩍 뒤로 물러나더니 아래층을 향해 달리기 시작했다. 내게 떠밀린 통에 균형을 잃었던 코튼은 목을 바로 세우고 내게 욕을 퍼부은 다음 그를 쫓아 뛰어나갔다. 버논과 피니, 롤리는 모두 바닥에 못 박힌 것처럼 서서 그들을 쳐다보았다.

"이것 참 재미있군요. 하지만 전 도통 이해를 못하겠습니다. 대체 무슨 일입니까?" 내가 물었다. 하지만 아무도 입을 열지 않았다. "이 솔과 빗은 우리가 집을 뒤질 때 콜린슨 부인의 탁자 위에 있었잖아요, 롤리."

롤리 부보안관이 머뭇거리며 고개를 끄덕였다. 그의 눈은 아직도 두 남자가 나간 문간을 떠나지 못했다. 문 밖에서는 아무 소리도 들리지 않았다.

"코튼이 위든에게 누명을 씌울 특별한 이유라도 있습니까?"

내가 물었다.

"둘이 좋은 친구는 아니지." 사실 나도 그 정도는 눈치챘다. "어떻게 생각합니까, 버논?"

피니 보안관이 말했다.

버논 지방 검사가 이제야 문간에서 시선을 떼더니 물건들을 다시 수건에 싼 다음 자기 주머니에 집어넣었다.

"갑시다."

그가 내뱉고는 아래층으로 내려갔다.

앞문이 활짝 열려 있었다. 코튼이나 위든의 모습은 보이지 않았고 아무 소리도 들리지 않았다. 위든의 포드 자동차가 비를 흠뻑 맞으며 대문 앞에 세워져 있었다. 우리는 그 차에 올라탔다. 버논이 운전을 하고 우리는 투커 별장으로 향했다. 그곳에 도착해서는 회색 속옷을 입은 나이 든 남자가 문을 열어줄 때까지 문을 두들겼다. 그는 현장을 관리하기 위해 보안관이 배치해 둔 사람이었다.

그 사람은 코튼이 그날 밤 8시쯤, 다시 한 번 둘러보겠다며 그곳을 다녀갔다고 알려 주었다. 딱히 경찰서장을 감시해야 할 이유가 없어 조용히 일하게 놔두었다고 했다. 그리고 그럴 가능성이야 얼마든지 있겠지만 자신이 알기로는 그가 아무것도 가지고 나가지 않았을 거라고 덧붙였다.

버논과 피니가 노발대발하여 그 남자에게 한바탕 난리를 피운 다음 우리는 케사다로 돌아갔다.

롤리가 나와 함께 뒷자리에 앉았다. 내가 그에게 물었다.

"이 위든이란 사람이 누굽니까? 왜 코튼이 그를 못살게 구는 거죠?"

"음, 일단은 하비, 그러니까 위든이 평판이 좀 안 좋긴 하죠. 한때 여기서 유행했던 럼 밀수 일에 끼어들었었고, 그 이후로도 가끔씩 말썽을 피웠으니까."

롤리가 대답했다.

"그래요? 또 다른 건요?"

롤리가 눈살을 찌푸리더니 입을 열지 못하고 잠시 머뭇거렸다. 말을 고르는 것 같았다. 그가 할 말을 찾기 전 우리는 어두운 길모퉁이에 선 덩굴로 뒤덮인 집 앞에 멈췄다. 지방 검사가 앞장서서 초인종을 울렸다.

잠시 후 위에서 한 여자의 목소리가 들려왔다.

"누구세요?"

그녀의 얼굴을 올려다보기 위해 다시 계단을 내려가야 했다. 코튼 부인이 2층 창문에서 머리를 내밀고 있었다.

"딕, 집에 왔습니까?" 버논이 물었다.

"아니요. 버논 씨. 아직요. 안 그래도 걱정하고 있었어요. 잠시만 기다리세요. 내려갈 테니."

"그러실 필요 없습니다. 그냥 가겠습니다. 아침에 보지요."

"아니, 잠깐만 기다리세요."

그녀가 다급하게 말하더니 창문에서 사라졌다.

잠시 후 그녀가 앞문을 열었다. 어두워 보이는 푸른 눈은 흥분되어 있었다. 그녀는 장미색 가운을 걸치고 있었다.

"괜히 귀찮게 해 드렸군요. 아무 일 없습니다. 어쩌다가 조금 전에 그와 헤어졌는데 집에 돌아왔는지 궁금했을 뿐입니다. 그는 괜찮습니다."

버논이 말했다.

"그이가…… 그이가 하비, 하비 위든을 쫓고 있나요?"

그녀가 물었다. 그녀의 손이 앙상한 가슴 위로 가운 자락을 거머쥐었다.

"예."

그녀와 눈을 피하며 버논이 대답했다. 그리고 어쩐 일로 이를 내보이지도 않았다. 피니와 롤리 역시 버논만큼이나 불편해 보였다.

코튼 부인의 얼굴이 붉게 달아올랐다. 그녀의 아랫입술이

덜덜 떨려 말이 분명치 않게 들렸다.

"그이 말을 믿지 마세요, 버논 씨. 그이 말은 아무것도 믿지 마세요. 하비는 콜린슨 부부와 아무 관계가 없어요. 그렇다고 해도 듣지 마세요. 하비가 그런 게 아니에요."

버논은 발만 내려다보며 아무 말도 하지 않았다. 롤리와 피니는 오로지 열린 문으로 빗줄기만 쳐다보고 있었다. 아무도 입을 열 생각조차 없는 것 같았다.

"아니라고요?"

나는 일부러 의심이 가득 담긴 듯한 목소리로 물었다.

"아니, 절대 안 그랬어요. 그럴 수가 없었어요. 그런 일을 저지를 수가 없었다고요."

그녀가 내게 고개를 돌리며 소리쳤다. 이제 붉은 기가 사라진 얼굴은 창백하고 필사적이었다.

"그는, 그는 그날 밤에 여기 있었어요. 밤새요. 7시부터 해가 뜰 때까지."

"남편은 어디 있었습니까?"

"시내에, 어머니 댁에요."

"주소가 어떻게 됩니까?"

그녀가 주소를 알려 주었다. 노가(街)에 있는 곳이었다.

"그가 여기 있는 걸 본 사람이……"

"으, 이제 그만하지. 그 정도면 충분치 않나?"

보안관이 여전히 빗물만 노려보며 소리쳤다.

코튼 부인이 다시 버논을 향해 몸을 돌리더니 그의 한쪽 팔을 붙들었다.

"제발 이 일은 비밀로 해 주세요, 버논 씨. 이 일이 바깥에 알려지면 저는…… 저는 어떻게 해야 할지 모르겠어요. 하지만 그것만은 말씀드려야 했어요. 하비에게 뒤집어씌우게 둘 수는 없었어요. 제발, 다른 사람한테는 말하지 않으실 거죠, 네?"

그녀가 사정했다.

버논은 무슨 일이 있어도 그나 우리 중 누구도 지금 들은 것을 다른 사람에게 발설하지 않겠다고 맹세했고 보안관과 부보안관 역시 벌게진 얼굴로 열심히 고개를 끄덕였다.

하지만 포드 자동차에 다시 올라타 그녀의 집으로부터 멀어지자 그들은 잠시 부끄러워했던 것을 잊고 다시 인간 사냥꾼이 되었다. 10분도 채 지나기 전에 그들은 코튼이 금요일 밤 어머니를 만나러 간 것이 아니라 케사다에 남아 콜린슨을 죽이고, 도시로 나가 피츠스테판에게 전화를 걸고 편지를 부친 뒤 케사다로 돌아와 콜린슨 부인을 납치했다고 단정 지었다. 다른 사람은 모두 알고 있는 사실, 그러니까 위든과 코튼 부인이 그렇고 그런 사이라는 것을 의심하던 코튼이 그에게 죄를 뒤집어씌우겠다고 작정을 한 것이라고 말이다.

조금 전까지만 해도 신사인 척하며 코튼 부인에게 꼬치꼬치 캐묻지 못하게 했던 피니 보안관이 이제는 배꼽이 빠져라 웃어 대기 시작했다.

"이거 참 대단하구먼. 코튼은 하비를 모함하고, 하비는 코튼의 침대에서 알리바이를 만들고. 이거 알려 주면 코튼 얼굴 참 볼 만하겠는걸. 오늘 밤 그를 찾아내자고."

피니가 껄껄대며 말했다.

"기다리는 게 나을 겁니다. 무엇이든 단정 짓기 전에 그가 샌프란시스코에 갔는지 확인해서 나쁠 거 없죠. 우리가 아는 거라고는 그가 위든에게 누명을 씌우려 했다는 것뿐이잖습니까. 살인에 납치까지 했다면 불필요하게 어리석은 짓을 너무 많이 저지른 것 같군요."

내가 말했다.

피니가 내게 눈살을 찌푸리더니 자신들의 가설을 옹호하고 나섰다.

"어쩌면 다른 무엇보다도 하비를 모함하는 데만 관심이 있었나 보지."

"그럴지도 모르죠. 하지만 그에게 조금 더 기회를 주고 어떻게 하는지 보는 것도 괜찮을 겁니다."

피니는 그 말에 반대였다. 그는 지금 당장 코튼을 잡아들이고 싶어 했다. 하지만 버논이 내키지 않는 기색으로 나의 의견에 동의하고 나섰다. 우리는 롤리를 집에 내려 주고 호텔로 돌아왔다.

 방으로 돌아온 나는 샌프란시스코의 사무소로 전화를 넣었다. 연결을 기다리는 동안 누군가 문을 두드렸다. 나는 문을 열고 파자마와 가운, 슬리퍼 차림으로 서있는 잭 산토스를 방 안으로 들여놓았다.

 "드라이브 잘 했어요?" 그가 하품하며 물었다.
 "끝내줬죠."
 "알아낸 건 없고요?"
 "발표할 건 없고……. 다만 비공식적으로 새로운 수사 각도가 잡혔습니다. 우리의 경찰서장께서 조작한 증거로 아내의 정부에게 죄를 뒤집어씌우려 하고 있다는 겁니다. 다른 수사관들은 코튼이 저지른 짓이라고 생각하고요."

 "이거, 모두 1면에 나오고도 남을 내용인데요. 코튼 부인을 두고 한때 피니와 코튼이 라이벌 관계였다는 건 알고 계십니까? 결국 그녀는 경찰서장 코튼을 택했고, 그러니까 턱 보조개가 콧수염을 이긴 거죠."

 산토스가 말했다. 그런 다음 침대 발치에 앉아 담배에 불을 붙였다.

 "몰랐어요. 그래서 어떻게 됐습니까?" 내가 물었다.
 "나도 모르죠. 나도 우연히 들은걸요. 자동차 정비소에 있던 사내가 알려 주더라고요."

"그게 얼마 전이죠?"

"그들이 사랑의 라이벌이었던 때요? 2년도 안 됐죠."

그때 샌프란시스코로 전화가 연결되었다. 나는 야간 당직자 필드에게 누군가를 시켜 코튼 경찰서장이 노가에 갔었는지 확인해 달라고 말했다. 통화하고 있는 사이 산토스가 하품을 하며 방을 나갔다. 나는 전화를 끊고 잠자리에 들었다.

17장
뭉툭 곶 아래

 다음 날 아침, 10시가 조금 안 되어 전화벨이 단잠을 깨웠다. 샌프란시스코로부터 미키 리니헌이었다. 그는 토요일 아침 7시에서 7시 30분 사이에 코튼이 어머니 댁에 도착했다는 사실을 전해 주었다. 코튼은 강도를 잡느라 밤을 샜다는 핑계를 대고는 대여섯 시간 정도 자고 그날 저녁 6시에 집으로 돌아갔다고 했다.

 전화를 끊고 로비로 내려갔을 때 코튼이 막 호텔로 들어오고 있었다. 두 눈이 충혈되고 매우 피곤해 보였지만 아직도 놈을 잡겠다는 의지만은 굳건해 보였다.

 "위든은 잡았습니까?" 내가 물었다.

 "아니오, 망할 녀석. 하지만 꼭 잡을 거요. 아, 그때 내 팔을 밀쳐내서 다행…… 이라 생각하고 있소. 그 때문에 놈이 달아나긴 했지만. 내가…… 음, 가끔 사람이 열의가 지나치다 보면 판단이 흐려질 때가 있지 않소이까."

"그렇죠. 참, 돌아오는 길에 댁에 들렀었습니다. 잘 돌아오셨는지 보려고요."

"아직은 집에 안 가 봤소. 그놈 때문에 밤을 고스란히 바친 거요. 버논과 피니는 어디 있소?"

"열심히들 자고 있죠. 당신도 눈 좀 붙이시죠. 무슨 일 있으면 전화하겠습니다."

그가 집으로 돌아가자 나는 아침을 먹으러 카페에 들어갔다. 반쯤 먹었을 때 버논이 합석했다. 그는 샌프란시스코 경찰과 마린 카운티 보안관 사무실에서 온 전보를 들고 있었는데 모두 피츠스테판의 알리바이를 확인해 주는 것이었다.

"코튼에 대해서 보고를 받았습니다. 토요일 아침 7시 조금 넘어서 어머니 댁에 왔고 그날 저녁 6시에 떠났다고 합니다."

"7시 조금 넘어서요? 확실합니까?"

버논은 그 말이 마음에 들지 않는 것 같았다. 만약 코튼이 그 시각에 샌프란시스코에 있었다면 가브리엘을 납치할 시간은 없었을 것이었다.

"아니, 확실하지는 않습니다. 하지만 그게 지금까지 우리가 알아낸 전부죠. 아, 저기 피츠스테판이 왔군요. 잠깐 실례하겠습니다."

카페 문을 통해 호텔 프런트데스크에 서 있는 피츠스테판의 앙상한 등짝이 보였다.

나는 그리로 가 그를 데리고 카페로 돌아온 뒤 버논에게 소개했다. 버논은 자리에서 일어서 그와 악수를 하긴 했지만 코튼 생각에 사로잡혀 다른 것에 신경을 쓰지 못하는 것 같았다. 피츠스테판은 길을 떠나기 전에 요기를 했다며 커피 한 잔만 시켰다. 바로 그때, 내게 전화가 왔다는 말을 들었다.

코튼의 목소리였다. 하지만 너무나도 흥분한 나머지 처음에는 누구인지 알기 힘들었다.

"빨리! 버논이랑 피니 데리고 당장 이리로 와요!"

"무슨 일입니까?"

"서둘러요! 끔찍한 일이 벌어졌소! 얼른!"

그가 소리치더니 전화를 끊었다.

나는 테이블로 돌아가 버논에게 이 사실을 알렸다. 그가 벌떡 일어서는 통에 피츠스테판의 커피를 엎지를 뻔했다. 피츠스테판 역시 일어섰으나 멈칫하더니 나를 쳐다보았다.

"가자고. 어쩌면 이게 자네가 좋아하는 바로 그런 일일 수도 있으니까."

내가 선뜻 말했다.

피츠스테판의 차가 호텔 앞에 세워져 있었다. 코튼의 집은 호텔에서 단 일곱 블록 떨어져 있었다. 앞문은 활짝 열려 있었다. 버논이 문을 두드렸으나 우리는 응답을 기다리지 않고 바로 들어갔다.

코튼이 우리를 맞았다. 눈은 잔뜩 충혈되어 크게 벌어져 있고, 얼굴은 마치 대리석처럼 창백하고 딱딱했다. 무슨 말인가를 하려 했지만 굳게 다문 이 사이로 말이 영 뱉어지지 않는 것 같았다. 그는 갈색 종이 한 장을 움켜쥔 주먹으로 뒤에 있는 문을 가리켰다.

문간을 통해 코튼 부인을 보았다. 그녀는 푸른색 카펫이 깔린 바닥에 누워 있었다. 연한 파랑색 원피스를 입었고 목은 짙은 멍 자국으로 뒤덮여 있었다. 잔뜩 부풀어 올라 입 밖으로 늘어진 혀와 시퍼런 입술은 멍보다도 색이 진했다. 튀어나올 듯 벌어져 위를 바라보는 눈에 생기라고는 없었다. 손은 아직 따뜻했다.

우리를 따라 방으로 들어온 코튼이 손에 쥔 갈색 종이를 내밀었다. 그것은 불규칙하게 뜯긴 포장지 조각으로 양면 모두 글씨가 쓰여 있었다. 모두 연필로 불안하고 다급하게 흘려 쓴 글씨였다. 피츠스테판이 받은 봉투의 글씨보다 무른 연필로 쓴 것 같았고, 포장지 역시 더 진한 갈색이었다.

코튼에게 가장 가까이 서 있는 것은 나였다. 나는 종이를 받아들고 불필요한 단어는 건너뛰며 서둘러 읽어 내렸다.

"위든이 어젯밤에 왔다……. 남편에게 쫓기고 있다고 했다……. 콜린슨 문제로 그를 모함했다……. 그를 다락방에 숨겨 주었다……. 그를 구할 유일한 길은 그가 금요일 밤에 여기 있었다고 말하는 것이라고 했다……. 그렇게 해 주지 않으면 교수형을 당할 거라고…… 버논 씨가 왔을 때 하비는 그의 말대로 하지 않으면 죽이겠다고 했다……. 그래서 그렇게 말했다……. 하지만 그는 그날 밤 여기 없었다……. 그때는 그가 무슨 짓을 했는지 몰랐다……. 나중에 알려 주었다……. 목요일 밤에 그녀를 납치하려고……. 남편한테 거의 잡힐 뻔했다……. 콜린슨이 전보를 보낸 다음 전보국으로 와 그것을 봤다……. 그를 따라가 죽였다……. 샌프란시스코로 가서 위스키를 마시고…… 계획대로 납치를 하기로 했다……. 그녀를 아는 남자한테 전화를 해서 누구한테 돈을 받을지 알아내려고 했는데…… 너무 취해서 제대로 말을 못 했고…… 편지를 써서 돌아와…… 그녀를 길에서 만났고…… 그녀를 뭉툭 곶 아래 주류 밀매업자들이 숨던 곳으로 데려가…… 배를 타고 갔다……. 날 죽일 것 같다……. 다락방에 갇혔다……. 그가 음식을 가지러 내려간 동안 쓰는 것이다……. 살인자……. 그를 돕지 않겠다……. 데이지 코튼."

그것을 읽는 동안 보안관과 부보안관이 도착했다. 피니의 얼굴은 코튼만큼이나 창백하게 굳어 있었다.

버논이 이를 드러내며 코튼을 향해 으르렁댔다.

"당신이 썼지?"

피니가 편지를 내 손에서 빼앗아 가더니 그것을 보고 고개를 흔들었다. 그리고 쉰 목소리로 말했다.

"아니, 그녀의 필체가 맞소."

"하느님 앞에 맹세코 난 아니야! 내가 놈의 집에 증거를 심어 놓은 건 맞소. 그건 인정해. 하지만 그게 다요. 집에 오니 이렇게 되어 있었소. 하느님한테 맹세한다고!"

코튼이 소리쳤다.

"금요일 밤에 어디 있었소?" 버논이 물었다.

"여기, 집을 감시하고 있었소. 그가…… 그가 여기 올지도 모른다고……. 하지만 놈은 그날 밤에 여기 없었소. 해가 뜰 때까지 지켜보다가 샌프란시스코로 갔소이다. 나는 절대로……"

그때 피니 보안관이 고함을 질러 코튼의 다음 말을 잘랐다.

"뭉툭 곶 아래라잖아! 뭘 기다리고 있는 거요!"

그가 집 밖으로 뛰쳐나가자 우리도 뒤를 따랐다. 코튼과 롤리가 롤리의 차에, 버논과 피니, 그리고 나는 피츠스테판의 차에 올랐다. 피니는 가는 내내 울음을 그치지 못했다. 눈물이 흘러내려 그의 무릎 위에 놓인 자동 권총 위로 뚝뚝 떨어졌다.

해변에 다다르자 우리는 차를 버리고 팀이라는 이름의 볼이 발그레한 젊은이가 모는 녹색과 흰색이 섞인 모터보트에 올랐다. 팀은 뭉툭 곶 아래 주류 밀매업자들이 숨던 곳이 있는지는 몰랐는데 그런 게 있다면 아마 찾을 수 있을 거라고 했다. 그의 솜씨에 보트는 꽤 높은 속도를 내었지만 피니와 코튼을 만족시키지는 못했다. 그들은 총을 쥐고 뱃머리에 나란히 서서 앞으로 곤두박질칠 듯 몸을 내밀다가 더 속력을 내라고 소리치다가를 반복했다.

부두를 떠난 지 30분 만에 우리는 뭉툭 곶이라 불리는 둥글게 튀어나온 갑 주변에 닿았다. 팀은 속력을 줄이고 뾰족하게 튀어나온 높은 바위들에 최대한 가까이 배를 댔다. 우리는 눈을 부릅뜨고 주변을 살피기 시작했다. 정오의 햇살 아래 금세 눈이 시리고 눈물이 났지만 노려보기를 멈추지 않았다. 두 번인가 돌벽 사이에 길게 틈이 난 것을 보고 허겁지겁 그리로 다가갔지만 모두 숨을 만한 공간이 없는 막힌 틈에 불과했다.

세 번째로 발견한 절벽 속 틈은 처음 본 두 개보다 훨씬 더 위험하고 다가가기 어려웠지만 이제 뭉툭 곶도 꽤 멀리 지나온 터라 아무것도 허투루 볼 수 없었다. 가까이 가 보니 그것 역시 막혀 있었다. 우리는 포기하고 팀에게 움직이라고 말했다. 뱃머리를 돌리기 전, 파도에 밀려 배가 50~60센티미터 정도 절벽에 가까워졌다.

그때 앞쪽에 있던 코튼이 허리를 굽혀 몸을 앞으로 숙이더니 소리쳤다.

"여기 있다!"

그가 들고 있던 총으로 바위틈 한쪽을 가리켰다. 팀이 배를 몇 십 센티미터 정도 더 붙였다. 목을 길게 빼자 반대편에서 해안선처럼 보였던 것이 사실은 중간이 물에 잠겨 절벽으로부터 분리된, 톱니처럼 생긴 얇은 바위 턱이라는 것을 알 수 있었다.

"들어가자." 피니가 명령했다.

팀이 물을 내려다보고 얼굴을 찌푸렸다. 머뭇거리다 그가 입을 열었다.

"너무 얕아서 안 되겠는데요."

배가 팀의 의견에 동의한다는 듯 기분 나쁜 끼긱 소리를 내면서 부르르 떨렸다.

"집어 치우고! 얼른 들어가잔 말이다!" 피니가 소리쳤다.

팀이 미친 듯 흥분한 피니의 얼굴을 슬쩍 보고는 배를 조종해 틈 사이로 들어갔다.

배가 다시 한 번 부르르 떨었다. 떨림은 아까보다 더 격렬했고 이제는 끼기긱 소리 말고도 무언가 찢어지는 소리가 났지만 우리는 틈 속으로 들어가 톱니 모양 바위 뒤로 내려갔다.

우리가 탄 배는 이제 절벽 속, V자처럼 생긴 움푹 팬 동굴 속에 들어와 있었다. 입구는 폭이 6미터에 길이는 25미터 정도로 땅으로는 접근이 불가능하고 우리처럼 바다로만 들어올 수 있었다. 우리 주변의 물, 우리를 가라앉힐 듯 빠른 속도로 들어오고 있는 물은 전체의 3분의 1정도를 채우고 있었고 나머지 3분의 2는 흰 모래밭이었다. 작은 보트 한 척이 모래밭 가장자리에 코를 대고 있었다. 그것은 비어 있었고 주변에는 아무도 보이지 않았다. 누군가 숨을 곳이라고는 없어 보였다. 모래 위에는 크고 작은 발자국과 빈 깡통, 그리고 모닥불을 피운 흔적이 있었다.

"하비 거군."

롤리가 보트를 향해 고갯짓하며 말했다.

우리 배가 그 옆에 섰다. 우리는 밖으로 뛰어내려 첨벙거리며 모래 위로 올랐다. 코튼이 앞장서고 나머지는 그의 뒤에 넓게 퍼져 섰다.

그때였다. 마치 홀연히 나타난 것처럼 하비 위든이 소총을 들고 V자 맞은편 끝에서 모습을 드러냈다. 그의 묵직한 얼굴에는 분노와 놀라움이 담겨 있었다. 그가 고함을 치기 시작하자 목소리에서도 그러한 감정이 그대로 느껴졌다.

"이 망할 배신……."

그의 목소리는 그가 발사한 총 소리에 묻히고 말았다.

코튼이 옆으로 몸을 던졌다. 소총에서 발사된 총알이 단 몇 센티미터 차이로 빗나가 피츠스테판과 나 사이로 날아오더니 그의 모자챙에 구멍을 내고 뒤의 바위에 박혔다. 우리가 가지고 있던 총 네 자루가 동시에 발사되었다. 어떤 것에서는 두 발 이상 발사되었다.

위든이 곧장 뒤로 넘어지며 그의 양발이 공중에서 아치를 그렸다. 그에게 다가갔을 때는 이미 숨이 끊어진 후였다. 가슴에 세 방, 머리에 한 방이었다.

우리는 바위벽 속 좁게 뚫린 구멍 한구석에 웅크리고 있는 가브리엘 콜린슨을 찾아냈다. 비딱한 모양 때문에 우리가 있던 곳에서는 입구가 보이지 않던 긴 삼각형 모양의 동굴이었다. 그 안에는 마른 해초 더미 위에 담요가 깔려 있고 통조림 몇 개와 등, 또 다른 소총 한 자루가 있었다.

가브리엘의 작은 얼굴은 붉게 상기되어 열이 있었고 목소리는 잔뜩 쉬어 있었다. 감기에 걸린 것 같았다. 그녀는 너무나도 겁에 질려 처음에는 제대로 된 이야기를 하지 못했고, 나나 피츠스테판도 알아보지 못했다.

우리가 타고 온 배는 더 이상 쓸 수 없게 되어 버렸다. 위든의 배는 한 번에 세 명 이상을 태우지 못할 것 같았다. 그래서 모두 탈 큰 배를 가져오기 위해 팀과 롤리가 먼저 케사다로 출발했다. 왕복 한 시간 반이 걸리는 거리였다. 그들이 간 사이에 우리는 가브리엘에게 집중했다. 그녀를 달래면서 우리는 친구며, 더 이상 겁낼 것 없다고 안심시켰다. 그러자 그녀의 눈이 조금씩 부드러워지고, 숨소리가 편안해졌으며, 손바닥에 피를 낼 듯 꽉 쥐고 있던 주먹도 점차 펴졌다. 한 시간쯤 지나자 그녀는 우리의 질문에 대답하기 시작했다.

그녀는 목요일에 그녀를 납치하려던 위든의 계획은 물론이고 에릭이 내게 보낸 전보에 대해서도 몰랐다. 금요일 밤 산책 나간 에릭을 밤새 기다리다가 해가 떴는데도 돌아오지 않자 안절부절 못하고 그를 찾으러 나갔다. 그리고 내가 그런 것처럼 그의 시신을 발견했다. 그녀는 집으로 돌아와 총으로 자살을 하려고, 스스로 이 저주에 끝을 내려고 했다.

"두 번 시도했어요. 하지만 할 수 없었어요. 못 했어요. 전 겁쟁이에요. 차마 제게 총구를 겨눌 수가 없었어요. 처음에는 관자놀이를 쏘려고 했고 그런 다음에는 가슴을 쏘려고 했지만 용기가 없었어요. 매번 방아쇠를 당기기 직전 총을 밀쳐 버렸지요. 그렇게 두 번 실패하고 나니 더 이상 시도할 용기가 나지 않았어요."

그녀가 속삭였다.

그녀는 그런 다음 남편을 찾느라 더러워지고 찢어진 옷을 갈아입고 차를 몰고 나왔다. 어디로 가려고 했는지는 말하지 않았다. 그걸 알고 있는 것 같지도 않았다. 아마도 목적지가 없었을지도 몰랐다. 다만 남편에게 내린 저주로부터 멀어지려고 했었을 것이다.

얼마 가지 않았을 때 그녀는 자신을 향해 다가오는 차를 보았다. 그녀를 이리로 데려온 남자였다. 그가 차를 돌려 길을 막았다. 그 차를 피하려던 그녀는 나무를 들이받았고, 그때부터 여기 동굴 안에서 의식을 되찾을 때까지의 일은 아무것도 기억하지 못했다. 그녀는 계속 여기에 있었다. 남자는 그녀를 여기 거의 혼자 남겨 두었다. 그녀는 헤엄쳐서 나갈 힘도, 용기도 없었고, 이곳을 나갈 다른 길은 없었다.

남자는 아무것도 이야기해 주지도, 묻지도 않았고, "여기 음식이 있소." 아니면 "물을 가져올 때까지 목이 마를 땐 여기 토마토 통조림으로 버텨야 할 거요." 같은 소리 말고는 아무 말도 하지 않았다. 그녀는 이전에 그를 본 기억이 없었다. 그의 이름도 몰랐다. 그리고 남편이 죽은 이후 만난 유일한 사람이었다.

"그가 당신을 뭐라고 불렀습니까? 카터 부인? 아니면 콜린스 부인?"

내가 물었다.

그녀가 생각에 잠겨 눈살을 찌푸리더니 고개를 흔들었다.

"내 이름을 부른 적이 없는 것 같아요. 꼭 필요한 일이 아니면 전혀 말을 안 했고, 여기 오래 있지도 않았어요. 전 거의 혼자 있었어요."

가브리엘이 대답했다.

"그가 이번에는 얼마나 오래 있었습니까?"

"해가 뜨기 전부터요. 그의 보트 소리에 잠이 깼으니까."

"확실합니까? 이건 중요한 일입니다. 그가 해 뜨기 전부터 여기 있었던 것이 확실합니까?"

"예."

나는 그녀 앞에 쭈그리고 앉아 있었다. 코튼은 내 왼쪽에 피니 보안관과 함께 서 있었다. 나는 코튼을 올려다보았다.

"그럼 당신이 남는군요. 코튼 씨. 내가 보았을 때 당신 아내의 시신은 여전히 온기가 있었습니다. 11시가 지난 시각이었죠."

그가 눈을 부릅뜨며 나를 쳐다보았다.

"그…… 그게 무슨 소리요?"

그가 말을 더듬었다.

그때 나의 반대쪽 옆에서 버논이 날카롭게 이를 맞부딪쳤다.

"당신의 아내는 위든에게 살해당할까 두려워하며 그 편지를 썼소. 하지만 그가 죽인 게 아니었지. 그는 해 뜰 때부터 여기 있었으니까. 당신이 그 편지를 발견하고, 그들의 사이를 알게 된 거요. 자, 그런 다음 어떻게 한 거요?"

내가 물었다.

"거짓이야! 그 편지에는 진실이라고는 하나도 없었소! 내가 발견했을 때 이미 죽어 있었어. 나는 절대로……!"

코튼이 소리쳤다.

"당신이 죽인 거야. 그 편지로 위든이 의심받게 될 걸 알고 그녀의 목을 조른 거라고!"

버논이 내 머리 위로 그를 향해 외쳤다.

"거짓말이야!"

코튼이 한 번 더 소리를 지르더니 총을 꺼내려 했다.

그러자 피니가 그를 덮쳐 쓰러뜨린 다음 다시 일어나기 전에 수갑을 채웠다.

18장

폭탄

"말이 안 되네. 정말 터무니없는 사건이야. 남자든 여자든 범인을 잡고 나면 분명 미친 인간이 분명할 테고, 교수형을 받는 대신 정신병원 같은 데나 갇히고 말겠지."

내가 말했다.

"정말 당신다운 말이군요. 일이 마음대로 안 풀려서 당황스럽고, 어리둥절하고, 도통 감을 못 잡겠죠? 이번에야말로 제대로 된 적수를 만났다는 걸, 너무 교활해서 어떻게 처리해야 할지 잘 모르겠다는 걸 인정할 텐가요? 아니, 그럴 리 없죠. 놈이 당신보다 한 수 위다, 고로 놈은 바보 아니면 정신병자다, 이거 아닙니까. 너무한 거 아닌가요?"

"하지만, 놈은 그럴 수밖에 없는걸. 보게. 메이엔이 그 여자랑 결혼을……."

"아, 아, 지금 또 그 사연을 줄줄 읊으려고요?"

피츠스테판이 짜증난다는 듯 물었다.

"그렇게 진득하지 못해서 어쩌나. 이런 일에 그런 성격은 정말 맞지 않아. 흥미롭고 재미난 생각만 해 가지고는 살인자를 잡을 수 없단 말일세. 얻어낸 모든 사실을 가지고 자리에 앉은 다음에 그것들이 서로 맞아 들어갈 때까지 이리저리 맞춰 보며 엉덩이를 붙이고 앉아 있어야 하는 거지."

"그게 당신이 쓰는 기술이라면 얼마든지 골머리를 앓든가요. 저까지 그래야 할 이유는 없죠. 모르긴 몰라도 어젯밤에 메이엔, 레게트, 콜린슨에 걸친 기구한 사연을 단계별로 대여섯 번은 이야기했을걸요. 오늘 아침 먹은 후로도 그것 말고 다른 이야기는 한 게 없고. 전 인제 그만 들으렵니다. 당신의 이 이야기보다 더 따분한 미스터리는 아마 어디에도 없을 거예요."

"젠장, 어젯밤에 자네가 잠자리에 든 이후에도 나 혼자 새벽까지 이 이야기를 또 반복해 생각했었네. 원래는 조각들이 맞을 때까지 이리저리 돌려가며 맞춰 보는 게 맞다고."

"차라리 닉 카터(1880년대 후반부터 인기를 모은 탐정 소설 속 주인공 — 옮긴이) 이야기가 재미있겠어요. 이렇게 힘들게 이야기를 이리 맞추고 저리 맞추다가 무슨 결론이 나올지 걱정도 안 돼요?"

"사실 한 가지 이론이 있긴 하네. 코튼이 위든과 함께 납치극을 벌이다가 그를 배신했다는 버논과 피니의 생각은 틀렸다는 거지. 그들 말에 따르면 코튼이 계획을 세운 다음 위든을 설득해 몸 쓰는 일을 하게 하고, 자신의 지위를 이용해 범죄를 덮어 준 거라고 하더군. 콜린슨은 우연히 그 계획을 알게 되어 살해당했고, 코튼이 아내에게 그 편지를 쓰게 하고, 그래, 그거 가짜가 맞네. 놈이 아내에게 쓰라고 시킨 거지. 그런 다음에 그녀를 죽이고 우리를 위든에게 데려간 거고 말이야. 가브리엘을 가둬 둔 곳에 도착했을 때 배에서 가장 먼저 내린 게 코튼이었네. 입을 열 기회가 생기기도 전에 위든을 죽여 버리려 한 거지."

피츠스테판이 긴 손가락으로 자신의 밤색 머리를 쓸어 올렸다.

"코튼이 살인을 저지르는 데 질투심 정도면 충분한 동기가 된다고 생각지 않나요?"

"그렇지. 하지만 위든이 기꺼이 코튼과 장단을 맞춰 줄 이유는 뭐였을까? 게다가 이게 사원에서 벌어진 소동과는 어떻게 관련이 있지?"

"두 사건이 관련되어 있는 건 확실해요?"

피츠스테판이 물었다.

"당연하지. 가브리엘의 아버지, 새어머니, 의사, 그리고 남편, 그러니까 그녀와 가장 가까운 사람들이 단 몇 주도 안 되는 사이에 모두 처참한 최후를 맞지 않았나. 그 모두를 하나로 잇는 데 그거면 충분하다고 생각해. 연결고리를 더 찾고 싶다면 이야기해 주지. 업튼과 루퍼트가 첫 번째 사건을 수사하다 살해됐지. 두 번째 사건에서는 할던이 죽었고, 세 번째는 위든이 죽었네. 레게트 부인이 남편을 죽였고, 코튼도 아내를 죽였을 거고, 마지막으로 할던도 내가 막지 않았다면 분명 아내를 죽였을 거야. 가브리엘은 어릴 때 이모의 조종을 당해 어머니를 죽였고, 가브리엘의 하녀는 리스 박사를, 그리고 나까지 거의 죽일 뻔했잖나. 완벽하지는 않지만 레게트 씨가 모든 것을 설명하는 글을 남기고 죽임을 당했네. 코튼 부인도 마찬가지고. 이렇게 서로 일치하는 쌍들을 우연이라고 할 수 있을까? 설사 이 중에 진짜 우연이 있어도 반기를 들 사람은 분명 있을 거야."

피츠스테판이 생각에 잠겨 눈을 가늘게 뜨고 나를 쳐다보았다.

"뭔가 있을 것 같기도 하네요. 만약 그렇다면 당신의 말처럼 한 사람의 솜씨 같고요."

피츠스테판이 동의했다.

"미친 놈이고 말이야."

"참 완고하시네요. 하지만 그 미친 사람도 분명 동기는 있을 거예요."

"왜?"

"당신 같은 사람들은 정말 못 말린다니까요. 가브리엘과 관련된 동기가 없다면 왜 모든 사건이 그녀와 엮여 있겠어요?"

그가 대꾸했다.

"모두 그런 건지는 모르지. 우리는 다만 엮여 있는 것들만 볼 뿐이니까."

내가 지적했다.

그가 씩 웃었다.

"반박하기 위해서라면 무슨 말이든 할 거죠?"

"하지만 또 다시 생각해 보면 그 미친 인간이 저지르는 짓이 모두 그녀와 관련된 건 그가 가브리엘과 관련이 있기 때문일지도 모르지."

피츠스테판이 그 말을 곰곰이 생각하는 듯 잠시 초점 없이 허공을 쳐다보더니 입술을 앙다물고 나의 방과 가브리엘의 방 사이에 닫힌 문을 쳐다보았다.

"좋아요. 당신이 생각하는 가브리엘과 가까운 미친 사람이 누구예요?"

그가 다시 나를 보며 물었다.

"가브리엘과 가장 가까우면서 가장 제정신이 아닌 사람은 바로 가브리엘 자신이지."

피츠스테판이 자리에서 일어서더니 방을 가로질러 침대 가장자리에 앉아 있는 내게로 왔다. 그러고는 엄숙한 표정으로 내 손을 잡고 흔들었다.

"대단하십니다. 놀라워요. 혹시 식은땀 나진 않아요? 자, 혀를 내밀고 아, 해 보세요."

"생각해 보게……."

하지만 그 순간 복도에서 희미한 노크 소리가 들려와 나는 말을 멈추었다.

문을 열었다. 나이와 키가 나와 비슷한 마른 사내가 구겨진 검은 옷차림으로 복도에 서 있었다. 그는 딸기코로 소리 나게 숨을 쉬고 있었고 작은 갈색 눈은 겁에 질린 것 같았다.

"날 아시죠?"

그가 머뭇거리며 말했다.

"예, 들어오세요. 여긴 성배의 사원에서 일하던 톰 핑크 씨일세."

내가 피츠스테판에게 그를 소개했다.

핑크가 나무라는 듯한 눈길로 나를 쳐다보더니 머리에서 구겨진 모자를 끌어내리고는 방을 가로질러 피츠스테판과 악수를 했다. 그리고 나자 다시 내게로 돌아와 속삭이듯 작은 소리로 입을 열었다.

"말씀드릴 게 있어서 왔습니다."

"그래요?"

그가 양손으로 모자를 만지작거리고 이리저리 돌리며 안절부절 못했다. 나는 피츠스테판에게 윙크를 하고는 핑크와 함께 밖으로 나갔다. 복도로 나가자 나는 문을 닫고 그 자리에 섰다.

"들어봅시다."

핑크가 초조한 듯 혀로 입술을 축이더니 앙상한 손등으로 한 번 더 입술을 문질렀다. 다시 그가 속삭이듯 말했다.

"아셔야 할 게 있어서 알려 드리러 왔습니다."

"네?"

"죽은 위든이라는 사내에 대한 겁니다."

"그래요?"

"그는……"

그 순간, 내 방 문이 쪼개지며 왈칵 열렸다. 바닥과 벽, 그리고 천장이 부르르 떨렸다. 너무나도 큰 소리 때문에 오히려 아무것도 들리지 않았다. 굉음은 귀가 아니라 몸으로 느껴졌다. 톰 핑크가 뒤로 날아갔다. 나 역시 반대 방향으로 날아갔지만 다행히 나는 퍼뜩 정신을 차리고 최대한 몸을 낮췄다. 벽에 부딪히면서 어깨에 멍이 든 것 말고는 무사히 상황을 모면할 수 있었다. 불행히도 문틀로 날아간 핑크는 가장자리에 뒤통수를 크게 부딪쳤다. 그가 앞으로 떨어지며 바닥에 얼굴을 박았다. 머리에서 피가 흐르기 시작했고 그는 움직이지 않았다.

나는 비틀거리며 일어나 방으로 뛰어 들어갔다. 피투성이 살점과 누더기 뭉치로 변한 피츠스테판이 방 한가운데 쓰러져 있었다. 내 침대는 활활 타고 있었다. 창문에는 유리 한 조각, 철망 한 가닥 남아 있지 않았다. 나는 기계적으로 이 광경을 훑은 다음 비틀비틀 가브리엘의 방으로 다가갔다. 두 방 사이의 연결문은 열려 있었다. 아마 충격으로 열린 것 같았다.

그녀는 침대 위에 네 발로 엎드려 있었다. 머리는 침대 발치를 향하고 양발은 베개 위에 있었다. 그녀의 가운은 어깨 부분이 찢겨 있었다. 앞으로 쏟아져 내려 이마를 가린 갈색 곱슬머리 아래로 빛나는 눈은 우리에 갇힌 짐승처럼 어쩔 줄 몰라 하고 있었다. 뾰족한 턱은 흘러내린 침으로 번들거렸다. 방에 다른 사람은 없었다.

"간호사는 어디 있습니까?"

나의 목소리는 잠겨 거의 나오지 않았다.

그녀는 아무 말도 하지 않았다. 공포와 광기에 사로잡힌 그녀의 눈이 내게 초점을 맞췄다.

"이불 속으로 들어가요. 폐렴이라도 걸리고 싶어요?"

내가 소리쳤다.

그녀는 움직이지 않았다. 나는 침대 옆으로 가 한 손으로 침대보 귀퉁이를 들어 올리고 다른 한 손은 그녀를 향해 뻗었다.

"얼른, 들어가요."

그녀는 가슴 속 깊은 곳에서 기묘한 소리를 내더니 머리를 툭 떨어뜨리고 날카로운 이를 내 손등에 박아 넣었다. 무척 아팠다. 나는 억지로 그녀를 이불 속에 밀어 넣고 내 방으로 돌아와 불타고 있는 매트리스를 창문 밖으로 밀기 시작했다. 그때 사람들이 들이닥쳤다.

"의사를 불러요! 그리고 여기서 나가시오!"

나는 처음 보이는 사람에게 소리쳤다.

매트리스가 창문 밖으로 떨어졌을 때쯤 복도를 메우기 시작한 사람들을 뚫고 미키 리니헌이 모습을 나타냈다. 그가 만신창이가 된 피츠스테판과 나를 쳐다보더니 눈을 껌뻑였다.

"아니, 이게 도대체!"

그의 커다란 입 꼬리가 축 쳐졌다. 마치 위아래가 뒤집힌 채 미소를 짓는 것 같았다.

"도대체 뭐 같은가?"

나는 불에 덴 손가락을 핥으며 짜증 섞인 말투로 소리쳤다.

"큰 문제인 건 확실하네요. 그렇죠, 선배님이 여기 있으니까."

그의 붉은 얼굴 오른편에 미소가 생겼다.

벤 롤리가 들어와서 둘러보며 물었다.

"쯧, 쯧, 쯧, 무슨 일인 것 같습니까?"

"폭탄이오."

"쯧, 쯧, 쯧."

의사인 조지 씨가 들어와 형체를 알아볼 수 없게 된 피츠스테판 곁에 무릎을 꿇었다. 그는 전날 가브리엘이 돌아온 뒤부터 그녀를 돌보고 있었다. 그는 키가 작고 통통한 중년 사내로 입술과 볼, 턱, 콧대만 빼고는 거의 모든 곳이 검은 털로 덮여 있었다. 털이 숭숭한 그의 손이 피츠스테판의 몸 위로 움직였다.

"핑크는 지금까지 뭘 하고 지냈나?"

내가 미키에게 물었다.

"별 거 안 했어요. 어제 정오에 풀려난 다음부터 그를 따라다녔죠. 교도소에서 나와선 키어니가에 있는 호텔로 가 방을 하나 잡았습니다. 오후 내내 공공 도서관에 있으면서 그녀와 관련된 신문을 처음부터 끝까지 읽었고요. 그 다음에 식사를 하고 다시 호텔로 돌아갔습니다. 나 몰래 뒷문으로 빠져나갔을 수는 있지만 그게 아니라면 밤새 방에만 있었어요. 다음날 새벽 6시부터 다시 감시를 시작해야 하니까 저는 자정쯤 뺐습니다. 그는 7시 좀 넘어서 나타나 아침을 먹고, 포스턴으로 가는 화물열차에 타고, 이리로 오는 마차로 갈아탄 다음 곧장 호텔로 와 선배님을 찾았어요. 그게 전부입니다."

미키가 말했다.

"세상에! 이 사람 안 죽었어요!"

무릎을 꿇고 있던 의사가 소리쳤다.

나는 그 말을 믿지 않았다. 피츠스테판은 오른팔이 사라졌고 오른다리도 대부분 잘려 나가고 없었다. 그의 몸은 너무도 심하게 뒤틀려 있어 도대체 어느 부위가 남은 건지 제대로 볼 수도 없었다. 얼굴도 반쪽밖에 보이지 않았다.

"복도에도 한 명 더 있어요. 머리를 심하게 부딪친."

내가 말했다.

"오, 그는 괜찮아요. 하지만 이 사람은……. 나 이런, 세상에!"

의사가 고개도 들지 않고 말했다.

그는 주섬주섬 일어서더니 이런저런 지시를 내리기 시작했다. 그는 흥분해 있었다. 복도에서 남자 두 명이 들어왔다. 가브리엘 콜린슨을 간호하던 허먼 부인이 따라 들어왔고 곧 담요를 든 남자 하나가 더 나타났다. 그들이 피츠스테판을 데리고 갔다.

"복도에 있는 그 사람이 핑크입니까?" 롤리가 물었다.

"네. 말을 시작하기도 전에 폭발이 일어났습니다."

나는 핑크가 들려준 말을 그에게 전하며 이렇게 말했다.

"폭탄이 그를 노린 걸까요? 발설을 못하게 하려고?"

롤리가 물었다.

"샌프란시스코에서 그를 따라온 사람은 없었습니다. 저 말고요."

미키가 말했다.

"그건 모르지. 핑크가 어떻게 하고 있는지 가 보는 게 좋겠군, 미키."

내 말을 들은 미키가 밖으로 나갔다.

"이 창문은 닫혀 있었어요. 폭발 직전에 무언가 이리로 던져지는 소리는 없었고요. 방 안에 부서진 유리의 흔적도 없고. 가리개도 내려져 있었으니 폭탄은 밖에서 던진 것이 아니라고 할 수 있겠죠."

내가 롤리에게 말했다.

롤리가 막연히 고개를 끄덕이면서 가브리엘의 방문을 쳐다보았다.

"핑크와 나는 복도에서 이야기를 하고 있었습니다. 폭탄이 터진 뒤 나는 곧장 여기를 통해 그녀의 방으르 돌아갔지요. 누가 있었든 내게 들키지 않고 방을 나갈 수는 없었을 거요. 복도에서 그녀의 방문을 보고 있다가 안으로 들어가는 데까지 시간 공백은 거의 없었어요. 그녀의 방 창문에 덮인 가리개는 아직도 멀쩡하고요."

내가 계속해 말했다.

"허먼 부인은 그 안에 없었습니까?" 롤리가 물었다.

"원래는 그랬어야 했지만 없었죠. 그 이유는 곧 알게 될 겁니다. 콜린슨 부인이 폭탄을 던졌을 리는 없어요. 어제 뭉툭곶에서 돌아온 이후 쭉 침대 밖으로 나가지 않았고, 그 방을 쓰게 될 줄 몰랐으니 폭탄을 미리 숨겨 두지도 못했겠지요. 그 이후 당신과 피니, 버논, 의사, 간호사, 그리고 나 말고는 아무도 들어온 적이 없습니다."

"그녀가 폭탄과 관련이 있다는 말을 하려던 게 아니었어요. 그런데 여자는 뭐라고 해요?"

롤리가 웅얼거렸다.

"아직은 아무것도. 지금부터 물어보긴 하겠지만 대단한 걸 알아낼 수 있을 거라 생각진 않습니다."

알아낸 건 하나도 없었다. 가브리엘은 이불을 턱까지 올려 덮고 침대 한가운데 누워서 마치 조금 이상한 낌새라도 있으면 바로 이불 속으로 들어갈 태세였다. 그리고 우리가 무슨 질문을 하든 무조건 '아니요'라고만 했다. 질문에 그 대답이 어울리든 아니든.

간호사가 들어왔다. 가슴이 크고 머리가 붉으며 40대로 보이는 그녀는 평범한 얼굴에 주근깨와 푸른 눈 덕분에 비교적 정직해 보였다. 그녀는 기드온 성경에 맹세코 방을 비운 시간은 5분도 되지 않았다고 했다. 그저 가브리엘이 잠든 사이 발레이오에 사는 조카에게 편지를 쓰려고 종이와 펜을 찾으러 아래층에 내려간 것이라고, 그리고 그날 하루 중에 그 시간만이 자리를 비운 유일한 순간이었다고 했다. 그리고 복도에서 마주친 사람은 없었다고 덧붙였다. 내가 물었다.

"나갈 때 문은 안 잠갔고요?"

"예. 그래야 다시 돌아올 때 그녀를 깨우지 않을 것 같았어요."

"가지러 갔었다는 종이랑 펜은 어디 있습니까?"

"못 가져왔어요. 폭발 소리를 듣고 다시 뛰어 올라왔거든요."

그때 그녀의 얼굴에 두려움의 빛이 어리며 주근깨를 보기 흉한 얼룩으로 바꾸어 놓았다.

"설마 제가……!"

"콜린슨 부인이나 잘 돌보십시오."

내가 퉁명스럽게 말했다.

19장

타락

롤리와 나는 내 방으로 돌아간 뒤 연결문을 닫았다.

"쯧, 쯧, 쯧. 허먼 부인이라면 절대로 그럴 리 없다고 생각했는……."

롤리가 말했다.

"당연히 그랬어야죠. 당신이 추천한 사람 아닙니까? 대체 누구예요?"

"토드 허먼의 아냅니다. 정비소 주인이요. 토드랑 결혼하기 전에 간호사였어요. 그녀라면 괜찮겠다 싶었죠."

"발레이오에 조카가 있는 게 사실입니까?"

"예. 메어 섬에서 일한다는 그 슐츠 성 가진 놈일 겁니다. 도대체 그녀가 어쩌다 이런 일에 끼게 된 걸까요?"

"아마 아닐 겁니다. 그랬다면 가지러 갔다던 종이를 가지고 왔겠죠. 샌프란시스코의 폭탄 전문가를 불러올 때까지 사람들이 드나들지 않게 누굴 좀 세워 둬요."

롤리가 복도에 있던 부하들 중 하나를 부르자 우리는 그 사람이 힘 있는 인물처럼 보이게 놔두고 그곳을 나왔다. 미키 리니헌이 로비에서 우리를 기다리고 있었다.

"핑크는 두개골에 금이 갔답니다. 크게 다친 그 사람이랑 같이 병원으로 이송되는 중이에요."

그가 말했다.

"피츠스테판은 아직 숨이 붙어 있고?"

내가 물었다.

"예. 의사는 장비만 제대로 갖춘 곳으로 가면 살릴 수 있을 거라고 하더군요. 그런데 그런 꼴이 됐는데 살고 싶겠어요? 하지만 의사란 작자들은 항상 그런 걸 신나 하더라고요."

미키가 구시렁거렸다.

"애러니아 할던도 핑크와 함께 풀려났나?"

내가 물었다.

"예. 앨 메이슨이 그 여자를 감시하고 있죠."

"보스에게 전화해서 앨이 그녀에 대해 보고한 게 있는지 좀 알아봐 주지. 그리고 여기 무슨 일이 일어났는지 말씀드리고 앤드루스를 찾았는지 물어봐."

"앤드루스요? 그 사람은 무슨 일이랍니까?"

미키가 전화기를 향해 가는데 롤리가 물었다.

"아직 무슨 일이 터졌단 말은 못 들었습니다. 콜린슨 부인을 구출했단 소식을 알려 주려고 했는데 행방을 알 수 없다는 게 문제죠. 사무실에는 어제 아침부터 나오지 않았다고 하고, 아무도 그가 어디 있는지 모르고 있어요."

"쯧, 쯧, 쯧. 그를 찾는 특별한 이유라도 있나요?"

"평생 그녀를 돌볼 순 없잖습니까. 앤드루스 씨가 부인을 책임지고 있으니까 그녀를 인도하려는 거죠."

롤리가 내 말에 고개를 끄덕였다.

우리는 밖으로 나가 찾을 수 있는 사람은 모두 만나 생각해 낼 수 있는 질문이란 질문은 모조리 퍼부었다. 하지만 폭탄이 창문을 통해 들어온 것이 아니라는 확인 말고는 단서가 될 만한 답은 하나도 없었다. 폭발 직전과 폭발 당시 호텔을 보고 있었던 사람 여섯 명을 만났는데 그들 중 누구도 폭탄을 던지는 행위와 비슷한 것은 보지 못했다고 하였다.

미키가 통화를 마치고 돌아왔다. 교도소에서 풀려난 애러니아 할던은 샌 머티오에 있는 제프리스라는 가족의 집으로 들어가 지금까지 그곳에 있으며, 앤드루스를 찾고 있던 딕 폴리는 그가 소살리토에 있을 거라 했다는 소식이었다.

지방 검사 버논과 피니 보안관은 기자와 사진사 부대를 거느리고 돌아와 매우 바쁘게 수사에 임하는 것처럼 굴었다. 그들이 가장 좋아하는 신문 1면, 그것도 샌프란시스코와 로스앤젤레스 전역의 신문에 날 수밖에 없는 사건이 아닌가.

나는 가브리엘 콜린슨을 다른 방으로 보내고 옆방에 미키 리니헌을 둔 뒤 두 방 사이의 연결문을 잠그지 않게 했다. 이제 가브리엘이 입을 열었지만 그녀가 말한 것은 그다지 도움이 되지 않았다. 잠을 자고 있는데 끔찍한 소리와 함께 침대가 심하게 삐걱거리는 바람에 깼고 그 다음에 내가 들어왔다는 것이었다. 그것이 그녀가 아는 전부였다.

그날 오후 늦게 샌프란시스코 경찰의 폭탄 전문가 맥크라켄 씨가 도착했다. 쓸어 담은 조각들을 모조리 살핀 뒤 그가 1차로 내놓은 답변은 폭탄이 알루미늄으로 만든 작은 것이며, 질이 낮은 니트로글리세린을 썼고, 조잡하게 만든 폭파 장치를 이용해 터뜨렸다는 것이었다.

"아마추어입니까, 프로입니까?" 내가 물었다.

맥크라켄이 입 속에 든 담뱃잎 조각을 퉤 뱉었다. 그는 담배를 피우면서 잘근잘근 씹어대는 버릇을 가진 사람이었다.

"폭탄에 대해 잘 아는 사람이 주변에서 구할 수 있는 것들을 가지고 급조한 것이라고 보는 게 좋겠습니다. 정확한 건 파편을 가져다가 연구실에서 조금 더 확인한 뒤 알려 드리죠."

"타이머는 없었고요?" 내가 물었다.

"그런 흔적은 없었습니다."

의사 조지는 피츠스테판이 아직 숨을 쉬고 있다는 소식을 가지고 돌아왔다. 그는 잔뜩 흥분하여 거의 분홍색으로 상기되어 있었다. 워낙 피츠스테판 생각에 정신이 팔려 있어 나는 핑크와 가브리엘에 관해 묻느라 거의 소리를 질러야 했다. 그는 핑크의 생명에는 아무 문제가 없으며, 가브리엘의 감기도 꽤 나아져 원한다면 침대에서 나와도 괜찮다고 했다. 그녀의 정신적인 충격은 어떤 것 같으냐 물었지만 그는 어서 피츠스테판의 곁으로 돌아가고 싶은 생각에 다른 데는 신경도 안 쓰는 것 않았다.

"음, 음, 예, 그럼요. 조용히 휴식을 취하고 정신적으로 안정해야 합니다."

그가 중얼거리며 내 옆을 지나 자신의 차 쪽으로 가더니 이내 시야에서 사라졌다.

나는 그날 밤 버논, 피니와 함께 호텔 식당에서 저녁을 먹었다. 그들은 내가 폭발 사건에 대해 아는 것을 모두 털어놓았다고 생각지 않았고, 식사 내내 나를 증인석에 세워 둔 것처럼 질문을 퍼부었다. 하지만 누구도 내가 정보를 숨기고 있다고 대놓고 말하지는 않았다.

저녁을 먹고 나는 새 방으로 올라갔다. 미키가 침대에 누워 신문을 읽고 있었다.

"가서 뭣 좀 먹지. 우리 응석받이는 어떤가?"

"일어났어요. 어떻게 생각하십니까? 패를 다 안 보여 주는 거 같죠?"

"왜? 뭘 하고 있었기에?"

"아무것도요. 그냥 제 생각입니다."

"뱃속이 비어서 그래. 얼른 가서 먹지."

"예, 예. 선배님."

그가 장난치듯 말하고 밖으로 나갔다.

가브리엘이 있는 옆방은 조용했다. 나는 문 앞에서 잠시 귀를 기울이다 문을 두드렸다.

"들어오세요." 허먼 부인의 목소리였다.

그녀는 침대 옆에 앉아 원형 수틀에 받친 노란빛 천에 화려한 나비를 수놓고 있었다. 가브리엘 콜린슨은 방 반대편 흔들의자에 앉아 무릎 위 깍지 낀 손을 내려다보며 눈살을 찌푸리고 있었는데 손에 어찌나 힘을 주었는지 손가락 관절이 온통 희었다. 그녀는 납치될 당시 입고 있었던 트위드 옷을 입고 있었다. 아직도 심하게 구겨지긴 했으나 진흙은 다 털어 내고 없었다. 내가 들어갔는데도 그녀는 고개를 들지 않았다. 허먼 부인만 고개를 들고 불편한 듯 미소 지었다. 그녀의 주근깨가 양볼 위에서 하나로 뭉쳤다.

"안녕하십니까. 이제 환자는 없는 것 같군요."

내가 밝은 분위기를 내기 위해 말했다.

가브리엘은 아무 반응도 보이지 않았지만 허먼 부인은 지나칠 정도로 밝게 대답했다.

"정말 그렇죠? 콜린슨 부인을 이제 환자라고 불러선 안 되겠어요. 이제 이렇게 일어나서 돌아다니시니……. 너무 기운이 넘쳐서 제가 아쉬울 정도라니까요. 호호호. 이렇게 착한 환자는 한 번도 보지 못했거든요. 처음 병원에서 일하기 시작했을 때 우리 간호사들이 만날 그랬었죠. 환자가 착할수록 병원에 머무는 시간이 짧고, 싫은 사람은 거의 병원에서 살다시피, 그러니까 영원히 병원에 있는 것 같다고. 한번은 이런 일도 있었……."

나는 그녀에게 얼굴을 찡그리며 문을 향해 고개를 까닥였다. 그녀의 열린 입 속에서 하지 못한 말들이 사그라졌다. 얼굴이 붉게 변하더니 이내 창백해졌다. 그녀는 수틀을 내려놓고 자리에서 일어났다.

"예, 예. 그게…… 원래 세상이 그런 거죠. 음…… 가서 그거…… 그거 있잖아요. 일 좀 봐야겠어요. 잠시 실례할게요."

그녀가 바보처럼 더듬거렸다. 그러고는 마치 내가 그녀 뒤로 다가가 방 밖으로 걷어차기라도 할 것처럼 옆걸음으로 재빨리 나가버렸다.

문이 닫히자 가브리엘이 고개를 들었다.

"오웬은 죽었죠."

그녀의 말은 질문이 아니라 이미 알고 있는 사실을 언급한 것 같았다. 하지만 이 상황에서는 질문인 것처럼 답해 줄 수밖에 없었다.

"아니요. 살았어요."

나는 허먼 부인이 앉아 있던 의자에 앉아 담배를 꺼냈다.

"살게 될까요?"

감기 때문에 그녀의 목소리는 아직 쉬어 있었다.

"의사 말로는 그렇더군요."

나는 조금 과장해 말했다.

"산다면 혹시⋯⋯ 몸은⋯⋯."

그녀는 말을 맺지 않았다. 그녀의 쉰 목소리는 감정이 없는 것 같았다.

"아마 꽤 심한 불구가 될 겁니다."

"그게 죽는 것보다 훨씬 더 만족스럽겠지."

그녀가 혼잣말처럼 중얼거렸다.

나는 씩 미소를 지었다. 내가 생각처럼 연기를 잘 하고 있다면 표정에서 사람 좋아 보이는 이해심 말고 다른 것은 보이지 않을 터였다.

"웃어요. 그렇게 웃어넘길 수 있는 일이면 얼마나 좋겠어요. 하지만 그럴 수 없어요. 그건 분명 있어요. 그리고 앞으로도 있을 거예요."

그녀는 다시 손을 내려다보며 덧붙였다.

"저주는……."

말투가 조금만 달랐다면 그녀의 마지막 말은 꽤나 극적으로, 우스꽝스러울 만큼 연극 대사처럼 들렸을 것이다. 하지만 그녀의 말은 마치 습관이 되어 버린 것처럼 아무런 감정도 없이 기계적이었다. 나는 그녀가 매일 매일, 캄캄한 밤에 침대에 누워서, 옷을 입으면서, 아니면 거울에 비친 자기 얼굴을 보면서 그 말을 중얼거리는 걸 상상할 수 있었다.

나는 앉은 자리에서 잠시 몸을 비틀었다. 그런 다음 무뚝뚝한 말투로 입을 열었다.

"그만해요. 성질 나쁜 여자 하나가 증오와 분노를 쏟아 내는 일장연설을 했다고 해서 그럴……."

"아니, 아니에요. 새어머니는 내가 처음부터 알고 있었던 걸 입 밖에 낸 것뿐이에요. 그게 데인 핏줄에 흐르고 있는 건 줄은 몰랐지만 내게 있었다는 건 항상 알고 있었어요. 어떻게 모를 수 있겠어요? 타락의 표시가 이렇게 몸에 있잖아요?"

그녀는 성큼성큼 걸어와 내 옆에 서더니 고개를 한쪽으로 돌리고 두 손으로 머리채를 들어올렸다.

"귀를 봐요. 귓불이 없고 위는 뾰족해요. 사람 귀는 이렇지 않아요. 동물이나 그렇지."

그녀는 다시 나를 바라보았지만 잡은 머리는 놓지 않았다.

"이마는요? 작은 거나 모양이나, 동물이에요. 이도, 얼굴도."

그녀가 작고 뾰족한 흰 이를 드러냈다. 그리고 마침내 머리채를 잡은 손을 떨어뜨리자 머리가 축 늘어뜨려지더니 희한하게 뾰족하고 작은 그녀의 턱 아래에서 맞닿았다.

"그게 다요? 발굽은 없고? 좋아, 희한하게 생긴 것들이 있으면 다 말해 봐요. 그게 어때서? 그래, 당신 새어머니는 데인이면서 무시무시한 독 같은 존재였지. 하지만 몸에 무슨 표시가 있었나요? 흔히 보는 다른 사람처럼 멀쩡하고 평범한 사람 아니었습니까?"

내가 물었다.

"하지만 그걸론 답이 안 돼요. 그래, 몸에 보이는 타락의 표시는 없었겠죠. 나는 있어요. 정신적인 것도. 나는……."

그녀가 고개를 흔들었다. 그러고는 침대 가장자리에 앉더니 무릎에 팔꿈치를 올리고 양 손에 얼굴을 묻었다.

"난 다른 사람들처럼 또렷하게 생각을 할 수가 없어요. 단 한 번도, 아무리 간단한 것도요. 내 머릿속에서는 모든 게 언제나 뒤죽박죽이에요. 무슨 생각을 하려고 하든 나와 생각 사이에는 언제나 안개가 있죠. 그리고 다른 생각들도 끼어들어요. 그래서 원하는 생각은 언뜻 보지도 못한 채 다시 잃어버리고 말아요. 그러면 다시 안개 속을 헤집고 다녀야 하는데, 겨우 찾고 나면 똑같은 일이 또, 그리고 또 일어나죠. 그게 얼마나 끔찍한 일인지 알겠어요? 매일 매일 그런 삶을 산다는 게? 그리고 앞으로도 늘 그럴 거라는, 어쩌면 더 심해질 거라는 걸 안다는 게?"

"당연히 모르죠. 내가 듣기엔 지극히 평범한 것 같습니다. 늘 또렷하게 생각할 수 있는 사람은 아무도 없어요. 아무리 그런 척을 해도 말이죠. 생각이라는 건 힘든 일이에요. 안개에 가린 것이라도 최대한 많이 보고, 또 그걸 최선을 다해 맞춰나가는 거죠. 그게 바로 사람들이 자신의 신념이나 의견에 그리도 매달리는 이유입니다. 처음 잡기가 그렇게 힘든 데 비해 이미 자기 것으로 만든 생각은 아무리 얼토당토않은 것이라도 놀라울 정도로 또렷하고, 멀쩡하고, 자명한 것 같거든요. 혹시라도 그걸 놓쳐 버린다면 다시 그 안개 뿌연 혼란 상태로 뛰어들어 새롭게 생각을 끄집어내야 하고……"

그녀가 고개를 들더니 희미하게 미소를 지었다.

"전엔 왜 당신이 싫었는지 모르겠네요. 하지만……"

그녀의 얼굴이 다시 심각해졌다.

"하지만이란 말은 됐어요. 진짜 미친 사람이랑 정말 멍청한 사람만 빼면 모든 사람이 가끔씩, 아니면 그럴 일이 있을 때마다 자신이 제정신이 아닐지 모른다고 의심한다는 것쯤은 알 나이 아닙니까? 광기의 증거는 정말 쉽게 찾을 수 있지요. 자기 속을 파고들면 들수록 더 많은 것을 캐낼 수 있는 법이니까. 당신처럼 지독하게 스스로에 대해 생각하고 또 생각한다면 그 누구도 이겨 내지 못할 거요. 자신이 미친 사람이라는 걸 증명하려고 돌고 또 도는 꼴이라니! 아직 미치지 않은 게 대단한 일이죠."

"아마 미쳤을 거예요."

"아니, 내 말 믿어요. 당신은 제정신입니다. 아니, 내 말을 믿을 필요도 없어요. 생각해 봐요. 당신의 인성은 처음부터 정말 힘들었죠. 시작부터 나쁜 사람 손아귀에 있었으니까. 당신 새어머니는 한마디로 주변 모든 사람을 물들이는 독이었고, 당신을 망치려고 최선을 다한 데다가, 마지막에 가서는 당신에게 아주 특별한 가문의 저주가 덕지덕지 묻어 있다고 믿게 만드는 데 성공했죠. 당신을 알고 지낸 지난 두 달 동안 사람이 겪을 수 있는 재앙이라는 재앙은 당신 몸을 겹겹이 덮었고. 그리고 저주를 믿는 당신은 그렇게 쌓인 모든 재앙의 책임이 모두 자신에게 있다고 믿었지요. 그래, 그래서 결과가 어때요? 거의 내내 혼란스러워하고, 안 그럴 때는 발작적으로 흥분하고……. 남편이 죽었을 때는 목숨까지 끊으려 했었죠. 하지만 총알이 몸을 뚫는 충격은 피할 정도로 멀쩡하지 않았잖습니까.

아가씨! 난 돈을 받은 만큼만 당신의 문제에 관심을 갖는, 돈 받고 고용된 사람에 불과해요. 그런데도 여러 사건에 휘말리면서 거의 녹초가 됐습니다. 나는 나이도 많고 이런 범죄 사건에 익숙해요. 하지만 당신은 그렇게 심한 일을 겪은 것으로도 모자라 오늘 아침 또 누군가가 당신 침대 옆에서 니트로글리세린 뭉치를 터뜨렸어요. 그런데 지금 모습을 봐요. 바로 저녁때 이렇게 제대로 옷을 차려입고 멀쩡히 움직이면서 자신이 미쳤다고 나하고 싸우고 있지 않습니까?

당신이 정상이 아니라면 그건 보통 사람보다 더 강인하고, 더 제정신이고, 더 냉철하다는 뜻일 겁니다. 데인 핏줄은 집어치우고 당신 속에 있는 메이엔 피를 생각해 봐요. 아버지가 아니라면 누구한테 그런 강인함을 물려받았을 거 같습니까? 악마의 섬과 남미 대륙, 그리고 멕시코까지 그를 이끌고, 마지막 순간까지 그를 서 있게 한 바로 그 강인함 말이에요. 당신은 내가 만난 유일한 데인 가 사람보다 그를 더 닮았어요. 외모도 아버지를 닮았고, 그러니까 타락의 표시처럼 말도 안 되는 것이 정말 있다면 그것도 아버지로부터 물려받은 거겠죠."

그녀는 내 말을 마음에 들어 하는 것 같았다. 눈에는 거의 행복이라고 부를 만한 빛이 담겨 있었다. 하지만 내가 담배를 피우며 할 말을 생각하는 동안 서서히 그 빛이 사라지기 시작했다.

"그런 말씀…… 고마워요. 진심이시라면……." 그녀의 목소리에는 다시 절망이 서렸고 얼굴은 다시 양 손에 묻혔다. "하지만 내가 어떤 사람이든 그 여자 말이 옳아요. 당신도 부정하진 못할걸요. 내 인생이 저주받고, 더럽혀졌다는 걸, 그리고 나와 관련된 모든 사람도 그렇게 되어 버렸다는 건 부인하지 못할 거예요."

"내가 바로 그 말에 대한 대답입니다. 최근 들어 거의 당신 주변에 있었고 여러 사건에도 제대로 휘말렸지만 한숨 푹 자고 나면 괜찮아질 수 있는 것 외에는 아무 일도 당하지 않았잖아요."

"하지만 방식이 달라요. 당신과는 개인적 관계가 아니잖아요. 당신은 돈을 받고 일하는 거니까, 이게 당신 직업이니까. 그게 다른 점이에요."

그녀가 이마를 찡그리며 반박했다.

나는 짧은 웃음을 터뜨렸다.

"그거 갖곤 안 돼죠. 피츠스테판도 있잖아요. 물론 당신 가족을 알긴 했지만 그는 나를 통해, 나의 부탁으로 여기 있는 거요. 그러니까 따지고 보면 거리는 나보다 더 먼 겁니다. 그러면 내가 먼저 당했어야 하는 거 아닙니까? 그 폭탄이 나를 겨냥한 것일 수도 있었어요. 그럴 수 있지요. 하지만 그 뒤에는 사람의 계략이 숨어 있어요. 망칠 수도 막을 수도 있는 사람의 계획 말입니다. 당신이 믿는 절대적이라는 저주가 아니라."

"모르시는 게 있어요. 오웬은 날 사랑했어요."

그녀가 자기 무릎을 노려보며 말했다.

나는 놀란 모습을 보이지 않기로 했다.

"혹시 그와……?"

"아니요, 제발! 제발 그런 이야기는 묻지 말아 주세요. 오늘 아침에 그런 일이 일어난 지금은 더더욱."

그녀가 불쑥 어깨를 쭉 펴더니 또렷하게 말했다.

"절대적인 저주라고 했나요? 당신이 내 말을 오해한 건지 아니면 내가 어리석어 보이게 일부러 그런 척하는 건지는 몰라도 나는 절대적인 저주 같은 건 안 믿어요. 성경의 욥처럼 하느님이나 악마로부터 오는 저주 같은 거 말이에요."

그녀의 목소리는 이제 진지했다. 이젠 주제를 바꾸려 말을 늘어놓는 것이 아니었다.

"하지만 근본적으로, 뼛속까지 악해서 만나는 사람마다 독을 퍼뜨리는, 그들의 마음속에서 최고의 악을 이끌어 내는 사람이 있을 수 있지 않아요? 그리고 그게 혹시 나라면……."

"자신이 원할 때 그리 할 수 있는 사람들이 있긴 있죠."

내가 반쯤 동의했다.

"아니, 아니에요! 본인이 원하든 원치 않든 말이에요. 필사적으로 그리 하지 않으려 할 때도 말이에요. 그래요. 그게 맞아요. 난 에릭을 사랑했어요. 깨끗하고 착한 사람이었으니까. 당신도 알잖아요. 그를 꽤 잘 알았고, 그가 그런 사람이라는 걸 알 정도로 남자에 대해 잘 알잖아요. 난 그를 그런 식으로 사랑했고 그런 식으로 원했어요. 그런데 결혼을 하고 나니까……."

그녀가 몸을 부르르 떨더니 양손을 내게 내밀었다. 손바닥은 건조하고 뜨거웠지만 손끝은 무척 차가웠다. 그녀의 손톱이 내 손을 파고들지 않게 손을 꼭 붙들어야 했다.

"그와 결혼할 때 처녀였습니까?"

"그랬어요. 지금도 그렇고. 난……."

"괜히 흥분할 일 아니에요. 당신은 순결하고, 그런 사람답게 어리석은 생각을 했던 것뿐입니다. 그리고 마약을 하잖아요, 그렇죠?"

그녀가 고개를 끄덕였다.

"그것 때문에 성적 관심이 보통 사람보다 낮았을 겁니다. 그래서 다른 사람이 보이는 정상적인 관심도 비정상적으로 보였을 거고요. 에릭은 너무 젊었고, 당신을 너무 사랑했고, 어쩌면 경험도 너무 없어서 요령 있게 굴지 못했을 거요. 괜히 그런 걸로 이상한 생각해선 안 됩니다."

"하지만 에릭뿐만이 아니었어요. 내가 아는 남자는 모두……. 교만하다고 생각지는 말아 주세요. 내가 아름답지 않은 건 나도 알아요. 하지만 부도덕한 여자가 되고 싶지는 않아요. 절대로. 왜 남자들은…… 왜 제가 만난 남자는 모두 저를……."

"지금 내 이야기를 하는 겁니까?"

"아니요, 아니라는 거 아시잖아요. 절 놀리지 말아 주세요."

"그렇다면 예외도 있습니까? 다른 사람들은요? 예를 들어 매디슨 앤드루스는?"

"그를 잘 아신다면, 아니면 그에 대해 소문을 들었다면 묻지 않아도 아실 거예요."

"그렇지요. 하지만 그의 경우에는 저주 탓을 해선 안 됩니다. 여자한테 집적대는 건 그 사람 버릇이니까. 그자가 심하게 굴었습니까?"

"정말 뻔뻔스러웠어요." 그녀가 씁쓸하게 말했다.

"얼마나 오래 전입니까?"

"오, 한 1년 반 전이었어요. 아버지와 새어머니에게는 아무 말도 하지 않았어요. 전…… 전 남자들이 저한테 그렇게 구는 게 수치스러웠고……."

"대부분의 남자들이 대부분의 여자들에게 그렇지 않은지 어떻게 압니까? 당신의 경우가 그리도 특별할 이유가 뭐라고 생각합니까? 귀가 날카롭다면 지금 당장이라도 샌프란시스코의 여자 수천 명이 당신과 같은 불평을 늘어놓는 것쯤 쉽게 들을 수 있을 겁니다. 그리고 아마 그들 중 반은 자신의 생각이 옳다고 굳게 믿고 있을 테지."

내가 낮은 소리로 투덜거렸다.

그녀는 내게 잡혀 있던 두 손을 빼내더니 침대 위에 몸을 세우고 똑바로 앉았다. 창백했던 얼굴에 핏기가 약간 돌아와 있었다.

"이젠 정말 제가 어리석었다는 생각이 들게 하시는군요."

그녀가 말했다.

"나도 별반 나을 게 없습니다. 나는 소우 탐정이라는 사람이 아닙니까. 이 일이 시작된 이후로 회전목마를 타고 빙글빙글 돌면서 당신의 저주와 계속 같은 거리를 두고 있었죠. 실제로 저주와 맞닥뜨리면 어떤 모습일지 상상하면서도 그렇게 되지 못하고 말입니다. 하지만 이제는 다를 겁니다. 한두 주 정도 더 견딜 수 있겠습니까?"

"그럼……"

"당신의 저주라는 게 허튼 소리에 불과하다는 걸 직접 보여 주겠습니다. 대신 며칠, 어쩌면 두 주 정도 더 걸릴 겁니다."

그녀는 눈을 동그랗게 뜨고 가늘게 떨기 시작했다. 나의 말을 믿고 싶으면서도 선뜻 그렇게 하기가 꺼려지는 것처럼.

"그럼 그렇게 하는 겁니다. 이제부턴 뭘 할 겁니까?"

"모…… 모르겠어요. 진심이세요? 이 모든 게 정말 끝날 수 있다고요? 더 이상…… 이제는 더 이상……. 그러니까 당신이 이 모든 걸 정말로……."

"그래요. 그러니까 해변의 그 집으로 돌아가 있을 수 있겠습니까? 그러면 조사에 도움이 될 수도 있고 비교적 안전할 겁니다. 허먼 부인을 데려가도 되고, 필요하다면 우리 쪽 사람도 한둘쯤은……."

"가겠어요."

나는 손목시계를 내려다보고 자리에서 일어섰다.

"침대로 돌아가는 게 좋겠군요. 옮기는 건 내일 합시다. 잘 자요."

그녀는 아랫입술을 잘근잘근 씹었다. 무언가 말하고 싶지만 차마 못하는 것처럼 잠시 그러고 있더니 이내 속에 품고 있던 말을 불쑥 내뱉었다.

"거기에서 쓸 모르핀이 필요해요."

"그래요. 하루에 얼마나 씁니까?"

"325…… 650밀리그램이요."

"그리 많은 건 아니군요." 내가 말했다. 그런 다음 그저 궁금해서 그러는 것처럼 지나가듯 물었다. "그거 하면 좋습니까?"

"안타깝게도 이제는 좋고 나쁜 거랑은 아무 상관없는 지경이 되었네요."

"《허스트》를 너무 많이 읽으셨군. 습관을 버리고 싶다면 거기 며칠 머무를 생각이니 그 기간을 이용해 끊으면 됩니다. 그리 힘들지 않아요."

이 말을 들은 그녀가 희미하게 웃으며 입술을 묘하게 떨었다.

"이제 그만 가세요. 더 이상 저를 안심시키지도, 무언가 약속을 하지도 마세요, 제발……. 오늘 밤은 이거면 되니까. 이젠 그 말에 거의 취할 지경이에요. 이제 부디 나가 주세요."

"알겠습니다. 잘 자요."

"네, 그리고 고마워요."

나는 내 방으로 돌아가 문을 닫았다. 미키가 술병의 마개를 돌리고 있었다. 그의 무릎에는 먼지가 잔뜩 묻어 있었다. 그는 얼빠진 듯한 미소를 흘리더니 입을 열었다.

"거 참, 말솜씨 끝내주십니다. 이유가 뭡니까? 이번 기회에 정착하려고요?"

"쉿. 뭐 새롭게 알아낸 건 없고?"

"높으신 분들은 시내로 돌아갔습니다. 밥 먹고 돌아왔더니 그 붉은 머리 간호사가 열쇠구멍으로 한창 엿듣고 있던데요. 내가 쫓아 버렸죠."

"그래서 자네가 그 자리를 대신 차지했고?"

내가 그의 먼지 묻은 무릎을 향해 고개를 까닥이며 물었다.

하지만 얼굴이 두꺼운 미키는 그깟 일로 부끄러워하는 인물이 아니었다.

"그럴 리가 있겠습니까. 그 여자는 복도에 있는 다른 문에 있었는걸요."

20장
해안의 집

다음 날 아침 늦게 나는 정비소에서 피츠스테판의 차를 꺼내 가브리엘과 허먼 부인을 태우고 해안의 투커 별장으로 향했다. 가브리엘은 기운이 없었다. 말을 건네면 억지로 미소를 보이는 데 그쳤고 자발적으로는 아무 말도 하지 않았다. 나는 그녀가 콜린슨과 함께 있던 집으로 돌아간다는 생각에 우울해하는 거라 생각했지만 막상 그곳에 도착하자 그녀는 별 망설임 없이 집 안으로 들어갔고, 우울한 기분이 더 이상 악화되는 것 같지도 않았다.

점심을 먹고 나자 (허먼 부인은 사실 요리 솜씨가 꽤 좋았다.) 가브리엘이 밖에 나가고 싶어 했다. 그래서 그녀와 나는 메리 누네즈를 만나러 멕시코인들이 모여 사는 곳으로 향했다. 메리는 다음날부터 다시 일을 시작하겠다고 약속했다. 그녀는 가브리엘을 좋아하는 것 같았지만 나를 마음에 들어 하는 것처럼 보이지는 않았다.

집으로 돌아오는 길에 우리는 해안을 따라 여기저기 널려 있는 바위 사이로 걸음을 옮겼다. 걷는 속도는 느렸다. 그녀의 미간에는 깊게 주름이 잡혀 있었다. 집에서 몇백 미터 떨어진 곳까지 오는 동안 우리는 아무 말도 하지 않았다. 그때 갑자기 가브리엘이 둥근 바위 위에 털썩 주저앉았다. 바위는 햇살에 따뜻하게 덥혀 있었다.

"어젯밤에 제게 한 말 기억나세요?"

그녀가 물었다. 한꺼번에 말을 쏟아내는 그녀의 얼굴은 잔뜩 겁에 질려 있었다.

"그럼요."

"다시 말씀해 주세요. 여기 앉아서 다시 말해 줘요. 전부 다요."

그녀가 바위 가장자리로 물러앉으며 사정했다.

나는 그 말에 따랐다. 이어진 나의 말에 의하면 귀의 모양을 가지고 사람의 성품을 판단하는 것은 별이나 찻잎, 모래 위의 침 자국으로 점을 보는 것처럼 어리석은 짓이고, 사람의 머릿속은 엉망으로 뒤죽박죽되어 있기 때문에 자신 안의 광기를 찾으려 하는 사람은 당연히 수많은 증거를 찾게 될 것이며, 내가 보기에 그녀는 아버지를 많이 닮아 데인 가의 피가 그리 많지 않을 것이고, 설사 가문의 저주 같은 것이 물려져 내려올 수 있다 해도 그녀는 사악한 새어머니가 한 말 따위에 무너질 사람이 아니고, 보통 사람에 비해 다른 이들에게 더 나쁜 영향을 미친다고 볼 만한 이유가 없으며, 본래 많은 이들이 이성에게 좋은 영향을 준다고 보기도 어려울뿐더러, 그녀는 아직 너무 어리고, 경험이 없고, 자기 생각에만 빠져 있어 이러한 면에서 남들과 어찌 다른지 제대로 판단하기 어렵고, 며칠만 있으면 내가 그녀의 저주라는 것보다 훨씬 더 형체가 또렷하고, 합리적이며, 누군가를 감옥으로 보낼 만한 답을 보여 줄 것이며, 그녀는 모르핀을 그리 많이 쓰지 않고 중독에서 벗어나기 쉬운 성격을 지닌 덕분에 모르핀을 끊는 데 그리 큰 어려움이 없을 것이었다.

나는 45분 넘게 이러한 생각을 그녀 머릿속에 심어 주느라 애썼고, 그 결과는 꽤 성공적이었다. 이야기를 듣는 동안 그녀의 눈에 담겨 있던 두려움이 사라진 것이다. 막바지에 이르자 그녀는 슬그머니 미소까지 지었다. 마침내 이야기가 끝나자 그녀는 자리에서 펄쩍 뛰어 일어나더니 소리 내어 웃으며 양손을 만지작거렸다.

"고마워요, 고마워요. 제발 제가 끝까지 당신을 믿게 해 주세요. 설마 그 말이 사실이 아니더라…… 아니, 그건 사실이에요. 언제나 그 말을 믿게 해 주세요. 자, 가요. 우리 조금 더 걸어요."

그녀가 발랄하게 말했다.

그녀는 집까지 가는 나머지 길에 거의 달리다시피하면서 끊임없이 재잘거렸다. 미키 리니헌이 현관에서 기다리고 있었다. 그녀가 안으로 들어간 동안 나는 잠시 멈춰 그와 이야기를 나누었다.

"롤리 흉내를 내자면 '쯧, 쯧, 쯧'이군요. 당신이 믿을 만한 사람이라고 생각했던 포이즌빌의 불쌍한 여자에 대해 저 여자한테 귀띔 좀 해 줘야겠는데요."

미키가 씩 웃으며 내게 고개를 흔들었다.

"가져온 소식은 없고?"

나는 미키의 비아냥거리는 소리를 무시하고 물었다.

"앤드루스가 나타났습니다. 애러니아 할던이 묵고 있던 샌머티오의 제프리스 집에 있었다더군요. 그녀는 아직도 거기 있어요. 앤드루스가 거기 있던 건 화요일 오후부터 어젯밤까집니다. 앨이 그곳을 감시하다가 그자가 들어가는 걸 보았는데 나올 때까지 그냥 놔두었다고 했고요. 제프리스 가족은 집을 비우고 샌디에이고에 가 있고요. 지금은 딕 폴리가 앤드루스를 감시하고 있어요. 앨 말로 할던 그 여자는 집밖으로 나오지 않았다고 합니다. 그리고 롤리가 핑크가 깨어났다고 했는데 폭탄에 대해서는 아무것도 모른다고 했답니다. 피츠스테판은 아직도 버티고 있고요."

"오후에 당장 가서 핑크하고 이야기를 해 봐야겠네. 여기 좀 있지. 그리고 아, 그래, 자네 콜린슨 부인이 주변에 있을 때는 내게 좀 공손하게 굴어야겠어. 그래야 내가 잘나가는 사람처럼 보일 거 아닌가."

"그럼 올 때 술 좀 사 와요. 맨정신으로는 못 하겠으니까."
미키가 쿡쿡 웃으며 말했다.

병원에 갔을 때 핑크는 붕대로 감싸인 채 침대에 앉아 밖을 내다보고 있었다. 그는 폭탄에 대해서는 아는 것이 전혀 없고, 내게 말하려던 것은 하비 위든이 자신의 양아들, 그러니까 지금은 자취를 감춘 마을 대장장이 같은 우락부락한 아내가 먼젓번 결혼에서 얻은 아들이라는 사실이라고 했다.

"그래요? 그래서 어쨌다는 거요?" 내가 물었다.

"아니, 그래서 뭐가 어쨌다는 게 아니라 그 사람의 정체가 그러니 탐정님이 알고 싶어 하리라고 생각했습니다."

"내가 왜?"

"신문 보니까 여기서 벌어진 일이랑 먼젓번 사건에 무슨 관계가 있다고 하셨다면서요. 그리고 그 덩치 좋은 형사님 말이 당신이 내가 무언가 숨기고 있는 것 같다고 했다기에……. 더 이상 문제에 말려들고 싶지 않았어요. 그래서 여기 직접 와 알려주면 내가 무언가를 숨기고 있다고 할 수 없을 테니까……"

"그래요? 그럼 매디슨 앤드루스에 대해 아는 걸 털어놔 보시오."

"그에 대해서는 아무것도 모릅니다. 그 사람은 몰라요. 그 여자 보호잔지 뭔지 그렇죠? 신문에서 읽었어요. 하지만 저는 그 사람 몰라요."

"애러니아 할던은 알던데."

"그런가 보죠. 하지만 난 몰라요. 나는 그냥 할던 부부 밑에서 일한 것뿐이라고요. 일자리일 뿐이었어요."

"당신 아내는 어떻소?"

"나랑 똑같죠. 그냥 일자리."

"아내는 어디 있소?"

"저도 몰라요."

"사원에서는 왜 도망쳤소?"

"말씀드렸잖아요. 저도 몰라요. 괜히 말려들기 싫었어요. 전…… 기회가 있다면 누군들 안 도망쳤겠습니까?"

이쯤 되자 자꾸 옆에서 왔다 갔다 하던 간호사가 더욱 성가시게 느껴졌다. 그래서 나는 병원을 나와 법원에 있는 지방 검사 사무실로 갔다. 나를 본 버논은 '세상 다른 일은 잠시 다 기다리라고 하지, 뭐.' 하는 듯한 몸짓으로 쌓여 있던 서류를 한쪽으로 밀었다.

"와 줘서 고맙군요. 앉으세요."

그는 연신 고개를 끄덕이며 미소와 함께 치아를 전부 내보였다.

나는 자리에 앉았다.

"핑크와 이야기를 하고 왔습니다. 아무것도 알아내지 못했지만 그가 우리가 찾던 잡니다. 그 사람 말고는 폭탄을 가져올 사람이 없었어요."

버논이 잠시 눈살을 찌푸리더니 고개를 흔들었다. 그는 차갑게 내뱉었다.

"하지만 동기가 뭐랍니까? 그리고 당신은 거기 있었잖아요. 방에 있는 동안 내내 그를 보고 있었다고 하지 않았습니까. 그리고 아무것도 보지 못했다고 했고요."

"그래서요? 절 속인 걸 수도 있죠. 그는 마술사의 장치를 만들어 주던 사람이었습니다. 그러면 폭탄을 만드는 법이나 내게 들키지 않고 가져다두는 방법 정도는 알 겁니다. 그게 그가 하는 일이잖습니까. 우린 피츠스테판이 무엇을 보았는지 몰라요. 듣기로는 살아날 거라 하니 그가 정신을 차릴 때까지는 일단 핑크를 붙잡아두도록 합시다."

"알겠습니다. 그를 잡아 두죠."

버논이 치아를 맞부딪쳐 딱 소리를 내더니 말했다.

나는 복도를 따라 보안관 사무실로 향했다. 피니는 자리에 없었지만 비쩍 마르고 얼굴이 얽은 스위트라는 이름의 선임 부보안관이 있었다. 그는 그간 피니가 이야기한 것으로 보아 내가 필요한 것이 있다면 무엇이든 도와주기를 바랐을 것이라고 하였다.

"고맙습니다. 제가 궁금한 건 음…… 어디에 가면 여기에서 가장 좋은 진이나 위스키를 구할 수 있습니까?"

내가 물었다.

스위트가 목울대를 긁적였다.

"나야 모르죠. 아마 엘리베이터에서 일하는 녀석이라면 알지도 모릅니다. 아마 녀석이 파는 진이 가장 안전할걸요. 아, 그리고 딕 코튼이 당신을 만나고 싶다고 난리를 쳤는데…… 혹시 잠깐 보시겠어요?"

"그러죠. 그 이유야 모르겠지만."

"그럼, 한 1~2분 있다가 오세요."

나는 밖으로 나가 엘리베이터 버튼을 눌렀다. 등이 구부정하고 금회색 콧수염을 길게 기른 젊은 사내 하나가 엘리베이터 안에 있었다.

"스위트 말로는 자네한테 물으면 그거 한 병 구할 수 있다던데."

내가 말했다.

"어쩌자고 그런 소리를……." 그가 구시렁거렸다. 그러더니 내가 잠자코 있자 다시 입을 열었다. "이거 타고 다시 나가실 건가요?"

"그래, 조금 이따가."

그가 엘리베이터 문을 닫았다. 나는 스위트에게로 돌아갔다. 그는 법원 뒤로 난 통로를 따라 나를 교도소로 데리고 가더니 보일러실 같은 작은 감방 안에 코튼과 나만 남겨 놓고 나갔다. 감옥에서 이틀을 보낸 케사다의 경찰서장은 그리 좋아 보이지 않았다. 안색이 납빛이었고 매우 불안해했으며, 말을 할 때마다 턱에 난 움푹 팬 보조개가 꿈틀댔다. 그는 자신이 아무 죄가 없다는 말 말고는 다른 어떤 말도 하지 않았다.

"그럴지도 모르죠. 하지만 이 모두가 당신이 초래한 일입니다. 증거는 모두 당신에게 불리해요. 당신에게 유죄를 선고할 정도로 충분한 증거가 있는지는 모르겠습니다. 모두 당신의 변호사에게 달려 있지요."

그에게 내가 할 수 있는 말은 이것이 전부였다.

"그가 뭐라고 해요?"

내가 돌아가자 스위트가 물었다.

"무죄라고요."

스위트가 다시 한 번 자신의 목젖을 긁었다.

"그런 말을 듣는다고 뭐 달라질 게 있나요?"

"그러게요. 안 그래도 그것 때문에 밤잠을 설치긴 했죠. 그럼 다음에 봅시다."

나는 엘리베이터로 향했다. 그 소년이 신문에 감싼 1갤런 병을 내게 내밀며 말했다.

"10달러요."

나는 그에게 돈을 쥐어 주고 술병을 피츠스테판의 차에 실은 뒤 전화국을 찾아 샌프란시스코 미션 지구에 있는 빅 달라스의 약국에 전화를 넣었다.

"모르핀 3250밀리그램이랑 '감홍 토근(吐根) 아트로핀 스트리크닌 캐스캐라' 주사 8회분이 필요하오. 오늘 밤이나 내일 아침 사무소에서 누군가 가져갈 거요. 알겠소?"

내가 빅에게 말했다.

"필요하시다면야. 하지만 그걸로 누군가 죽이려거든 어디서 났는지 절대 말하지 마쇼."

"그러지. 누군가 죽는다면 모두 내가 망할 약사 자격증이 없기 때문이니까."

나는 다시 샌프란시스코의 사무소로 전화를 넣어 보스와 이야기를 했다.

"한 명 더 보내 주실 수 있습니까?" 내가 물었다.

"맥먼이 있네. 아니면 그를 보내 드레이크를 데려와도 되고. 누구든 자네가 선호하는 사람을 보내지."

"맥먼이면 됩니다. 내려오는 길에 달라스의 약국에 들르게 해 주십시오. 어딘지는 알고 있을 겁니다."

보스는 애러니아 할던과 앤드루스에 대해서는 아무런 보고도 없었다고 말해 주었다.

나는 해안의 집으로 돌아갔다. 그곳에는 손님들이 득실대고 있었다. 진입로에 못 보던 차 세 대가 세워져 있고 대여섯 명의 기자들이 미키를 둘러싸고 현관에 앉거나 서 있었다. 그들은 나를 발견하자 달려와 질문을 퍼붓기 시작했다.

"콜린슨 부인은 여기 쉬러 온 겁니다. 인터뷰도, 사진도 안 됩니다. 가만히 내버려 두세요. 무슨 소식이든 있으면 알려드리겠습니다. 단, 그녀를 귀찮게 하지 않는 분께만입니다. 지금 알려드릴 수 있는 건 폭탄에 관련된 혐의로 핑크라는 자가 구류되어 있다는 것뿐입니다."

"앤드루스는 왜 왔습니까?" 잭 산토스가 물었다.

이건 놀라운 소식이 아니었다. 숨어 있던 곳에서 나왔으니 이제 여기 나타나리라 생각했었다.

"그에게 직접 물어보세요. 그는 콜린슨 부인의 재산을 관리하고 있습니다. 그녀를 만나러 여기 오는 게 대단한 미스터리는 아니겠죠."

내가 말했다.

"그들이 사이가 안 좋다는 게 사실입니까?"

"아니요."

"그렇다면 그가 왜 진작 나타나지 않았습니까?"

"앤드루스 씨에게 물어보세요."

"그가 빚더미에 올라앉은 게 사실입니까? 적어도 레게트 가의 재산을 손에 쥐기 전까지 그랬다는 건요?"

"그 사람에게 물어보시라니까요."

산토스가 앙다문 입술로 희미하게 미소를 지었다.

"그럴 필요 없습니다. 그의 채권자들에게 물어봤거든요. 그리고 콜린슨 부인과 위든이 지나치게 가까워서 콜린슨 씨가 죽기 이틀 전 부부 싸움을 했다는 게 사실입니까?"

"전혀 아닙니다. 그거 참 안됐군요. 그런 이야기라면 상당한 기사거리가 될 텐데."

내가 말했다.

"그렇게 될지도 모르죠. 그럼 그녀와 시댁 사이가 안 좋아서 시아버지 휴버트 씨가 그녀의 죄를 입증하는 데 전 재산을 바칠 용의가 있다고 말했다는 건요?"

나는 모르는 일이었다.

"그 말도 안 되는 소리는 그만합시다. 우리는 지금 휴버트 씨에게 고용되어 그녀를 돌보고 있는 겁니다."

"할던 부인과 톰 핑크가 풀려난 이유가 재판까지 가면 아는 걸 모두 까발리겠다고 위협했기 때문이라는 게 사실입니까?"

"이제 정말 소설을 쓰고 있군요, 잭. 그건 그렇고 앤드루스 씨는 아직 여기 있습니까?"

"예."

나는 집 안으로 들어가 미키를 불렀다.

"딕 폴리 봤나?"

"앤드루스가 오고 한 2분 후에 지나갔습니다."

"몰래 가서 그를 찾게. 기자들한테 절대로 들키지 말라고 해. 잠시 앤드루스를 놓치는 한이 있더라도 말일세. 우리가 그를 감시하고 있다는 걸 알면 신문 1면에 날 테니……. 그리고 그들이 그렇게 법석을 피우는 건 우리에게도 좋지 않아."

허먼 부인이 계단을 내려오고 있었다. 나는 앤드루스가 어디에 있느냐고 물었다.

"위층 정면 방에요."

나는 위로 올라갔다. 가슴이 파인 어두운 색 실크 드레스를 입은 가브리엘이 뻣뻣하게 몸을 세우고 가죽 흔들의자 가장자리에 앉아 있었다. 그녀의 얼굴은 창백하고 부루퉁했다. 그녀는 양손 사이에 꽉 쥔 손수건만 내려다보다가 내가 들어가자 반갑다는 듯 고개를 들었다. 앤드루스는 벽난로에 등을 돌린 채 서 있었다. 그의 앙상한 분홍색 얼굴 위에 흰 머리와 눈썹, 그리고 콧수염은 매우 두드러져 보였다. 그는 인상을 쓰며 그녀를 바라보고 있다가 그 표정 그대로 나를 보았다. 나의 등장을 그리 반기는 것 같지 않았다.

"안녕하신가요?"

내가 말하며 탁자 한쪽에 몸을 기댔다.

"콜린슨 부인을 샌프란시스코로 데려가기 위해 왔소이다."

그가 말했다.

가브리엘은 아무 말도 하지 않았다.

"할던 부인이 있는 샌 머티오가 아니고요?"

"그게 무슨 뜻이오?"

그가 미간을 찌푸리자 텁수룩한 흰 눈썹이 눈을 거의 덮어 푸른 눈의 아래쪽 반밖에 보이지 않게 되었다.

"그야 모르지요. 신문기자들이 하도 이상한 질문을 해 대서 제 머리가 잠깐 어떻게 됐나 봅니다."

그는 거의 움찔하지 않았다. 대신 천천히, 신중하게 입을 열었다.

"할던 부인이 나를 찾은 건 일 때문이었소. 그래서 지금 상황에서 내가 그녀에게 법률적 조언을 하거나 변호사로 나서는 건 불가능한 일이라고 설명하러 간 거요."

"저야 상관없습니다. 그리고 그걸 설명하는 데 서른 시간이 걸렸다 하더라도 누구도 상관할 바가 아니죠."

"지당한 말이지."

"하지만 저라면 아래층에서 기다리고 있는 기자들에게 입조심 하겠습니다. 그들이 얼마나 의심이 많은지 잘 아시죠? 그것도 별 것 아닌 일로."

그는 다시 가브리엘에게 고개를 돌렸다.

"그래, 가브리엘. 나와 함께 돌아갈 거냐?"

그의 목소리는 조용했지만 조바심이 느껴졌다.

"그래야 하나요?" 그녀가 내게 물었다.

"특별히 원치 않는다면 안 그래도 됩니다."

"그…… 그러고 싶지 않아요."

"그러면 그렇게 하시죠." 내가 말했다.

앤드루스는 고개를 끄덕이더니 뚜벅뚜벅 걸어가 그녀의 손을 잡았다.

"미안하지만 난 지금 돌아가 봐야 해. 여기 있는 동안 전화를 설치해야겠군. 그래야 필요할 때 언제든 내게 연락을 하지."

그는 저녁을 먹고 가라는 말을 거절하고 그다지 기분 나쁘지 않은 말투로 내게 인사하고는 밖으로 나갔다. 창문을 통해 그가 주변을 둘러싼 기자들을 최대한 무시하고 곧장 차에 오르는 모습이 보였다.

창가로부터 몸을 돌리자 가브리엘이 내게 눈살을 찌푸리고 있었다.

"샌 머티오 이야기는 뭐예요?"

"그와 애러니아 할던은 얼마나 잘 아는 사입니까?"

"저는 몰라요. 왜요? 왜 그한테 그런 식으로 말했어요?"

"수사죠. 일단 당신의 재산을 관리한 덕분에 빚더미에 깔려 죽을 고비를 면했다는 소문이 있습니다. 물론 완전한 헛소문일 수도 있지만 혹시라도 이리저리 돈을 돌려쓰고 있었다면 조금 겁을 주어 모든 걸 제자리에 돌려놓게 만드는 것도 나쁘진 않죠. 이런 일도 모자라 재산까지 잃어버리는 일이 있어서는 안 되니까."

"그럼 그가……." 그녀가 입을 열었다.

"한 주, 최소한 사나흘 정도 시간이 있으니까 돈을 돌려놓기엔 충분한 시간이죠."

"하지만……."

그때 식사를 하라며 허먼 부인이 들어오는 바람에 대화는 거기에서 끊겼다.

가브리엘은 거의 아무것도 먹지 않았다. 처음에는 그녀와 내가 주로 대화를 이어가야 했지만 이내 나는 미키가 유레카에 있을 당시 맡았던 한 임무에 대해 이야기하게 만들었다. 거기에서 그는 영어라고는 한마디도 할 줄 모르는 외국인 행세를 했다. 그가 아는 언어는 영어뿐이었고 유레카에는 세계 각지에서 온 사람들이 나라별로 적어도 한 명 이상씩 살고 있었기 때문에 그는 자신이 어느 나라 사람인지 아무도 눈치채지 못하게 하느라 생고생을 했다. 그는 이걸로 길고도 재미난 이야기를 만들었다. 어쩌면 그중에 일부는 사실일지도 몰랐다. 그가 팔푼이 행세를 할 때마다 즐거워하는 걸 보면 알 수 있었다.

식사를 마친 뒤 미키와 나는 밖으로 나갔다. 봄날의 어둠이 내리고 있었다.

"맥먼이 아침에 내려올 거야. 자네는 그와 함께 경비견이 되는 걸세. 시간은 둘이 알아서 나누되 둘 중 한 사람은 반드시 항상 이곳을 지켜야 해."

내가 말했다.

"힘든 일은 절대 직접 안 하시죠. 여기 이곳은 뭡니까? 함정?"

그가 투덜거렸다.

"어쩌면."

"어쩌면. 으흠. 도대체 무슨 일을 하고 있는지 본인도 모르는 거죠? 행운의 부적 같은 거나 주머니에 넣고 다니면서 뭔가 걸리기를 기다리고 있는 거잖아요."

"성공적인 계획의 결과도 바보들한테는 언제나 운처럼 보이는 법이지. 딕 폴리에게 소식은 없고?"

"없어요. 여기에서 곧장 집으로 가는 앤드루스를 따라갔습니다."

그때 앞문이 열리며 노란 불빛이 현관에 드리웠다. 어두운 색 망토를 어깨에 걸친 가브리엘이 노란 불빛 속으로 나오더니 문을 닫고 자갈로 된 길로 내려왔다.

"원하면 한숨 자게. 자러 갈 때 부르지. 아침까지 보초를 서야 할 걸세."

"정말 대단하십니다. 맹세코 정말 대단한 분이셔."

그가 어둠 속에서 쿡쿡 웃었다.

"차에 진 한 병 있어."

"엥? 괜히 입만 놀리지 말고 그거나 진작 알려 주지 그랬어요?"

신발이 마당 잔디를 스치는 소리와 함께 그의 모습이 멀어졌다.

나는 자갈길로 다가가 그녀 옆에 섰다.

"밤공기가 좋죠?" 그녀가 말했다.

"네. 하지만 어두운 데 이렇게 혼자 돌아다니면 안 되잖습니까. 사건이 사실상 끝났다고 해도 말이지."

"혼자 다닐 생각은 없어요." 이 말과 함께 그녀가 내 팔짱을 꼈다. "사실상 끝났다는 게 무슨 뜻이죠?"

"처리해야 할 일이 조금밖에 안 남았다는 거죠. 예를 들어 모르핀 문제나……."

그녀가 몸을 부르르 떨었다.

"사실 오늘밤에 쓸 것밖에 안 남았어요. 약속하셨잖……."

"아침에 3250밀리그램이 올 거요."

그녀는 내 말을 기다리는 것처럼 아무 말도 하지 않았다.

나는 더 이상 아무 말도 하지 않았다. 내 소매를 붙잡은 그녀의 손가락이 꿈틀거렸다.

"약을 끊는 게 어렵지 않을 거라고 하셨죠?"

그녀가 반쯤 묻듯이 말했다. 마치 내가 그런 말을 언제 했느냐고 부인하기를 기다리는 것처럼.

"그럴 겁니다."

"그리고…… 여기……." 그녀의 말이 흐려졌다.

"여기 있는 동안 할 거라고?"

"예."

"하고 싶어요? 당신이 원하지 않으면 안 합니다."

"끊고 싶냐고요? 그렇게 할 수만 있다면……."

그녀가 우뚝 멈춰 서서 나를 바라보았다. 울음이 터져 나와 그녀는 말을 잇지 못했다. 조금 뒤 그녀의 높고 가는 목소리가 돌아왔다.

"솔직히 말씀하신 거죠? 그렇죠? 어젯밤에, 그리고 오늘 낮에 이야기한 거 정말인 거죠? 당신의 말이 진심이라서 제가 당신을 믿는 건가요? 아니면 그저 직업상 사람들이 자기 말을 믿게 하는 법을 알기 때문인가요?"

그녀는 미쳤을지는 몰라도 바보는 아니었다. 나는 일단 이 상황에서 가장 옳게 들리는 대답을 내놓았다.

"당신이 나를 믿는 건 내가 당신을 믿는 것을 바탕으로 해요. 나의 믿음에 근거가 없다면 당신의 것도 마찬가집니다. 그러니까 내가 질문을 먼저 하나 하죠. 내게 '악한 사람이 되고 싶지 않다'고 했을 때 거짓말이었습니까?"

"오, 아니에요. 물론 아니에요."

"자, 그럼. 약을 끊고 싶으면 이제부터 끊을 겁니다."

나는 마치 그녀의 말이 모든 것을 결정하는 것처럼 말했다.

"얼마나…… 얼마나 오래 걸릴까요?"

"일단 넉넉하게 한 주. 어쩌면 더 빠를 수도 있어요."

"정말로요? 그거면 돼요?"

"고비는 그게 답니다. 대신 한동안 스스로 애를 써야 할 겁니다. 몸이 제대로 돌아올 때까지. 하지만 약은 끊게 될 겁니다."

"괴로울까요? 많이?"

"이틀 정도는 참기 힘들 겁니다. 하지만 생각만큼 심하지는 않을 거예요. 그리고 당신 아버지의 강인함으로 버틸 수 있을 겁니다."

"만약…… 그러는 와중에 더 이상 못 하겠다고 한다면……."

그녀가 천천히 말했다.

"그때는 어찌 할 수가 없을 겁니다. 반대쪽 출구로 나올 때까지는 그곳을 벗어날 수가 없죠."

내가 기운차게 말했다.

그녀가 다시 몸을 부르르 떨며 물었다.

"언제 시작하죠?"

"모레. 내일은 평상시대로 약을 하되 잔뜩 해서 몸에 쌓아 둘 생각은 하지 말아요. 괜스레 걱정하지도 말고. 당신보다는 내게 더 힘든 일이 될 겁니다. 당신의 성질을 참아 내야 할 테니까."

"그럼 그러는 동안 내가 상냥하게 굴지 못하더라도 봐주실 거죠? 이해하실 거죠? 심지어 못되게 굴어도?"

"그건 모르겠군요. 몸이 조금 힘들다고 금세 못되게 변해 버리는 상냥함은 진짜가 아니라고 생각하니까."

내가 대답했다. 괜스레 내게 마구 퍼부어 댈 구실을 주고 싶지는 않았다.

"오, 하지만…… 저, 허먼 부인을 내보내면 안 되나요? 그런 날…… 보게 하고 싶지 않아요."

그녀가 이마를 찡그리며 말했다.

"아침에 당장 보내 버리죠."

"그리고 혹시…… 라도 제가 정말 끔찍하게 굴면 아무도 날 못 보게 해 주실 거죠?"

"알겠습니다. 하지만 이렇게 생각해요. 당신은 내게 보여 줄 연극을 준비하고 있는 겁니다. 나쁜 쪽으로는 그만 생각해요. 당신은 착하게 굴 겁니다. 이상한 짓 같은 거 너무 많이 보고 싶지 않아요."

그녀가 갑자기 웃음을 터뜨렸다.
"못되게 굴면 때리실 건가요?"
그에 대한 답으로 나는 그녀가 아직까지는 엉덩이를 맞아도 될 나이라고 말했다.

21장

애러니아 할던

다음날 아침 7시 30분에 메리 누네즈가 도착했다. 미키 리니헌은 허먼 부인을 케사다로 데려다주고 맥먼과 식료품을 싣고 돌아왔다.

맥먼은 몸이 다부지고 등이 꼿꼿한 전직 군인이었다. 군도에서 10년을 보낸 탓에 그의 단호한 얼굴은 진한 갈색이었고 입이 무겁고 턱은 강직해 보였다. 그는 완벽한 군인이었다. 요컨대 보내지면 가고, 배치되면 거기서 꼼짝을 안 하고, 정확히 지시받은 일 외에는 잡생각을 하지 않았다.

그는 약국에서 가져온 것을 내게 내밀었다. 나는 그 중 모르핀 650밀리그램을 꺼내 가브리엘에게 가져갔다. 그녀는 침대에서 아침 식사를 하고 있었다. 그녀의 눈은 물기로 번들거리고 얼굴은 축축하여 낯빛이 어두웠다. 내 손에 들린 봉투를 본 그녀는 식사가 담긴 쟁반을 한쪽으로 밀고 어깨를 움찔거리며 열정적으로 두 손을 내밀었다.

"5분만 있다가 올래요?"

"내 앞에서 해도 됩니다. 얼굴 붉히지 않을 테니."

"하지만 내가 그럴 텐데요."

그녀가 말했다. 그리고 금세 얼굴을 붉혔다.

나는 밖으로 나가 문을 닫고 기대섰다. 종이 바스락거리는 소리와 숟가락이 물 잔에 닿아 달그락거리는 소리가 들렸다. 곧 그녀가 소리쳐 불렀다.

"됐어요."

나는 다시 방으로 들어갔다. 쟁반 위에 남은 건 구겨진 흰 종이뿐, 1회분 모르핀이 모두 사라지고 없었다. 그녀는 반쯤 눈을 감은 채 베개에 기대어 있었다. 마치 맛있는 먹이를 배 터지도록 먹은 고양이처럼 편안해 보였다. 그녀는 느릿느릿 내게 미소 지었다.

"정말 좋은 분이세요. 오늘 제가 뭘 하고 싶은지 아세요? 도시락을 싸서 물가에 나가는 거예요. 하루 종일 햇볕을 쬐며 물에서 둥둥 떠다닐 거예요."

"그거 좋겠군요. 리니헌이나 맥먼을 데려가시오. 혼자 나가서는 안 돼요."

"당신은 뭐 할 건데요?"

"케사다로 가서 군청 소재지에 들르거나 아니면 시내로 나갈지도 모르죠."

"내가 같이 가면 안 돼요?"

나는 고개를 저었다.

"할 일이 있어요. 당신은 휴식을 취해야 하고."

"오."

그녀가 말하며 커피 잔으로 손을 뻗었다. 나는 문을 향해 몸을 돌렸다.

"모르핀 나머지는 아무도 찾을 수 없는 안전한 곳에 두셨겠죠?"

그녀가 커피 잔 너머로 물었다.

"예."

나는 씩 웃으며 나의 코트 주머니를 툭툭 두드렸다.

케사다에 간 나는 30분 동안 롤리와 이야기를 하고 샌프란시스코 신문을 읽었다. 언론은 이제 거의 명예훼손에 가까운 추정과 질문들로 앤드루스를 공격하기 시작했다. 하지만 좋은 소식이라고는 그것이 전부였다. 부보안관 롤리에게는 새 소식이 전혀 없었다.

나는 군청 소재지로 향했다. 버논은 법원에 가고 없었고, 보안관 피니와 20분간 이야기를 나누었지만 새로 알아낸 것은 없었다. 나는 사무소로 전화를 걸어 보스와 이야기를 나누었다. 그는 휴버트 콜린슨이 우리가 아직도 조사를 계속하고 있다는 데 놀라움을 표시했다고 하였다. 위든이 죽음으로써 아들의 살인에 관한 미스터리가 풀렸다고 생각했다는 것이었다.

"아직 끝난 게 아니라고 전해 주십시오. 에릭이 살해당한 건 가브리엘의 문제와 연관이 있습니다. 그래서 그것을 풀지 못하면 다른 사건 역시 파헤칠 수 없어요. 아마 앞으로 한 주 정도면 될 겁니다. 콜린슨 씨는 괜찮을 겁니다. 제대로 설명만 들으면 동의하실 겁니다."

나는 보스를 안심시켰다.

"그러길 바라네."

보스가 조금 차갑게 대답했다. 보수를 못 받을지도 모를 사건에 요원을 다섯이나 투입한 것이 그리 달갑지 않은 모양이었다.

나는 샌프란시스코로 가 세인트 저메인에서 식사를 한 뒤 집에 들러 양복 한 벌과 깨끗한 셔츠 등속을 챙겨 자정이 조금 넘은 시각에 해변의 집으로 돌아왔다. 헛간에 차를 집어넣는데 맥먼이 어둠 속에서 모습을 드러냈다. (우리는 아직 피츠스테판의 차를 쓰고 있었다.) 내가 자리를 비운 동안 아무 일도 일어나지 않았다고 했다. 우리는 함께 집으로 들어갔다. 미키가 부엌에서 연신 하품을 해대며 맥먼 다음으로 보초를 서기 전 마실 술을 따르고 있었다.

"콜린슨 부인은 잠자리에 들었나?"

내가 물었다.

"불이 아직 켜 있어요. 하루 종일 방에만 있었습니다."

맥먼과 나는 미키와 함께 술을 한잔하고 위층으로 올라갔다. 그녀의 방문을 두드렸다.

"누구세요?" 그녀가 물었다. 나는 나라고 대답했다. "왜요?"

"내일 아침에 식사 없을 거라고요."

"정말요?" 그녀가 대꾸했다. 그런 다음 마치 거의 잊을 뻔했다는 투로 덧붙였다. "오, 실은 약 끊겠다며 괜히 고생시켜 드리지 않기로 했어요."

이 말과 함께 그녀가 문을 열었다. 나를 향해 지나치게 밝게 웃고 있는 그녀는 책을 읽고 있었던 모양인지 책 사이에 손가락을 끼운 채였다.

"잘 다녀오셨어요?"

"괜찮았습니다. 그럼 이걸 가지고 다닐 필요가 없겠군요."

이 말과 함께 나는 주머니에서 나머지 모르핀을 꺼내 그녀에게 내밀었다.

그녀는 그것을 받지 않았다. 대신 웃음을 터뜨렸다.

"정말 피도 눈물도 없으시네요. 그렇죠?"

"뭐, 약을 끊는 사람은 내가 아니라 당신이니까. 혹시라도……."

나는 약을 주머니에 도로 집어넣었다. 그 순간, 복도 끝에서 마룻바닥이 삐걱거리는 소리가 들려 말을 멈추었다. 이제는 맨발이 걸어 다니는 것 같은 희미한 소리가 들려왔다.

"메리가 절 보살피겠다고 해서요. 다락방에 잠자리를 만들더니 집에 가지 않겠다잖아요. 내가 당신과 당신 동료들 사이에서 안전하지 않다고 생각하더라고요. 당신을 조심하라고 했어요. 당신들 모두 뭐라더라? 아, 맞아. 늑대라고요. 정말 그런가요?"

가브리엘이 발랄하게 속삭였다.

"그렇죠. 잊지 말아요. 아침 식사는 없습니다."

다음 날 오후, 나는 그녀에게 빅 달라스가 보내온 주사를 한 방 놓고 두 시간 간격으로 세 방을 더 놓았다. 그녀는 그날을 방에서 보냈다. 그때가 토요일이었다.

일요일에 그녀는 모르핀 650밀리그램을 맞고 하루 종일 기분이 좋았다. 이미 중독에서 완전히 벗어난 것이나 다름없다고 생각하는 것 같았다.

월요일 그녀는 빅이 보내온 주사의 나머지를 맞았고 그날은 토요일과 매우 비슷했다. 미키 리니헌이 군청 소재지에서 돌아와 피츠스테판이 의식을 찾았으나 아직 기운이 없고 붕대를 너무 많이 감고 있어 의사의 허락이 있더라도 말을 할 수가 없을 거라고 하였다. 또한 앤드루스가 애러니아 할던을 만나기 위해 다시 샌 머티오를 찾았으며, 그녀는 핑크를 보기 위해 병원에 갔으나 보안관의 명령으로 면회가 거부되었다는 소식도 알려 주었다.

화요일은 조금 더 사건이 많은 날이었다.

아침 식사로 오렌지 주스를 가지고 방에 들어가자 가브리엘은 이미 일어나 옷을 입고 있었다. 눈동자는 지나치게 밝았고, 끊임없이 재잘대고 쉬이 웃음을 터뜨리며 안절부절못했다. 하지만 그것도 내가 지나가는 말처럼 더 이상 모르핀을 할 수 없다고 말하기 전까지였다.

"평생이란 말이에요? 아니, 아니죠?"

그녀의 얼굴과 목소리는 무척이나 당황한 것 같았다.

"맞습니다."

"하지만 그러면 죽을 거예요."

눈물이 그녀의 눈동자를 가득 채우더니 작고 흰 얼굴로 흘러내렸다. 그녀는 양손을 꼼지락거리며 어쩔 줄 몰라 했다. 마치 아이처럼 불쌍한 모습이었다. 나는 지나친 눈물이 모르핀 금단 증상 중 하나라는 사실을 스스로 상기시켜야만 했다.

"그러면 안 되는 거 알잖아요. 평소처럼 많은 양을 바라는 게 아니에요. 매일 조금씩 줄일게요. 이렇게 멈출 수는 없어요. 농담이죠? 나 정말 죽을지도 몰라요."

그녀는 죽는다는 생각에 한층 더 서럽게 울어 댔다.

나는 동정적이면서도 동시에 기가 찬다는 듯 억지로 웃었다.

"말도 안 돼요. 이제 당신이 겪을 가장 큰 문제는 지나치게 활발할 거라는 겁니다. 한 이틀 그러고 나면 깨끗해질 거예요."

그녀가 입술을 깨물더니 마침내 겨우 미소를 짓고 두 손을 내게 내밀었다.

"당신을 믿을게요. 정말 믿어요. 당신이 므슨 말을 하든 믿을 거예요."

그녀의 손은 차고 축축했다. 나는 그 손을 가볍게 움켜쥐었다.

"그거 잘 됐군요. 자, 이제 침대로 돌아가세요. 한 번씩 들여다볼 테니. 그리고 중간에도 필요한 게 있으면 언제든 불러요."

"오늘은 어디 안 가세요?"

"안 가요."

내가 약속했다.

그녀는 오후 내내 제법 잘 버텨 주었다. 물론 끊임없이 나오는 재채기와 하품 사이에 터뜨리는 웃음은 마음에서 우러난 것이 아니었지만 중요한 것은 웃으려 애쓴다는 점이니까.

매디슨 앤드루스가 5시에서 5시 30분 사이에 찾아왔다. 그의 차가 집으로 오는 것을 본 나는 집 앞으로 나가 그를 맞았다. 그의 얼굴은 붉은 기가 사라져 연한 주황색을 띠고 있었다.

"안녕하신가. 콜린슨 부인을 만나러 왔소."

그가 예의바르게 말했다.

"전하실 말이 있다면 제게 알려 주시죠."

그의 흰 눈썹이 아래로 내려왔다. 얼굴에 평소의 붉은 기가 조금 돌아왔다.

"그녀를 만나야겠소."

그것은 명령이었다.

"그녀는 당신을 만나고 싶어 하지 않습니다. 전하실 말이 있습니까?"

이제 그의 얼굴은 완전히 본래의 붉은색으로 돌아와 있었다. 그의 눈이 이글이글 타올랐다. 내가 그와 현관문 사이에 서 있어서 안으로 들어갈 수 없었다. 그는 잠시 나를 밀쳐낼 기세처럼 보였다. 하지만 걱정할 필요 없었다. 그는 나보다 20킬로그램 가볍고 스무 살 많다는 약점이 있었으니까.

"콜린슨 부인은 나와 함께 샌프란시스코로 돌아가야만 해. 여기 있을 수 없소. 이건 말도 안 되는 일이야."

그는 턱을 당기고는 권위 있는 목소리로 말했다.

"그녀는 샌프란시스코에 안 갈 겁니다. 필요하다면 지방 검사가 그녀를 주요 증인으로 잡아 둘 수도 있어요. 법원 명령 같은 걸 가져다가 엉뚱한 짓 할 생각은 마십시오. 그러면 골치 아픈 일을 당하게 해 드릴 테니. 지금 우리가 법적으로 어떤 상황에 있는지 알려 드리기 위해 이런 이야기를 하는 겁니다. 우리는 당신이 가브리엘에게 위험한 존재일 수 있다는 걸 증명할 겁니다. 당신이 그녀의 재산을 가지고 장난치지 않았다는 걸 우리가 어떻게 알죠? 당신이 제 한 몸 챙기겠다고 그녀의 현재 상태를 이용하지 않을 거라는 걸 어떻게 보장합니까? 어쩌면 재산을 마음대로 하기 위해 그녀를 정신병원에 보내 버릴 계획일지도 모르죠."

나의 공격 앞에 그는 제법 잘 버텨 냈지만 눈빛만은 심하게 흔들리고 있었다. 그가 호흡을 가다듬고 침을 꿀꺽 삼킨 다음 따지고 들었다.

"가브리엘이 그렇게 믿는 건가?"

그의 얼굴은 타오를 것 같은 붉은색이었다.

"내가 언제 누가 그걸 믿는다고 했습니까? 난 다만 우리가 어떤 이야기로 법정에 갈 건지 알려 드리는 것뿐입니다. 당신은 변호사니까 법정에서 논해지는 이야기와 진실 사이에 아무 관련도 없다는 걸 알고 계시겠죠? 아, 물론 신문에 나는 이야기도 그렇고요."

나는 최대한 차분히 이야기했다.

잔뜩 질린 듯한 표정이 눈에서 퍼져 나와 얼굴에서 붉은 기운을 밀어 내더니 이내 온몸의 뻣뻣한 기운까지 몰아냈다. 하지만 그는 애써 어깨를 펴고 침착한 목소리를 냈다.

"이번 주에 재산에 대한 상세 내역과 함께 재산 관리인으로서 해임을 요청하는 편지를 법원에 제출하겠다고 콜린슨 부인에게 전해 주시오."

"그거 잘 됐군요."

내가 말했다. 하지만 비틀거리며 차로 돌아가 천천히 올라타는 그의 모습을 보니 조금 안되었다는 마음이 들었다.

나는 그가 다녀갔다는 것을 가브리엘에게 알리지 않았다.

이제 그녀는 하품과 재채기 사이에 작은 소리로 끙끙 앓고 있었고, 눈에서는 마치 수도꼭지를 틀어 놓은 것처럼 눈물이 줄줄 흘렀다. 얼굴과 몸, 손 모두가 땀으로 축축했다. 먹을 수도 없었다. 나는 오렌지 주스로 배를 채우게 했다. 얼마나 약하든, 얼마나 좋든, 모든 소리와 냄새는 이제 그녀에게 고통처럼 느껴졌고, 그녀는 침대에 누워 계속해서 몸을 뒤틀고 떨어댔다.

"이것보다 훨씬 더 심해질까요?" 그녀가 물었다.

"그리 많이는 아니에요. 당신이 견뎌 내지 못할 건 없습니다."

아래층으로 내려가니 미키 리니헌이 기다리고 있었다.

"멕시코 여자가 칼을 챙겼어요." 그가 신난다는 듯 말했다.

"그래?"

"그래요. 당신이 사다 준 그 싸구려 진에서 고약한 냄새를 없애느라 레몬을 넣었는데 그거 껍질 까던 칼이죠. 그건 그렇고 그 술은 산 겁니까, 빌린 겁니까? 너무 고약해서 먹을 사람이 아무도 없는 걸 알고 주인이 그냥 빌려준 거 아닌가요? 아무튼 그 칼은 10센티미터 조금 넘는 스테인리스 스틸 과도예요. 그래야 그걸 선배님 등에 꽂아 넣을 때 속옷에 녹물이 묻지 않을 거 아니에요. 칼이 안 보이기에 그녀에게 못 보았느냐 물었더니 모르겠다고 하는데, 글쎄 평소처럼 나를 우물에 독 푸는 사람인 양 보지 않더라 이 말씀입니다. 그런 눈초리가 아닌 건 처음이라 칼을 가져간 게 분명하다는 걸 알게 되었죠."

"참 똑똑하군. 그럼 잘 감시하게. 우리를 그리 좋아하지 않으니까."

"나더러 하라고요? 자기 몸은 각자 알아서 돌봐야 하는 건 줄 알았는데! 그 여자가 가장 못마땅한 눈초리로 보는 게 선배님이니까 선배님이 칼침을 맞을 가능성이 가장 높죠. 도대체 그 여자한테 무슨 짓을 한 겁니까? 멕시코 여자들의 마음을 가지고 장난칠 정도로 바보는 아닐 텐데, 그렇죠?"

미키가 씩 웃으며 말했다.

나는 그 농담이 하나도 재미있지 않았다. 어쩌면 재미있는 것일지도 모를 텐데 말이다.

어두워지기 조금 전, 애러니아 할던이 나타났다. 그녀는 흑인 남자가 모는 링컨 리무진을 타고 있었는데 진입로 안으로 들어서면서 흑인은 경적을 울려대기 시작했다. 그 소리가 들릴 무렵 나는 가브리엘의 방에 있었다. 그녀가 침대 밖으로 거의 펄쩍 뛰어내렸다. 지나치게 예민해진 귀에 그 소리는 정말 끔찍한 굉음으로 들렸으리라.

"뭐, 뭐예요? 무슨 소리예요?"

그녀가 이를 달그락거리며 물었다. 몸이 사시나무처럼 떨려 침대가 다 흔들릴 지경이었다.

"쉬, 쉬. 그저 자동차 경적입니다. 누가 왔나 보죠. 내가 내려가서 쫓아내겠습니다."

내가 그녀를 안심시켰다. 이제 나는 환자 다루는 솜씨가 제법이었다.

"아무도 날 못 보게 할 거죠?" 그녀가 애원했다.

"그럼요. 내가 돌아올 때까지 얌전히 있어요."

밖으로 나가자 애러니아 할덤이 리무진 옆에 서서 맥먼과 이야기를 하고 있었다. 어스름한 불빛 속에서 그녀의 얼굴은 검은 모자와 검은 털 코트 사이에 끼인 거무스름한 타원형 가면처럼 보였다. 하지만 그녀의 빛나는 눈만큼은 진짜처럼 보였다.

"안녕하세요."

그녀가 한 손을 내밀며 말했다. 그녀의 목소리는 등골을 따라 따뜻한 기운을 전달하는 놀라운 재주가 있었다.

"콜린슨 부인을 위해서라도 당신이 여기 있으니 다행이군요. 우리 둘 다 당신의 보호 능력이 얼마나 뛰어난지 직접 보았잖아요. 덕택에 목숨을 건지기도 했고요."

그런 말쯤은 괜찮았다. 이미 여러 번 들은 말이니까. 나는 그런 말을 듣고 싶지 않다는 몸짓을 하고는 그녀가 채 다음 말을 꺼내기도 전에 선수를 쳤다.

"미안하지만 그녀를 만나실 수 없습니다. 몸이 좋지 않아서요."

"오, 하지만 꼭 보고 싶은데요. 잠시만이라도. 그녀에게 좋을 거라 생각지 않으세요?"

나는 다시 한 번 미안하다고 말했다. 그녀는 그 말을 단호한 거절로 받아들이면서도 다시 입을 열었다.

"그래도…… 시내에서 여기까지 왔는데……"

"앤드루스 씨가 말 안 하던가요?"

내가 슬쩍 떠보았다. 그녀는 이렇다 할 대답을 하지 않았다. 대신 뒤를 돌아 천천히 잔디를 가로지르기 시작했다. 내가 할 수 있는 일이라고는 그녀 옆에서 따라 걷는 것뿐이었다. 이제 단 몇 분만 있으면 완전히 깜깜해질 것이었다. 자동차로부터 10미터 이상 멀어지자 그녀가 입을 열었다.

"앤드루스 씨는 당신이 자신을 의심하고 있다고 생각하더군요."

"그 말이 맞습니다."

"뭐에 대해 의심하시는데요?"

"재산을 가지고 장난치고 있다고요. 이건 알아 두시죠. 정확히 아는 건 아닙니다. 다만 진심으로 그를 의심하고 있어요."

"정말로요?"

"정말로요. 그리고 다른 것에 대해서는 아닙니다."

"오, 그럼 그거면 충분하다고 봐야겠군요."

"저로선 그렇지요. 하지만 당신에겐 충분하지 않을 거라고 생각했습니다만."

"뭐라고요?"

나는 지금 상황이 마음에 들지 않았다. 나는 그녀가 두려웠다. 지금 나는 가지고 있던 사실을 모조리 쌓은 다음, 거기에 몇 가지 추정한 사실을 더 쌓아 올리고, 금방이라도 쓰러질 것 같은 그 탑 위로 올라가 깜깜한 허공 속으로 뛰어내리는 것이나 다름없었다.

"당신은 감옥에서 나오자 곧 앤드루스 씨를 찾았죠. 모든 걸 털어놓게 만든 다음 그가 가브리엘의 돈으로 장난을 치고 있음을 알아내자 그에게로 의심을 돌려 상황을 더욱 혼란에 빠뜨릴 기회를 본 겁니다. 그 작자는 여자에 미쳤죠. 당신 같은 여자라면 껌뻑 넘어갔을 겁니다. 당신이 그를 이용해 뭘 하려는 건지는 모르겠지만 일단 그에게 시동을 걸어놓고 언론이 그를 쫓게 만들었죠. 그의 빚에 대해 소문을 흘린 게 당신이겠지요? 하지만 아무 소용없습니다, 할던 부인. 그만두세요. 안 먹힐 겁니다. 그를 선동할 수는 있어요. 당연하죠. 그리고 그가 무언가 범죄를 저지르게 한 다음 궁지에 몰아넣을 수도 있죠. 의심을 받고 있는 상황이라 아주 필사적이니까요. 하지만 지금 그가 무슨 짓을 저지르든 그게 과거의 일을 숨기지는 못할 겁니다. 그는 재산을 되돌려 놓고 다시 넘겨주기로 약속했어요. 그를 내버려 두시죠. 소용없을 겁니다."

또 열 몇 발짝 걷는 동안 그녀는 아무 말도 하지 않았다. 길이 하나 나타났다.

"이게 절벽으로 이어지는, 에릭 콜린슨이 떨어진 곳으로 가는 길이죠. 그를 알고 있었습니까?"

내가 물었다.

그녀가 날카롭게 숨을 들이쉬더니 목구멍에서 거의 헐떡임에 가까운 소리를 냈다. 하지만 입을 연 그녀의 목소리는 침착하고 조용했으며 음악 소리처럼 아름다웠다.

"그를 알았다는 걸 알고 계시잖아요. 왜 물어보셨나요?"

"탐정은 원래 아는 것도 묻길 좋아하죠. 여긴 왜 오셨습니까, 할던 부인?"

"그것도 답을 아는 질문인가요?"

"당신이 한 가지, 혹은 두 가지 이유로 왔다는 걸 알지요."

"그래요?"

"첫 번째로 우리가 미스터리의 정답에 얼마나 가까워져 있는지 알아보러 왔죠. 맞습니까?"

"저도 호기심이 있는걸요. 당연히." 그녀가 털어놓았다.

"그 정도 알려 드리는 것쯤은 괜찮습니다. 예, 저는 답을 알고 있습니다."

그녀가 우뚝 멈춰 서서 나를 바라보았다. 어스름의 어둠 속에서 그녀의 눈이 푸르게 빛났다. 그녀가 한 손을 내 어깨 위에 올렸다. 그녀는 나보다 키가 컸다. 다른 한 손은 코트 주머니 속에 들어 있었다. 그녀가 얼굴을 내 얼굴 가까이에 가져다 댔다. 그녀는 마치 나를 이해시키기 위해 애쓰는 것처럼 매우 천천히 말했다.

"솔직히 말씀해 주세요. 아는 척하지 말고. 쓸데없이 옳지 못한 일을 저지르고 싶지는 않아요. 잠깐, 잠깐. 말하기 전에 한 번 더 생각해요. 그리고 지금이 아는 척이나 거짓말, 허풍을 떨 때가 아니라는 내 말을 믿어요. 자, 이제 진실을 말해요. 답을 알고 있나요?"

"네."

그녀가 희미하게 미소를 지었다. 그리고 내 어깨에서 손을 내렸다.

"그럼 이렇게 말장난 할 이유가 없군요."

그 말이 끝나기가 무섭게 나는 그녀에게 덤벼들었다. 그녀가 주머니 속에서 그대로 총을 쐈다면 나를 맞힐 수도 있었을 것이었다. 하지만 그녀는 총을 주머니 밖으로 빼려고 했고 그때 나는 이미 그녀의 손목을 붙들고 있었다. 총알은 우리의 발 사이로 땅에 박혔다. 그녀의 나머지 한 손이 내 한쪽 얼굴을 할퀴며 세 개의 붉은 줄을 남겼다. 나는 그녀의 턱 밑으로 머리를 들이밀며 그녀의 무릎이 올라와 나의 사타구니를 가격하기 전 엉덩이를 옆으로 틀었다. 그리고 동시에 한 손으로 허리를 감아 그녀의 몸을 내게 밀착시킨 다음 총을 든 그녀의 손을 등 뒤로 꺾었다. 함께 쓰러지면서 그녀는 총을 떨어뜨렸다. 내가 그녀의 몸 위에 있었다. 나는 총을 찾을 때까지 그녀 위에 걸터앉은 채 내려오지 않았다. 내가 일어나려는 찰나 맥먼이 모습을 나타냈다.

"모두 괜찮네."

내가 그에게 말했다. 그런데 목소리가 잘 나오지 않았다.

"그녀를 쏜 건가요?"

그가 아직 바닥에 쓰러져 있는 그녀를 내려다보며 물었다.

"아니, 그녀는 괜찮네. 가서 운전사나 얌전히 굴게 하지."

맥먼이 그 자리를 떠났다. 할던 부인이 일어나 앉더니 양반다리를 하고 앉아 손목을 문질렀다.

"이게 당신이 여기 온 두 번째 이유죠. 죽일 사람은 콜린슨 부인이었겠지만."

그녀가 아무 말 없이 자리에서 일어섰다. 나는 그녀가 일어나는 걸 돕지 않았다. 내가 얼마나 놀랐는지 알리고 싶지 않았다. 내가 말했다.

"일이 여기까지 왔으니 이제 솔직히 털어놓는 것도 좋겠군요."

"이제 좋을 게 뭐가 있겠어요. 답을 안다고 하셨죠? 그렇다면 거짓말도 소용없죠. 거짓말만이 도울 수 있는데. 자, 그럼 이제 어찌되는 건가요?"

그녀가 어깨를 으쓱 추어올렸다.

"아무것도. 단, 무모하게 굴 때는 지났다는 것만 기억하겠다고 약속한다면요. 이런 일은 원래 세 부분으로 나뉘죠. 붙잡히고, 유죄 판결을 받고, 그리고 벌을 받고. 첫 번째 부분에 대해서는 이제 돌이킬 수 없다는 것만 인정하시죠. 그런 다음에는 뭐, 캘리포니아 법정과 교도소 위원회가 뭔지는 당신도 알잖아요."

그녀가 호기심에 찬 눈으로 나를 바라보았다.

"왜 내게 이런 이야기를 하는 거죠?"

"총을 맞는 것도 별로고, 임무가 끝나면 말끔히 정리하기를 좋아하기 때문이죠. 당신의 유죄를 입증하는 것 따위에는 관심이 없습니다. 게다가 일을 혼란스럽게 만들려고 당신이 계속해서 끼어드는 건 정말 성가신 일이고요. 그러니까 집으로 돌아가 얌전히 있어요."

리무진으로 돌아오는 동안 우리는 아무 말도 하지 않았다. 그때 그녀가 몸을 돌리더니 한 손을 내밀었다.

"아직 확실하진 않지만 당신에게 전보다 더 큰 빚을 진 것 같군요."

나는 그녀의 말에 대꾸하지도, 그녀의 손을 잡지도 않았다. 어쩌면 그녀가 손을 내민 채 다음 질문을 했기 때문인지도 모른다.

"총을 돌려줄 수 있나요?"

"아니요."

"그럼 콜린슨 부인에게 안부 전해 주고 못 만나고 가서 아쉽다고 말해 주겠어요?"

"그러죠."

"그럼 안녕히."

이 말과 함께 그녀가 차에 올랐다. 나는 인사의 표시로 모자를 벗었다. 차가 멀어져 갔다.

22장

고백

미키 리니헌이 문을 열어 주었다. 그는 손톱자국이 난 내 얼굴을 쳐다보더니 껄껄 웃었다.

"여자들이랑 사이가 참 좋으십니다, 그려. 원하는 게 뭐든 빼앗지 말고 한번 달라고 해 보지 그래요? 안 그랬다간 얼굴이 남아나질 않겠구먼. 올라가서 저 사람도 처리하시죠. 지금껏 한바탕 난리를 치고 있었어요."

그가 엄지로 천장을 가리켰다.

가브리엘의 방으로 올라갔다. 그녀는 이불과 베개가 어지럽게 널린 침대 한가운데에 앉아 있었다. 두 손은 모두 마구 헝클어진 머리칼 속에 파묻혀 그것을 잡아당기고 있었다. 그녀의 축축한 얼굴은 서른다섯 살은 되어 보였다. 목구멍에서는 다친 동물이 내는 소리가 새어나왔다.

"힘들죠, 응?"

내가 문간에 서서 물었다.

그녀가 머리칼에 묻었던 손을 내렸다.

"나 죽는 거 아니죠?"

그 질문은 이를 악문 사이로 들리는 흐느낌이었다.

"절대로."

그녀가 흐느끼며 자리에 누웠다. 나는 그녀 몸 위로 이불을 똑바로 덮어주었다. 그녀는 목구멍에 커다란 덩어리가 걸린 것 같고, 턱과 무릎 뒤가 아프다고 투덜거렸다.

"일반적인 증상입니다. 그리 힘들지 않을 거고 덕분에 경련은 피해 가겠어요."

내가 다독였다.

그때, 손톱으로 문을 긁는 소리가 들려왔다. 가브리엘이 벌떡 일어났다.

"또 가지 말아요."

"문까지만 나갈 겁니다."

내가 약속하고 그리로 갔다.

맥먼이 서 있었다. 그가 속삭였다.

"그 메리라는 멕시코 여자가 덤불 속에 숨어 당신과 그 여자를 훔쳐보고 있었습니다. 그녀가 나오는 걸 보고 아래쪽 도로까지 쫓아갔었어요. 리무진을 멈추고 그 여자랑 이야기를 하더군요. 한 5분, 10분? 거리가 멀어 내용은 듣지 못했습니다."

"그 여자 지금은 어디 있나?"

"부엌에요. 돌아왔습니다. 미키 말로는 그 여자가 칼을 가지고 있고 우리를 노리고 있다던데. 그 말이 맞습니까?"

"그의 말은 대체로 맞지. 그녀는 콜린슨 부인을 위해 그러는 거네. 그리고 우리가 그녀에게 도움이 못 된다고 생각하고 있어. 젠장, 자기 일이나 신경 쓸 것이지. 아마 몰래 내다보고는 그녀가 우리가 아닌 콜린슨 부인을 보러 온 거라고 생각하고 붙잡은 거겠지. 할던 부인이 주제 파악하고 얌전히 굴라는 말이나 해 줬으면 좋겠군. 어쨌든 그녀를 감시하는 것 말고는 우리가 할 수 있는 일이 없네. 내보내는 것도 불가능해. 누군가 요리할 사람은 있어야 할 것 아닌가."

맥먼이 나가자 가브리엘은 누군가 찾아왔던 것을 기억해 내고 내게 물었다. 그리고 총소리와 내 얼굴에 난 상처에 대해서도 물었다.

"애러니아 할던이었습니다. 이성을 잃고 엉뚱한 짓을 했지만 피해는 없었어요. 지금은 갔고."

"날 죽이러 온 거군요."

그녀가 말했다. 흥분한 기색도 없이 마치 그것이 분명하다는 걸 알고 있다는 투였다.

"그럴 수도 있죠. 인정하진 않았지만. 그런데 왜 그녀가 당신을 죽이려 하겠습니까?"

그에 대한 대답은 없었다.

그날 밤은 길고도 힘들었다. 나는 다른 방에서 끌어온 가죽 흔들의자에 앉아 그녀의 방에서 밤을 보냈다. 그녀는 아마 밤새 한 시간 반 정도 잤을 것이었다. 그것도 세 번에 나누어서. 세 번 모두 그녀의 잠을 깨운 것은 악몽이었다. 나는 그녀가 조용해질 때마다 겨우 조금씩 졸았다. 때때로 복도에서 누군가 움직이는 소리가 들렸다. 자신의 여주인을 지키는 메리 누네즈였으리라.

수요일은 전날 밤보다 더 길고 힘들었다. 정오가 되자 나의 턱은 가브리엘의 턱만큼이나 아팠다. 내내 이를 악물고 있느라 그런 것 같았다. 이제 그녀는 금단 증상이란 증상은 모조리 겪고 있었다. 빛은 눈에 무자비한 통증을 주었고, 모든 소리는 귀를 아프게 했으며, 어떤 종류의 냄새든 코를 괴롭혔다. 실크 잠옷의 무게도, 몸 위아래로 스치는 이불마저도 피부를 괴롭혔다. 몸에 있는 모든 신경이 몸에 있는 모든 근육을 모질게 잡아챘다. 그것도 끊임없이. 이제 절대로 죽지 않을 거라는 다짐도 아무 소용이 없었다. 사는 것 자체가 끔찍하게 느껴졌으니까.

"영 힘들면 이겨 내려고 애쓰지 마요. 그냥 놓아 버려요. 내가 다 받아 줄 테니."

그런 말은 하는 게 아니었다. 그녀는 내 말을 곧이곧대로 받아들였고 이내 나는 광녀 한 명을 떠맡게 되었다.

한번은 그녀가 너무 심하게 비명을 질러 대자 메리 누네즈가 방으로 달려오더니 스페인어로 욕을 하며 내게 침을 뱉기까지 했다. 마침 나는 가브리엘만큼 땀을 뻘뻘 흘리며 침대에 누운 그녀 위에 걸터앉아 양어깨를 짓누르고 있던 참이었다.

"당장 나가."

나도 그 여자에게 으르렁댔다.

그녀는 갈색 손을 들어 무언가 꺼낼 듯 앞섶에 집어넣으며 방 안으로 성큼 들어왔다. 미키 리니헌이 뒤에서 나타나 그녀를 끌고 복도로 나간 다음 문을 닫았다.

한바탕 소동이 벌어지는 사이사이, 가브리엘은 침대에 똑바로 누워 숨을 헐떡거리고, 경련하듯 몸을 이리저리 뒤틀고, 절망에 빠진 눈으로 멍하니 천장만 노려보기를 반복했다. 때로는 눈이 감기기도 했지만 몸의 움찔거림은 좀처럼 멈추지 않았다.

그날 오후 롤리가 다녀가며 피츠스테판의 상태가 꽤 좋아져 버논이 몇 가지 질문을 했다는 사실을 전해 주었다. 피츠스테판은 폭탄을 보지 못해 그것이 언제, 어디로, 어떻게 들어왔는지 알 수 없다고 했다. 하지만 핑크와 내가 방을 나선 직후

깨진 유리가 떨어지는 듯 차르륵 소리와 함께 바닥에 무언가 쿵 떨어지는 소리를 들은 기억이 분명히 난다고 하였다.

나는 롤리에게 내일 버논을 만나러 가겠노라고, 핑크를 풀어 주지 말라고 전해 달라 말했다. 롤리는 말을 전해 주겠다는 약속과 함께 떠났다. 미키와 나는 아무 말 없이 현관 앞에 서 있었다. 서로 할 말이 딱히 없었고 사실 그날 하루 종일 그랬었다. 담배에 불을 붙이고 있을 때 안으로부터 가브리엘의 목소리가 들려왔다. 미키가 하느님 어쩌고 하는 소리를 하며 몸을 돌렸다.

나는 그에게 인상을 쓰고 화가 나 물었다.

"그래, 내가 맞나 틀리나?"

그가 나를 노려보았다.

"맞아서 참 좋으시겠습니다."

나는 그를 향해 욕을 하고는 안으로 들어갔다. 위로 올라가려던 메리 누네즈가 나를 보더니 뒷걸음질로 부엌으로 들어갔다. 나를 노려보는 그녀의 눈이 미친 사람처럼 희번덕거렸다. 나는 그녀를 욕하고 위로 올라갔다. 세워둔 대로 맥먼이 가브리엘의 문 앞에 있었다. 그는 나를 쳐다보려고도 하지 않았다. 그래서 나는 그까지 싸잡아 모두에게 공평하게 욕을 퍼부어 주었다.

가브리엘은 비명을 지르고, 애원하고, 모르핀을 달라고 울고 불며 남은 오후를 보냈다. 그날 저녁 그녀는 고백을 하겠노라 선언했다. 그녀는 뜨거운 손으로 이불을 똘똘 뭉쳤다.

"악한 사람이 되고 싶지 않다고 했었죠. 그거 거짓말이에요. 난 그렇게 되고 싶었어요. 언제나 그리 되고 싶었고, 언제나 그랬어요. 다른 사람들한테 한 짓을 당신한테도 하고 싶었어요. 하지만 이제는 당신을 원치 않아요. 내가 원하는 건 모르핀이에요. 나는 교수형 당하지 않을 거예요. 난 알아요. 그리고 모르핀만 얻을 수 있다면 다른 무슨 짓을 당해도 상관없어요."

그녀가 깔깔거리며 말을 이었다.

"내가 원해서 남자들에게서 마음속의 악을 이끌어 냈다고 했죠? 그 말이 맞아요. 정말 그렇게 하고 싶었어요. 그렇게 했고요. 단 리스 박사와 에릭은 실패하고 말았어요. 뭐가 잘못되었는지 모르겠지만 둘 다 실패했고 그 덕분에 그들은 나에 대해 너무 많은 걸 알게 됐죠. 그게 바로 그들이 죽은 이유에요. 조셉이 리스 박사에게 약을 먹였고 내가 그를 죽였어요. 그런 다음에 미니가 한 거라고 믿게 만들었죠. 그리고 내가 조셉더러 애러니아를 죽이라고 했어요. 당신이 끼어들지만 않았다면 그리 했을 거예요. 그는 내가 부탁한 거라면 무엇이든 했을 거예요. 그 다음에는 하비를 시켜 에릭을 죽이게 했죠. 나는 에릭에게 묶여 있는 몸이었어요. 법적으로. 그 사람은 나를 착한 여자로 만들려고 한 착한 남자였죠."

그녀가 다시 웃더니 입술을 핥았다.

"하비와 나는 돈이 필요했지만 앤드루스에게 충분히 얻어 낼 수가 없었어요. 괜히 의심을 살까 봐 걱정이 돼서. 그래서 우리는 내가 납치된 것처럼 꾸며 돈을 받아 낼 생각이었어요. 하비를 죽여 버리다니. 정말 안타까운 일이죠. 정말 근사한 한 마리 야수였는데. 그 폭탄은 나한테 있었어요. 몇 달 동안이나 가지고 있었죠. 아버지가 영화사를 위해 무슨 실험인가를 하고 있을 당시 실험실에서 훔친 거였어요. 그리 크지 않아서 만일을 대비해 몸에 지니고 다녔었죠. 원래는 당신을 죽이려 한 거였어요. 오웬과 나 사이에는 아무 관계도 없어요. 그건 또 다른 거짓말이에요. 그는 날 사랑하지 않았어요. 그 폭탄은 당신을 죽이려고 한 거예요. 왜냐하면 당신은…… 당신이 사실을 밝혀 낼까 봐 걱정이 됐으니까. 나는 너무 불안했어요. 두 사람이 나가고 당신 방에 한 사람만 남는 소리를 들었을 때 나는 그게 당신일 거라고 확신했죠. 그것이 오웬이라는 걸 알았을 땐 너무 늦었어요. 문을 열고 폭탄을 던질 때 비로소 보았으니까. 이제 원하는 걸 알았죠? 모르핀을 줘요. 이제 더 이상 나를 가지고 놀 필요가 없잖아요. 얼른 줘요. 당신은 성공했어요. 지금 이야기한 걸 글로 써 오면 서명해 줄게요. 이젠 내가 중독을 끊게 하거나 구해 낼 가치가 있는 사람인 척할 필요 없어요. 얼른 모르핀을 내놔요!"

이젠 내가 웃을 차례였다.

"왜, 찰리 로스를 유괴하고 메인 호를 폭파시킨 것도 자기라고 하시지?"(찰리 로스는 1874년, 집 앞마당에서 유괴된 아이로 이후 영영 발견되지 않았다. 메인 호는 1898년 쿠바의 아바나 항에 정박 중이던 미군 군함인데, 폭파 사건으로 260명의 승무원이 사망했다. ― 옮긴이)

그러고도 그녀는 장장 한 시간 동안 난리법석을 피우다 제풀에 쓰러졌다. 그날 밤 또한 아침이 오지 않을 것처럼 길었다. 그녀는 두 시간 조금 넘게 잤는데 그나마 전날 밤보다 30분 늘어난 것이었다. 나는 의자에 앉은 채 짬이 날 때마다 잠을 청했다.

해가 뜨기 얼마 전, 나는 누군가의 손이 내 코트자락을 더듬는 느낌에 잠에서 깼다. 나는 푹 잠든 것처럼 고요히 숨을 쉬며 속눈썹 사이로 볼 수 있을 정도로만 살짝 눈을 떴다. 방 안은 매우 어두웠지만 가브리엘이 침대에 누워 있는 것은 알 수 있었다. 다만 그녀가 자고 있는지 깨어 있는지는 확인할 수 없었다. 내 머리는 뒤로 넘어가 의자 등받이에 기대어져 있었다. 코트 안주머니를 뒤지는 손이나 어깨 너머로 내려온 팔을 볼 수는 없었지만 분명 음식 냄새가 났기에 색깔이 갈색일 것이라는 것 또한 쉽게 짐작할 수 있었다.

멕시코 여자가 내 뒤에 서 있었다. 미키는 그녀가 칼을 가지고 있다고 했었다. 그녀가 다른 손에 그 칼을 들고 있는 것이 상상되었다. 이럴 때는 가만 놔두는 게 상책이라는 것도 알 수 있었다. 나는 살포시 다시 눈을 감으며 계속 자는 척했다. 그녀의 손가락 사이에서 바스락거리는 종이 소리가 나더니 손이 내 주머니를 떠났다.

나는 아직 자는 것처럼 슬쩍 머리를 움직이며 발의 방향을 바꾸었다. 내 뒤에서 문이 소리 없이 닫히는 것이 들리자 나는 똑바로 앉아 주변을 둘러보았다. 가브리엘은 자고 있었다. 나는 주머니 속에 들어있던 약봉지를 세어 보고 여덟 개가 사라진 것을 알았다.

곧 가브리엘이 눈을 떴다. 약을 끊은 이후 처음으로 조용히 깨어난 것이었다. 얼굴이 수척했지만 흥분한 눈빛은 보이지 않았다. 그녀는 창문을 바라보며 물었다.

"아직 아침이 안 됐나요?"

"점점 밝아지고 있습니다. 오늘은 음식을 먹도록 합시다."

이 말과 함께 나는 그녀에게 오렌지 주스를 건넸다.

"음식은 필요 없어요. 모르핀이나 줘요."

"바보 같은 소리 말아요. 음식을 먹어요. 모르핀은 어림도 없어요. 오늘은 어제와는 다를 겁니다. 이제 고비는 넘겼으니 앞으로는 계속 내리막이 될 거예요. 물론 두어 번 더 힘든 시기가 오겠지만 이제 와서 모르핀을 달라는 건 정말 어리석은 짓입니다. 그럼 뭘 하고 싶습니까? 더 고백할 건 없습니까? 이제 거의 이겨 냈으니 이 상태로만 있어요."

"제가…… 정말 이겨 냈나요?"

"그래요. 이제 해야 할 일이라고는 불안한 마음을 진정시키고, 약에 취했을 때 얼마나 기분이 좋았는지 잊어버리는 것뿐입니다."

"할 수 있어요. 당신이 할 수 있다고 하니까 할 수 있어요."

그녀는 오전 늦게까지 잘 지내다가 결국 한두 시간 동안 난리를 피웠다. 하지만 대단치는 않았고 나는 다시 한 번 그녀를 달랠 수 있었다. 메리가 점심을 가지고 들어왔을 때 나는 둘을 남겨 놓고 뭣 좀 먹으러 아래층으로 내려갔다.

미키와 맥먼이 이미 식탁에 앉아 있었다. 둘 다 먹는 내내 한마디 말도 하지 않았다. 내게도, 서로에게도. 그들이 조용하기에 나도 아무 말 하지 않았다.

다시 위층으로 올라가자 녹색 목욕 가운을 입은 가브리엘이 이틀 연속 내 침대로 쓰였던 가죽 흔들의자에 앉아 있었다. 머리를 빗고 얼굴에 분도 바른 것 같았다. 그녀의 눈은 거의 녹색처럼 보였고, 마치 대단한 농담거리를 숨기고 웃음을 참고 있는 것처럼 눈 아래가 보송하게 올라와 있었다. 그녀가 짐짓 엄숙하게 말했다.

"앉아요. 진지하게 할 말이 있어요." 나는 자리에 앉았다.

"왜 나를 위해 이 모든 수고를 한 거예요? 그럴 필요 없었잖아요. 즐거운 일도 아니었을 텐데. 난 정말…… 사실 내가 얼마나 끔찍하게 굴었는지도 몰라요. 나 정말 역겹고 흉했다는 거 알고 있어요. 지금 당신에게 어떻게 보일지도. 왜…… 왜 그랬어요?"

그녀는 정말 진지했다. 이마부터 가슴까지 온통 벌게져 있었다.

"나는 당신 나이의 두 배입니다. 늙은이라고요. 왜 내가 그리 했는지, 왜 그 일이 역겹지도, 흉하지도 않았는지, 필요하다면 왜 다시 할 건지, 그리고 왜 기꺼이 할 건지 사실대로 밝힌다면 정말 얼간이가 될 테니 절대로 안 할 겁니다."

그녀는 자리에서 벌떡 일어났다. 눈이 커다랗게 벌어지고 입술은 떨리고 있었다.

"그럼 당신 혹시……."

"무슨 생각을 하든 난 절대로 인정하지 않을 겁니다. 그리고 그렇게 가운을 여미지도 않고 돌아다니면 감기가 걸리고 말 거예요. 모르핀에 절어 있던 머리는 감기를 조심해야 한단 말입니다."

그녀는 다시 자리에 앉아 두 손에 얼굴을 묻고 울기 시작했다. 나는 울게 그냥 내버려 두었다. 하지만 곧 손가락 사이로 킥킥 웃는 소리가 들려오기 시작했다.

"오후 내내 나만 혼자 남겨 둘 건가요?"

"그래요. 따뜻하게 있겠다고 약속해요."

나는 군청 소재지로 가 병원을 찾았다. 그리고 피츠스테판의 방에 들여보내 줄 때까지 그곳 사람들과 실랑이를 벌였다.

몸의 90퍼센트가 붕대로 덮인 그는 눈 하나, 귀 하나, 입 한쪽만 붕대 바깥으로 빠끔히 보였다. 그 눈과 입술 반쪽이 붕대 틈새로 내게 미소를 보이자 이내 목소리가 따라 나왔다.

"이제 당신 호텔 방엔 절대 안 갑니다."

비스듬히 누운 채 내는 소리라 분명치 않았다. 턱도 잘 움직일 수 없었지만 생기는 충분해 보였다. 그것은 분명 살아날 사람의 목소리였다.

나는 그에게 미소를 지었다.

"이번에는 호텔 방으로 안 갈 걸세. 샌 쿠엔틴 감옥을 호텔이라 여기지 않는다면 말이야. 가혹한 심문을 견딜 수 있을 정도로 회복한 건가, 아니면 하루 이틀 더 기다려야 하나?"

"지금이 최고의 상태일 겁니다. 표정 때문에 탄로 날 일이 없을 테니."

그가 대꾸했다.

"좋아. 그럼 시작하지. 첫째, 핑크가 자네와 악수를 할 때 그 폭탄을 건넸지. 그게 폭탄을 내게 보이지 않고 방 안으로 들어올 수 있는 유일한 방법이었을 거야. 그때 그는 내게 등을 돌리고 있었네. 자네는 그가 무엇을 건네주는지 몰랐지만 받을 수밖에 없었어. 모든 걸 부인해야 하는 지금처럼 말이지. 안 그러면 자네가 그 성배 일당과 한패거리라는 걸. 핑크에게 자넬 죽일 이유가 있다는 걸 들킬 수 있었으니까."

"당신 정말 사람 놀래는군요. 그래도 그에게 이유가 있었다니 다행입니다."

피츠스테판이 말했다.

"자네가 리스의 살인을 계획했네. 다른 사람은 단순히 공범일 뿐이었어. 조셉이 죽자 모든 죄는 모두가 미친 사람이라 여긴 그에게 덮어씌워졌지. 그거면 다른 사람들은 그대로 풀려나기에 충분했어. 하지만 자넨 콜린슨까지 죽였고, 또 무슨 계획을 하고 있는지는 누가 알겠나. 핑크는 이대로 가다간 사원 살인에 관련된 진실이 밝혀지고 자신까지 끌려들어갈 걸 알고 있었지. 그래서 있는 대로 겁을 먹고 자네를 멈추려고 한 거야."

"점점 나아지는군요. 그래서 내가 콜린슨을 죽였다?"

"정확히 말하면 그의 살해를 사주한 거지. 위든을 고용했지만 그에게 돈을 쥐어 주지는 않았어. 그러자 그가 가브리엘을 납치해서는 돈을 내놓으라고 한 거지. 자네가 원한 게 그녀라는 사실을 알고 있었거든. 굴에서 그와 맞닥뜨렸을 때 그의 총알이 가장 가까이 날아온 것도 자네였고."

"이젠 더 이상 쓸 수 있는 감탄의 표현도 없군요. 그래서 내가 그녀를 원했다 이거군요? 나도 내 동기가 뭔지 궁금했는데."

"자넨 그녀에게 정말로 꽤나 고약하게 굴었던 게 분명해. 그녀가 앤드루스랑 안 좋았다, 에릭과 힘들었다고 하면서도 그들에 대해 이야기하는 건 그리 꺼리지 않았거든. 그런데 자네에 관해 좀 물어보려고 했더니 몸을 부르르 떨더니 입을 딱 다물어 버리지 뭔가. 그래, 너무 매몰차게 거절을 당해 앙심을 품은 건가? 자존심이 센 자네는 그런 대접을 받으면 무슨 짓이라도 할 사람이지."

"그렇겠죠. 그거 알아요? 사실 때로 당신이 정말 말도 안 되는 엉터리 이론을 숨기고 있다는 생각을 할 때가 많았어요."

"왜 안 그렇겠나? 레게트 부인이 갑자기 총을 손에 넣었을 때 자네가 그 여자 옆에 서 있었지. 그 총을 어떻게 가지게 됐을까? 게다가 그녀를 쫓아 계단을 뛰어 내려가는 건 자네답지 않았어. 암, 아니지. 총알이 그녀의 목을 꿰뚫었을 때도 자네의 손이 총을 잡고 있었지. 내가 귀머거리에, 장님에, 바보 노릇까지 해야 하나? 자네가 동의한 대로 가브리엘의 문제 뒤에는 단 한 사람의 계획이 있었던 거야. 자네야말로 그런 생각을 할 수 있는 유일한 사람이고, 각 사건과의 연관 관계를 가지고 있으며, 동기가 있는 사람이지. 그런데 그놈의 동기 때문에 조금 망설였었네. 확신할 수가 없었거든. 하지만 폭발 사건 뒤 처음으로 가브리엘에게 정보를 캐냈을 때 비로소 확신이 들었지. 그리고 날 머뭇거리게 만든 또 다른 한 가지는 자네와 사원 일당을 연결할 수 없다는 점이었어. 하지만 핑크와 애러니아 할던이 나 대신 그 일을 해 주었지."

"아, 애러니아가 나와 연결하는 걸 도왔다고요? 도대체 무슨 짓을 하고 있었던 거람?"

그가 멍하니 물었다. 겉으로 보이는 그의 회색 눈 하나가 마치 다른 생각으로 바쁜 것처럼 찡그려져 있었다.

"그녀는 자네의 정체가 탄로 나는 걸 막기 위해 최선을 다했네. 모든 일을 계획하고, 혼란스럽게 만들고, 앤드루스가 의심을 사게 만들고, 심지어는 나를 쏘려고도 했지. 앤드루스를 모함하는 게 소용없다는 말을 하고 콜린슨의 이름을 꺼냈더니 글쎄 슬쩍 신음을 흘리지 뭔가. 혹시라도 그게 내 의심을 엉뚱한 방향으로 이끌고 갈지도 모른다는 희박한 가능성에 희망을 걸고 말이야. 난 그녀가 마음에 드네. 아주 교활해."

"근데 고집이 너무 세요."

피츠스테판이 가볍게 말했다. 자기 생각에 바빠 나의 말은 반도 채 안 들은 것 같았다. 그가 베개 위에서 고개를 돌려 눈이 천장을 올려다보게 했다. 위를 향한 그의 눈은 가늘고 어두웠다.

"데인 가의 위대한 저주가 이렇게 끝나는군."

그때 그가 웃음을 터뜨렸다. 한쪽 눈과 입 반쪽으로 낼 수 있는 최대한의 소리였다.

"그럼 내가 데인이라는 것도 알려 드려야 하나?"

"뭐?" 내가 깜짝 놀라 물었다.

"내 어머니와 가브리엘의 외할아버지가 남매였죠."

"놀랄 노자로군."

"이쯤에서 조용히 돌아가시죠. 생각 좀 하게. 아직 어떻게 해야 할지 모르겠어요. 일단 지금은 내가 아무것도 인정하지 않을 거라는 것만 아세요. 아마 난 그 저주란 걸 고집하고, 나의 이 소중한 목을 살리기 위해 그걸 이용할 테죠. 그렇게 되면 세상에서 가장 훌륭한 변명인 동시에 이 나라 전체 언론이 행복한 비명을 지르게 만들 대대적인 쇼를 보게 될 겁니다. 나는 저주 받은 데인 가의 피를 지닌 데인 가의 사람이 될 거예요. 그리고 나의 사촌 앨리스와 릴리, 조카 가브리엘, 그리고 그 밖에도 수없이 많은 데인 가 사람들이 저지른 모든 범죄가 나를 위한 증거가 되어 줄 겁니다. 내 손으로 저지른 범죄의 수가 많을수록 내게 유리할 거예요. 미친 사람이 아니면 누가 그렇게 많은 범죄를 저지를 수 있겠어요? 얼마나 많을까요? 요람에 있었던 당시부터 시작해 범죄란 범죄는 모조리 늘어놓을 테니.

내 책도 날 도울 겁니다. 『창백한 이집트인』은 저능아 중의 저능아가 쓴 거라고 대부분의 독자들이 입을 모으지 않았었나요? 그리고 내가 기억하기로 또 다른 책 『18인치』에는 작가의 성적 도착의 증거가 담겨 있다고들 했었죠. 바로 내 목을 구해 줄 증거라 이겁니다. 그리고 만신창이가 된 이 몸을 그들 앞에 자랑스레 내보일 겁니다. 팔도 없고, 다리도 없고, 상체 일부와 얼굴마저 잃은 이 몸을. 그간 저지른 모든 범죄에 대해 이미 천벌을 충분히 받은 것처럼 보이게 말이에요. 그리고 폭발의 충격으로 다시 제정신이 되었거나 아니면 적어도 범죄자의 광기에서 벗어난 것처럼 보일 수도 있게요. 그도 아니면 아, 종교에 귀의할 겁니다. 정말 대단한 쇼가 되겠죠. 구미가 당기는데요. 하지만 이 모두 제대로 계획하려면 조용히 생각할 시간이 필요해요."

그는 말을 하느라 지쳤는지 드러난 입 반쪽으로 헐떡거리면서도 승리의 미소가 담긴 한쪽 눈으로 나를 쳐다보았다.

"자네라면 아마 해낼 수 있을 걸세. 그러면 나도 기쁘겠어. 이미 벌은 충분히 받았네. 그리고 법적으로 봐도 자네가 아니라면 누가 처벌을 면하겠나?"

내가 일어날 채비를 하면서 말했다.

"법적으로 처벌을 면할 자격이 있다고요? 사실대로 말해 봐요. 내가? 정말인가요?"

그가 물었다. 눈에서 미소가 사라지고 없었다. 그가 시선을 돌리더니 불편한 눈으로 다시 나를 쳐다보았다.

내가 고개를 끄덕였다.

"하지만…… 제기랄, 그럼 흥이 다 깨지는데. 내가 정말 미친 놈이라면 무슨 재미가 있어요……."

그가 투덜거렸다. 눈동자에서 불편함을 떨쳐 내려고, 평소처럼 느긋하고 즐거운 태도를 유지하려고 애쓰고 있었다. 사실 시도는 비교적 성공적이었다.

해안의 투커 별장으로 돌아가니 미키와 맥먼이 현관 앞 계단에 앉아 있었다.

"오셨습니까?" 맥먼이 말했다.

"외출한 동안 여자한테 새 상처라도 얻어오셨나? 소꿉친구가 찾고 있어요."

미키가 말했다.

그들의 말투로 보아, 그리고 나를 다시 대화에 끼워 준 것으로 보아 가브리엘이 오후 동안 조용했던 모양이었다.

그녀는 등 뒤에 쌓아 놓은 베개에 기댄 채 앉아 있었다. 얼굴은 여전히 분을 칠한 듯 뽀얗고, 눈동자는 행복해 보였다.

"그렇게 오래 가 있으라는 말이 아니었는데. 참 못됐어요. 놀래줄 것이 있는데 기다리느라 지루해 죽는 줄 알았단 말이에요."

그녀가 쏘아붙였다.

"음, 여기 왔잖습니까. 뭔데요?"

"눈 감아요."

나는 눈을 감았다.

"눈 떠요."

눈을 떴다. 메리 누네즈가 내 주머니에서 빼 간 약 여덟 봉지가 눈앞에 있었다.

"아까 정오부터 가지고 있었어요. 봉지가 손자국과 눈물자국 범벅이긴 하지만 열린 건 하나도 없어요. 솔직히 그리 힘들지 않았어요."

그녀가 자랑스레 말했다.

"당신이라면 그리 힘들지 않을 줄 알았어요. 그게 바로 그걸 메리에게서 빼앗지 않은 이유이기도 하고."

"알고 있었어요? 날 그렇게 믿는단 말이에요? 이걸 내게 남겨 두고 자리를 비울 만큼?"

지난 이틀 동안 접힌 종이 안에는 모르핀 대신 빻은 설탕만 들어 있었다는 걸 이제 와서 고백할 바보는 없을 것이다.

"당신은 세상에서 가장 멋진 분이세요."

그녀는 내 손을 잡더니 볼을 문질렀다. 그러고는 재빨리 손을 내려놓고 눈살을 찌푸렸다.

"참, 이것만 빼고! 오늘 낮에 바로 거기 앉아서 나와 사랑에 빠진 것처럼 굴었잖아요."

"내가 그랬나요?"

나는 웃지 않으려 애쓰며 물었다.

"이 위선자. 젊은 아가씨를 이렇게 놀리다니요! 억지로라도 나와 결혼하게 되어도, 아니 약속을 깬 대가로 소송을 당해도 싸요! 난 솔직히 오후 내내 당신 말을 믿고 있었단 말이에요. 그런데 그게 도움이 되긴 했어요. 사실 당신이 방금 들어올 때까지만 해도 믿고 있었어요. 그런데 그때……."

그녀가 우뚝 말을 멈췄다.

"그때 뭐요?"

"괴물을 봤어요. 착한 괴물. 곤경에 빠졌을 때 가까이 두면 특별히 좋은 괴물. 그래도 괴물은 매한가지죠. 사랑 같은 어리석은 인간의 감정 같은 것이라고는 없는 괴물. 그리고…… 무슨 일이에요? 내가 뭐 잘못 말했어요?"

"그런 말은 하지 말았어야 했습니다. 난 지금 피츠스테판과 자리를 바꾸라고 해도 바꿀 거란 말입니다. 특히 이런 목소리를 가진 커다란 눈의 아가씨가 함께라면 말이죠."

"맙소사."

그녀가 못 말리겠다는 듯 말했다.

23장

쇼

오웬 피츠스테판은 두 번 다시 내게 말을 걸지 않았다. 날 만나기를 거부했고, 감옥에 갇혀 힘을 쓸 수 없게 된 다음에는 그저 입을 다물었다. 나에 대한 증오가 이렇게 급속히 커진 것은 아마도 내가 그를 미쳤다고 생각하는 것을 알기 때문일 것이다. 그는 세상 모든 사람, 아니 최소한 배심원이라 불리는 열두 명만은 자신을 미쳤다고 생각하기를 바랐고 실제로도 그렇게 만들었다. 하지만 내가 그들과 생각을 같이하는 것만은 원치 않았던 모양이었다. 미친 척하여 원하는 대로 행동하고도 처벌을 면한 멀쩡한 사람이라면 세상을 자기 손에 넣고 가지고 놀 수 있었다. 하지만 자신의 광기를 못 알아보고 자신은 오직 미친 척하고 있을 뿐이라고 생각한다면 바보가 된 건 반대로 그 자신이라고 할 수 있었다. 그런 처지가 되는 것, 그리고 내가 그러한 사실을 아는 것이야말로 그의 자존심이 견디 낼 수 없었다. 영영 그가 자신이 미쳤음을 인정하지 않는다고 해도 말이다. 무슨 생각을 하고 있는지는 몰라도 그렇게 병원에서 만난 이후로 그는 단 한 번도 내게 말을 하지 않았다.

몇 달 후 그가 법정에 출두할 수 있을 정도로 건강을 회복했을 때 벌어진 재판은 그가 약속한 대로 대단한 쇼가 되었고 언론은 행복한 비명을 질렀다. 그는 코튼 부인의 살해죄에 대해 해당 군 법정에서 재판을 받았다. 사건 당일 아침 그가 코튼 씨의 집 뒷문으로 빠져나와 걸어가는 것을 본 목격자가 두 명 나왔고, 또 다른 사람은 그의 차가 전날 밤 그 집에서 네 블록 떨어진 곳에 서 있었다고 증언했다. 시와 군 지방 검사들은 이러한 증거를 바탕으로 코튼 부인 살인에 대해 그의 유죄를 강력하게 주장할 수 있었다.

피츠스테판 측은 정신 이상으로 인한 무죄를 주장했다. 코튼 부인을 살해한 것이 가장 마지막 범행이었기에 그의 변호인단은 그가 저지른 다른 모든 범죄를 정신 이상의 증거로 제출할 수 있었다. 변호사들의 실력은 대단했다. 그리고 피츠스테판이 제정신이 아니라는 것을 증명하는 가장 좋은 방법은 그가 그 어떤 사람보다 더 많은 범죄를 저질렀다는 사실을 보여 주는 것이라는 애초의 아이디어를 그대로 이용했다. 그가 그렇게 죄가 큰 사람이라는 것은 분명한 사실이었다.

그는 사촌인 앨리스 데인과 당시 아이였던 가브리엘이 뉴욕에 살고 있을 때부터 그들을 알고 있었다. 물론 가브리엘은 당시 너무 어렸기에 이러한 사실을 입증하지 못했다. 증거라고는 피츠스테판의 말뿐이었지만 아마도 사실이었을 것이었다. 그는 당시 앨리스가 찾고 있던 가브리엘의 아버지에게 위험한 과거를 거기까지 끌고 왔다는 것을 알리고 싶지 않아서 남들에게 자신들의 관계를 숨겼다고 했다. 또한 앨리스는 뉴욕에서 피츠스테판의 정부였다고 하였다. 그것 또한 진실일 수 있었지만 중요하진 않았다.

앨리스와 가브리엘이 뉴욕을 떠나 샌프란시스코로 간 뒤 때로 편지를 주고받았으나 특별한 목적은 없었다. 그때 피츠스테판은 할딘 부부를 만났다. 신흥 종교를 만드는 것은 그의 아이디어였다. 그가 그것을 조직하고, 비용을 대고, 샌프란시스코로 가져왔다. 그러나 종교에 관한 그의 회의는 잘 알려진 사실이었고, 혹여 그가 그런 데 관심을 보이면 거짓이 탄로 날 수 있었기에 그는 사원과의 관계를 비밀로 했다. 그에게 성배의 사원은 장난감인 동시에 밥줄이었다. 그는 사람들에게 영향력을, 특히 기묘한 방식으로 영향력을 발휘하기를 좋아했고 마침 책도 잘 안 팔렸으니까.

애러니아 할딘 역시 그의 정부였다. 조셉은 그의 꼭두각시 인형일 뿐이었다.

샌프란시스코에서 피츠스테판과 앨리스는 다른 친구들을 통해 피츠스테판이 레게트 부녀와 친해지도록 일을 꾸몄다. 가브리엘은 이제 젊은 여인이 되어 있었다. 피츠스테판은 가브리엘의 특이한 모습에 매료되었고, 그것을 가브리엘처럼 타락의 증거라 해석했다. 그래서 그녀에게 접근해 보기로 했다. 하지만 시도는 성공적이지 못했다. 덕분에 그녀를 갖고야 말겠다는 결심이 두 배로 굳어졌다. 그는 그런 사람이었다. 그리고 앨리스는 이런 그의 동지였다. 그녀는 그가 어떤 사람인지 알고 있었고 동시에 가브리엘을 증오했기에 그가 가브리엘을 자기 것으로 만들기를 바랐다. 앨리스는 피츠스테판에게 자기 가족의 사연을 들려주었다. 당시 레게트 씨는 가브리엘이 어머니를 죽인 것이 아버지라 믿고 있다는 것을 몰랐다. 딸이 자신을 싫어하는 것은 알았지만 그 이유는 정확히 알지 못했다. 그는 다만 자신이 감옥에서 겪은 일로 조금 냉혹한 사람이 되었고, 아무리 부녀 관계라고 해도 만난 지 얼마 되지 않은 젊은 딸이라면 그런 자신을 대하기 거북할 것이라고 여겼다.

  끈질기게 가브리엘을 설득하고 자신에 관한 미움을 누그러뜨리고자 애쓰던 레게트 씨의 태도에 피츠스테판은 놀랐다. 그러던 어느 날 앨리스, 피츠스테판과 함께 말다툼을 벌이던 레게트 씨는 가브리엘이 자신을 왜 미워하는지 진짜 이유를 알게 되었다. 그리고 자신이 어떤 여자와 결혼한 것인지도 깨닫게 되었다. 그때부터 피츠스테판은 레게트 씨 댁에 불청객이 되었지만 앨리스와 연락을 유지하며 적당한 때를 기다렸다.

업튼이 앨리스를 협박하며 나타난 순간이 바로 그런 때였다. 앨리스는 조언을 듣기 위해 피츠스테판을 찾아갔고 그는 당연히 자신의 생각을 일러주었다. 매우 사악한 것이었다. 그는 앨리스에게 업튼을 처리하고 그의 요구, 그러니까 레게트의 과거에 대한 협박을 레게트로부터 숨기라고 말했다. 무슨 일이 있어도 레게트가 남미와 멕시코에서 보낸 시간에 대해 알고 있다는 것을 들켜서는 안 되었다. 딸에게 어떤 생각을 심어 주었는지 알고 아내를 증오하게 된 지금 그것은 놓쳐서는 안 될 귀중한 정보였다. 업튼에게 다이아몬드를 주고 강도극을 꾸민 것은 피츠스테판의 아이디어였다. 불쌍한 앨리스는 그에게 아무 의미가 없었다. 그는 레게트를 파멸시키고 가브리엘을 빼앗을 수만 있다면 앨리스에게 무슨 일이 일어나든 상관하지 않았다.

계획은 일단 성공적이었다. 피츠스테판의 지시를 받은 앨리스는 그것이 자신뿐만 아니라 이제 남편보다 더 중요한 그를 구할 훌륭한 계획이라 믿으며 레게트 집안을 깡그리 파멸시키는 데 성공했다. 하지만 그것도 실험실에서 그녀에게 총을 쥐어 준 뒤 계단을 따라 그가 쫓아 내려오기 전까지의 이야기였다. 당연히 피츠스테판은 그녀를 죽여야만 했다. 그래야 그녀가 이 훌륭한 계획이 자신을 없애기 위한 덫이라는 것을 깨닫고 모든 사실을 폭로하지 않을 것 아닌가.

피츠스테판은 레게트 씨를 죽인 것은 자기라고 하였다. 루퍼트가 살해당하는 장면을 목격한 가브리엘이 집을 나설 때 그녀는 집을 영영 떠난다는 쪽지를 남겼다. 레게트의 눈에 이것은 더 이상 이 집을 지킬 필요가 없다는 뜻이었다. 그는 이제 모든 것이 끝났다면서 앨리스에게 떠나겠다고, 대신 그녀의 죄까지 자신이 뒤집어쓰는 편지를 남기겠다고 하였다. 피츠스테판은 앨리스에게 그를 죽이라고 했지만 그녀는 그리 하려 하지 않았다. 그래서 피츠스테판이 레게트를 직접 죽이고야 말았다. 그는 가브리엘을 원했고, 레게트가 살아 있다면 아무리 경찰에 쫓기는 신세라고 해도 그렇게 되도록 순순히 놔두지 않을 것임을 알고 있었다.

무사히 레게트와 앨리스를 죽이고 의심에서 벗어난 피츠스테판은 더 대담해졌다. 그는 기쁜 마음으로 계속해서 가브리엘을 손에 넣을 계획을 준비했다. 할던 부부는 이미 몇 달 전 레게트 가족에게 소개가 되어 있었고 가브리엘은 그들에게 홀딱 빠져 있었다. 집에서 달아난 그녀가 그들에게 간 것이 그 증거였다. 사건이 벌어지고 난 뒤 그들은 다시 한 번 그녀에게 사원으로 오라 설득했다. 할던 부부는 피츠스테판이 무슨 꿍꿍이인지, 그가 레게트 부부에게 무슨 짓을 했는지 알지 못했다. 다만 그녀도 그가 물어다 준 돈줄 중 하나려니 생각했다. 그러나 내가 찾아갔을 때 사원에서 조셉을 찾고 있던 리스 박사는 잠겨 있었어야 할 문을 우연히 열고 말았고 피츠스테판과 할던 부부가 계략을 꾸미는 현장을 목격했다.

그건 위험했다. 리스는 입을 다물게 할 수 있는 사람이 아니었다. 피츠스테판과 사원의 관계가 외부로 알려지는 날에는 레게트 사건과 그와의 관계 역시 알려질 위험이 높았다. 피츠스테판에게는 쉽게 다룰 수 있는 도구가 둘 있었다. 바로 조셉과 미니였다. 그는 그들을 이용해 리스를 죽였다. 하지만 그 통에 애러니아가 가브리엘에 대한 그의 진짜 속셈을 알게 되었다. 질투에 사로잡힌 애러니아는 가브리엘을 포기시킬 수 없다면 그를 파멸시킬 작정이었다. 그래서 그는 애러니아가 살아 있으면 누구도 교수형을 면치 못할 거라고 조셉을 설득했다. 따라서 아내를 죽이려던 조셉을 죽인 나는 피츠스테판의 목숨 또한 구해 낸 것이나 마찬가지였다. 애러니아와 핑크는 리스 박사의 죽음에 대해 입을 다물어야만 했다. 그래야 공범으로 말려들어 가지 않을 수 있었으니까.

이쯤 되자 피츠스테판은 더욱 의기양양해졌다. 그는 가브리엘을 자신의 재산이라 여겼다. 수많은 살인으로 대가를 치른 귀한 재산. 각각의 죽음이 그녀의 값, 그러니까 그가 느끼는 그녀의 가치를 더욱 높였다. 에릭이 몰래 그녀와 결혼식을 올렸을 때 피츠스테판은 조금도 망설이지 않았다. 에릭은 죽어 줘야 했다.

거의 1년 전, 피츠스테판은 소설을 쓸 조용한 공간을 원했었다. 내가 동네 대장장이라 부르던 핑크 부인이 케사다를 추천했었다. 그녀는 본래 거기 출신이고 이전 결혼을 통해 낳은 아들 하비 위든이 거기 살고 있었다. 피츠스테판은 약 두 달간 케사다에 머무르며 위든과 꽤 잘 아는 사이가 되었다. 또 한 번의 살인을 저질러야 할 때가 오자 피츠스테판은 그가 돈만 쥐어 주면 그런 일도 너끈히 해낼 사람이라는 것을 기억해 냈다.

콜린슨이 할던 부부의 재판을 기다리는 동안 아내가 쉬면서 요양할 조용한 곳을 찾는다는 소식을 들은 피츠스테판은 냉큼 케사다를 추천했다. 따지고 보면 조용한 곳은 맞지 않는가. 어쩌면 캘리포니아에서 가장 조용한 곳일지도 몰랐다. 그런 다음 그는 에릭을 죽여 주면 1000달러를 주겠다며 위든에게 접근했다. 처음에는 거절했지만 그도 바보는 아니었고 피츠스테판이 매우 교묘하게 그를 설득하는 바람에 계약은 성사되었다.

살인을 처음 시도한 목요일 밤, 위든이 일을 망치자 겁에 질린 콜린슨이 내게 전보를 보냈다. 그 전보를 전보국에서 본 위든은 약속대로 그의 목숨을 빼앗아야 자신이 살 수 있겠다고 생각했다. 그래서 그는 위스키를 들이켜 망설이는 마음을 다잡은 뒤 금요일 밤 콜린슨을 미행하다가 절벽에서 그를 밀어 버리고 말았다. 그런 다음 위스키를 조금 더 마시고 샌프란시스코로 갔다. 이제 절박할 대로 절박해진 그였다. 그는 자신을 고용한 피츠스테판에게 전화를 걸었다.

"약속한 대로 죽여 드렸고 그도 황천길로 갔소. 이제 돈이나 내놓으시지."

피츠스테판의 전화는 그 건물의 교환대에 이어져 있었고, 이는 곧 누군가 위든의 말을 들을지도 모른다는 뜻이었다. 피츠스테판은 만전을 기해야겠다고 생각했다. 그는 상대가 누구인지, 무슨 소리를 하는지 모르는 척했다. 피츠스테판이 자신을 배신하는 거라 생각한 위든은 그가 원하는 것이 무엇인지 잘 알고 있었기에 가브리엘을 납치하기로 결심했다. 그리고 몸값은 애초에 받기로 한 1000달러가 아닌 1만 달러로 올렸다. 술이 잔뜩 취한 와중에도 그는 글씨체를 숨기고, 편지에 서명을 하지 않는 것은 물론, 자초지종을 설명하지 않고는 그 편지를 보낸 것이 누구인지 경찰에 알릴 수 없도록 교묘하게 글을 지었다.

피츠스테판은 더 이상 가만히 앉아 있을 수가 없었다. 위든의 편지를 받은 그는 지금까지 자신을 따라 준 운을 믿고 조금 더 과감하게 움직이기로 결심했다. 그는 내게 익명의 전화에 대해 이야기하고 그 편지도 건네주었다. 그것은 그가 직접 케사다에 나타날 수 있는 훌륭한 핑계거리가 되었다. 하지만 그는 나와 만나기로 한 것보다 먼저 내려와 전날 밤 코튼 부인을 찾아갔다. 그녀와 위든과의 관계를 알고 있던 그는 어디에 가면 그를 만날 수 있느냐고 물었다. 위든은 경찰서장을 피해 이미 그 집에 있었다. 그는 위든이 무모하게 군 덕분에 본의 아니게 그 전화 내용을 못 알아듣는 척할 수밖에 없었다고 설명했다. 그리고 안전하게 만 달러를 받을 수 있는 계획이 있다고 하였다. 아니, 계획이 아니라 위든을 안심시키기 위한 속임수라고 하는 편이 옳을 것이었다.

위든은 절벽 속 숨어 있던 곳으로 돌아갔고 피츠스테판은 코튼 부인과 함께 집에 남았다. 불쌍한 그 여자는 너무 많은 것을 알고 있었다. 그리고 자신이 아는 사실을 좋아하지도 않았다. 그녀의 운명은 이미 정해져 있었다. 피츠스테판은 사람들을 조용히 만드는 데 가장 확실하고 안전한 길은 죽여 버리는 것임을 알고 있었다. 최근 겪은 모든 일이 그 증거였다. 레게트 사건을 통해 그는 코튼 부인이 여러 가지 상황을 만족스럽게 설명해 주는 글을 남긴다면 자신의 문제가 해결되리라는 것도 알고 있었다. 비록 진실이 아니라고 해도 말이다. 그녀는 그의 검은 속셈을 짐작했는지 순순히 글을 쓰려 하지 않았다. 그가 불러 주는 대로 편지를 쓴 것은 오전 늦게나 되어서였다.

어떻게 하여 그 편지를 쓰게 만들었는지 듣는 것은 기분 좋은 일이 아니었다. 하지만 결국 그녀의 손으로 쓴 편지를 받아낸 그는 그녀의 목을 졸랐고, 살인이 마무리되는 것과 거의 동시에 밤을 꼬박 샌 남편, 코튼 경찰서장이 집으로 돌아왔다.

피츠스테판은 뒷문으로 도망쳐 호텔에 있던 버논과 나를 찾아왔다. (그가 집에서 달아나는 것을 본 목격자는 신문에 실린 그의 사진을 보고서야 비로소 경찰에 신고했다.) 피츠스테판은 우리와 함께 뭉툭 곶 아래 있는 위든의 아지트로 갔다. 그는 위든을 알고 있었고, 이 두 번째 배신 행각에 그가 어떤 반응을 보일지도 알고 있었다. 또한 코튼과 피니 모두 기꺼이 위든을 쏘리라는 것도 알았다. 피츠스테판은 자신의 운과 함께 도박사들이 흔히 이야기하는 경우의 수를 믿었다. 혹시라도 운이 따라 주지 않는다면 보트에서 내릴 때 비틀거리는 척하면서 손에 든 총으로 위든을 쏠 생각이었다. 레게트 부인을 얼마나 깔끔하게 처리했던가. 그렇게 하면 후에 비난을 들을 수도 있고 심하면 의심을 살 수도 있겠지만 유죄가 입증될 리는 없었다.

또 한 번 운이 따랐다. 피츠스테판이 우리와 함께 있는 것을 본 위든이 화르륵 화를 내며 그를 쏘려고 하자 우리가 먼저 그를 죽여 버린 것이다.

이것이 바로 스스로 제정신이라고 믿는 이 미치광이 사내가 정신 이상을 입증하기 위해 내놓은 이야기였다. 결과는 성공적이었다. 다른 혐의도 모두 무죄로 판결이 났다. 그는 나파에 있는 주립 정신병원으로 보내져 1년 뒤 석방되었다. 그곳의 전문가들도 그가 완전히 치료되었다고 생각지는 않았을 것이다. 다만 장애가 너무 심해 더 이상 나쁜 짓을 저지를 수 없을 거라 여겼을지도 모른다.

그 후 애러니아 할던이 퓨젓 사운드에 있는 섬으로 그를 데려갔다는 소문이 들렸다.

그녀는 그의 재판에서 증인석에 섰지만 본인은 그 어떤 혐의로도 재판을 받지 않았다. 남편과 피츠스테판 손에 죽을 뻔했던 그녀는 죄가 있는 사람으로 간주되지 않았다.

핑크 부인은 영영 찾지 못했다.

톰 핑크는 피츠스테판을 죽이려 한 죄로 샌 쿠엔틴에서 5년에서 10년 형을 받았다. 이제 그들은 서로를 비난하지도 않았으며 증인석에서는 오히려 서로의 죄를 덮어 주려 하였다. 핑크가 폭탄을 터뜨린 동기는 양아들의 죽음에 대한 복수라고 했지만 누구도 그 말을 믿지 않았다. 피츠스테판이 케사다에서 사건을 벌이기 전 그는 피츠스테판이 무슨 일을 하고 있는지 확인하려 했었다.

감옥에서 풀려난 뒤 미행이 붙었음을 깨달은 핑크는 처음에 겁을 먹었지만 곧 그것이 자신에게 도움이 되리라는 것을 알았다. 그는 그날 밤 자신을 감시하고 있던 미키의 눈을 속이고 뒷문으로 빠져나가 폭탄을 만드는 데 필요한 재료를 구한 뒤 다시 돌아와 밤새 폭탄을 만들었다. 그가 내게 들려주고 싶었다던 이야기는 케사다에 오기 위한 구실일 뿐이었다. 흰 종이에 싼 알루미늄 비누 상자에 든 폭탄은 크지 않았다. 그래서 악수를 하면서 나 몰래 주고받는 일쯤은 아무것도 아니었다. 피츠스테판은 그것이 애러니아가 보낸 것이며 이렇게 위험을 무릅쓰고 전해 줄 만큼 중요한 것이라고 생각했다. 나의 시선을 끌지 않고, 그와 핑크 사이에 관계도 노출시키지 않고 그것을 거부하기는 불가능했다. 그는 우리가 방을 나갈 때까지 그것을 숨기고 있다가 열어 보았고 정신을 차리니 병원이었다. 톰 핑크는 감옥을 나온 이후부터 미키가 쭉 미행했었다는 사실과 폭발 현장에서 내가 그를 지켜보고 있었다는 사실 덕분에 자신이 안전하다고 믿었었다.

피츠스테판은 가브리엘을 시켜 릴리를 죽였다는 앨리스 레게트의 말이 사실이 아니라고 생각했다. 앨리스 자신이 직접 죽여 놓고 가브리엘에게 상처를 주기 위해 거짓말을 했다는 것이었다. 사실 모두가 그의 추측에 불과했고 아무런 증거는 없었지만 가브리엘을 포함해 모든 사람들은 그 말을 사실로 받아들였다. 나는 파리에 있는 사무소 직원에게 과거의 일을 캐보라고 할까 하다가 결국 그렇게 하지 않기로 마음을 먹었다.

그것은 가브리엘의 개인적인 일일 뿐, 다른 이가 끼어들 수 있는 것이 아니었다. 게다가 정작 그녀는 지금까지 밝혀진 사실만으로도 기뻐하는 것처럼 보였다.

이제 콜린슨 가에서 그녀를 돌보고 있었다. 피즈스테판을 에릭의 살인범으로 지목하는 호외가 뿌려지자마자 그들은 그녀를 데리러 왔다. 콜린슨 가의 그런 행동은 비교적 자연스러워 보였다. 에릭의 죽음에 대해 그녀를 의심했다는 것을 인정할 필요도 없었다. 앤드루스가 재산 관리인 자격에서 물러나면서 다른 변호사인 월터 필딩이 지명되었을 때 콜린슨 가문은 가장 가까운 친척으로서의 권리인 것처럼 자연스럽게 그녀를 데려왔다.

모르핀 중독에서 벗어난 것 외에도 시골에서 두 달을 보낸 덕분에 도시로 돌아온 그녀는 그 어느 때와도 달리 건강한 모습이었다. 하지만 달라진 점은 외모뿐만이 아니었다.

어느 날 정오, 재판 중간에 시간이 비는 틈을 타 그녀와 나, 로렌스 콜린슨이 함께 점심을 먹었다.

"그런 일이 정말 일어났었다는 걸 믿을 수가 없어요. 너무나 많은 일이 한꺼번에 벌어져 제가 무감각해져 버린 걸까요?"

그녀가 말했다.

"아니요. 거의 약에 절어 있던 게 기억납니까? 그것이 심한 충격으로부터 당신을 구했죠. 정말 다행이었어요. 이제부터는 모르핀을 멀리하세요. 그러면 모든 게 오래 전의 흐릿한 꿈처럼 기억될 테니까. 그 기억을 떠올리고 싶다면 언제든 다시 약을 하면 되고."

"절대 그러지 않을 거예요. 절대로. 치유 기간 동안 날 괴롭히던 거 기억나요? 당신에게 그런 즐거움을 주지 않기 위해서라도 절대 안 돼요. 정말 즐거워하더라니까요."

마지막 말은 로렌스 콜린슨을 향한 고자질이었다.

"내게 욕을 하고, 놀리고, 끔찍한 말로 위협하더니 마지막에 가서는 절 유혹하려고 했다니까요. 제가 종종 품위 없이 굴면 저 사람을 원망하셔야 해요, 로렌스. 주변 사람에게 좋은 영향을 미치는 사람은 절대로 아니니까."

그녀는 거의 정상으로 돌아온 것 같았다.

로렌스 콜린슨도 우리와 함께 웃음을 터뜨렸지만 어쩐지 그 모양새가 헛웃음 같았다. 그는 아마 진작 알고 있었을 것이다. 내게 품위 따위는 없다는 걸.

〈끝〉

옮긴이 | 구세희

한양대학교 관광학과와 호주 호텔경영학교(ICHM) 졸업, 바른번역 아카데미 과정 1기를 수료했다. 여러 가지 분야의 글을 읽고 공부하며 영어를 훌륭한 우리글로 옮기는 데 매진하고 있다. 옮긴 책으로는 소설 『호수 살인자』, 『헤드헌터』, 경제경영 및 자기계발서 『위대함의 법칙』, 『마케팅, 가치에 집중하라』, 에세이 『위건 부두로 가는 길』 등이 있다.

대실 해밋 전집 2

데인 가의 저주

1판 1쇄 펴냄 2012년 1월 16일
1판 3쇄 펴냄 2025년 12월 15일

지은이 | 대실 해밋
옮긴이 | 구세희
발행인 | 박근섭
편집인 | 김준혁
책임편집 | 김준혁 · 장은진
펴낸곳 | 황금가지

출판등록 | 2009. 10. 8 (제2009-000273호)
주소 | 06027 서울 강남구 도산대로 1길 62 강남출판문화센터 5층
전화 | 영업부 515-2000 **편집부** 3446-8774 **팩시밀리** 515-2007
홈페이지 | www.goldenbough.co.kr

도서 파본 등의 이유로 반송이 필요할 경우에는 구매처에서 교환하시고
출판사 교환이 필요할 경우에는 아래 주소로 반송 사유를 적어 도서와 함께 보내주세요.
06027 서울 강남구 도산대로 1길 62 강남출판문화센터 6층 민음인 마케팅부

한국어판 ⓒ (주)민음인, 2012. Printed in Seoul, Korea

㈜민음인은 민음사 출판 그룹의 자회사입니다.
황금가지는 ㈜민음인의 픽션 전문 출간 브랜드입니다.